VIVA BIRD!

CREME do CRIME

NO RASTRO DE CHET BAKER
Um caso de Evan Horne
Bill Moody

SHERLOCK HOLMES & EINSTEIN
No caso dos cientistas assassinados
Alexis Lecaye

SHERLOCK HOLMES & MARX
Um caso de amor e morte
na Comuna de Paris
Alexis Lecaye

VIVA BIRD!
Assassinato em tempo de jazz
Um caso de Evan Horne
Bill Moody

Bill Moody

Viva Bird!

assassinato em tempo de JAZZ

UM CASO DE EVAN HORNE

Tradução:
Roberto Muggiati

Jorge Zahar Editor
Rio de Janeiro

Título original:
Bird Lives!

Tradução autorizada da primeira edição norte-americana
publicada em 1999 por Walker Publishing Company, de Nova York, EUA

Jorge Zahar Editor Ltda.
rua México 31 sobreloja
20031-144 Rio de Janeiro, RJ
tel.: (21) 2240-0226 / fax: (21) 2262-5123
e-mail: jze@zahar.com.br
site: www.zahar.com.br

Capa: Sérgio Campante

CIP-Brasil. Catalogação-na-fonte
Sindicato Nacional dos Editores de Livros, RJ.

Moody, Bill, 1941-
M81v Viva Bird!: assassinato em tempo de jazz / Bill Moody; tradução, Roberto Muggiati. — Rio de Janeiro: Jorge Zahar Ed., 2004
(Creme do crime)

Tradução de: Bird lives!
ISBN 85-7110-817-X

1. Ficção policial. 2. Ficção americana. I. Muggiati, Roberto, 1937-. II. Título. III. Série.

CDD 813
04-2324 CDU 821.111(73)-3

AGRADECIMENTOS

Mais uma vez, obrigado ao capitão reformado Tom Mapes, do Departamento de Polícia de Santa Mônica, pelos conselhos e informações circunstanciadas; a Michael Seidman e George Gibson, por continuarem permitindo que eu escreva sobre jazz; e a Philip Spitzer, por ser um amigo, além de grande agente.

E, é claro, à música de Charlie Parker, Miles Davis, Charles Mingus, Tadd Dameron, Art Blakey, Bill Evans e Keith Jarret. Ela está sempre presente.

INTRO

ESTOU NA JAZZ BAKERY de Ruth Price, em Culver City, Califórnia, e desta vez não é um sonho.

Originalmente o clube alojou a Helms Bakery, por isso Ruth manteve aquela parte do nome, padaria, e algumas pessoas juram que ainda podem sentir o cheiro do pão assando no ar.

Minutos antes do primeiro *set*, eu estou de pé no saguão com Ruth, tomando café, repassando músicas na cabeça, me perguntando se trouxe o baixo e a bateria certos. Abrir com algo conhecido para o público sentir quais são suas intenções.

Flexiono os dedos da mão direita, encaixados numa luva de látex preta sem dedos que mantém os músculos quentes e diminui a dor. Mas aquela noite na Pacific Coast Highway ainda me persegue. Os faróis do caminhão surgindo da neblina e o vidro estilhaçado cortando os tendões da minha mão ainda pairam próximos da superfície na minha mente. Foi um longo caminho, feito de cirurgia, terapia, exercícios apertando milhares de vezes uma bola de borracha. Mas agora finalmente acertei minhas contas.

— Como se sente? – pergunta Ruth Price, ao ver que estou olhando para a mão.

Ela ainda canta de vez em quando, e sua voz mudou muito pouco desde os tempos de Shelly Manne. Hoje se dedica a dirigir essa badalada vitrine do jazz que não vende álcool. Ruth foi boa me dando essa chance, e eu sei melhor que ninguém como tenho sorte de estar aqui. Foi de repente, uma substituição de última hora para Monty Alexander, que perdeu uma conexão aérea, mas quando você está lutando para voltar à cena, pega o que pintar.

Aperto os dedos de novo.

— Ótimo, estou realmente ótimo – digo, esperando que minha voz não traia a agitação que sinto por dentro. Ensaiar é uma coisa; manter o clima quente num clube por dois *sets* é outra. Isso não é uma *jam session* ou uma apresentação fútil num shopping, como a que fiz em Las Vegas.

Ruth acena com a cabeça e sorri.

— Só mais uns dez minutos – ela diz. — Ei, relaxa, vão ter alguns novos fãs que nunca viram um detetive tocar piano.

Ela se afasta para cumprimentar alguns retardatários.

O *L.A. Times* publicou um breve artigo sobre mim, mas, num esforço para esquentar a matéria, o repórter resumiu minha atuação paralela como detetive em três investigações de assassinato que invadiram o mundo do jazz. Inevitável.

Tenho que sair para o último cigarro. Clubes de jazz enfumaçados, pelo menos na Califórnia, são coisa do passado. Meu contrabaixista, Jeff Lasorda, e meu baterista, Gene Sherman, já estão lá, fazendo piadas, olhando os carros chegarem e estacionarem no pequeno quarteirão entre os bulevares Venice e Washington. Tocamos juntos algumas vezes, mas para eles é apenas mais uma apresentação. Para mim é o teste.

Os dois me vêem ao mesmo tempo.

— Relaxa, cara – diz Gene –, é só não errar.

Jeff ri e bate na palma da mão de Gene, virada para cima.

— É isso aí – Jeff diz, olhando para a minha mão. — Só que a sua luva devia ser branca, cara, que nem a do Michael Jackson.

— Valeu, pessoal, isso realmente faz eu me sentir melhor.

Olho para o relógio e dou uma última tragada.

— Vamos nessa.

Lá dentro, três quartos das cadeiras de plástico verde estão cheias, principalmente de universitários e suas namoradas. Ruth sorri e da cabine de som me faz sinal com o polegar levantado, enquanto passamos por ela e entramos no quarto com "Exclusivo para músicos" na porta, e esperamos ser anunciados.

— Senhoras e senhores, bem-vindos ao Jazz Bakery – diz Ruth. — Esta noite temos o grande prazer de apresentar o Evan Horne Trio. No contrabaixo, Jeff Lasorda.

Aplausos polidos enquanto Jeff caminha até o palco e pega o baixo. Ele é seguido por Gene e então é a minha vez.

— E agora, depois de uma longa ausência dos palcos, estamos muito felizes de anunciar o retorno de Evan Horne!

Caminho até o palco e me sento ao piano visivelmente constrangido. O aplauso é maior do que eu esperava. Sem ruídos de bar, garçonete ou liquidificador preparando margueritas. Apenas o silêncio das salas de concerto enquanto olho para Jeff e Gene, e então abaixo os olhos para o teclado. Lanço um olhar para a platéia e vejo Natalie, Danny Cooper e Ace Buffington deslizando pela terceira fila.

— O trânsito – Nathalie explica numa mímica.

Começo sozinho, me concentrando, tocando *rubato* em "My romance". No final do *chorus*, volto ao normal e vislumbro Jeff, seus braços enroscados em torno do baixo, pronto para fazer sua entrada. Gene, escovinhas na mão, prepara-se para amaciar o caminho.

Passeamos por dois *choruses* num ritmo relaxado de duas batidas. As linhas sussurrantes do baixo de Jeff extravasam as barras de compasso e antecipam meus acordes. Os desenhos de Gene nas escovinhas com os salpicos ocasionais dos pratos dão o colorido. As teclas parecem dançar diante de meus olhos. Ergo a vista de novo e aceno com a cabeça. Jeff se curva e entra no *chorus* seguinte, enquanto Gene passa a usar as baquetas; então partimos para mais dois temas, botando para quebrar. "Devia ser sempre assim", penso eu, ao passar a bola para o solo de Jeff e depois fazer uma seqüência de trocas de oito compassos com a bateria esperta de Gene. Finalmente relembro a melodia e encerro, recebendo uma bela retribuição em aplausos. Pronto. A primeira já foi. As borboletas sumiram.

O resto do *set* flui igualmente bem. Nenhuma dor; a luva está funcionando e meus dedos também. Antes de fechar, apresento Jeff e Gene e acrescento um comentário pessoal.

— Esta volta levou muito tempo pra acontecer. Eu só quero agradecer a cada um de vocês por ter vindo.

Vejo Natalie sorrindo, Ace radiante. Coop está remexendo no seu bip.

De tão confiante, fecho com "Matrix", de Chick Corea, um tema complicado e que no entanto parece fluir dos meus dedos enquanto entro em alfa. Alguém reconhece as notas de abertura e grita: "É isso aí, Evan!"

Quando chego ao saguão, Ace e Natalie estão à minha espera. Abro caminho na multidão e deixo os olhares de aprovação e os comentários elogiosos me lavarem como uma bênção.

Natalie me vê e acena.

— Coop teve de ir – ela diz quando me aproximo. — Alguma emergência. Você sabe como são os tiras – ela me abraça forte. — Nossa, foi tão maravilhoso ver você lá em cima tocando de novo!

Por cima do seu ombro vejo Ace rindo, andando para trás e para a frente. — Cara, ô cara, ô cara! Foi sensacional! – ressoa sua voz pelo saguão. Várias pessoas se voltam e sorriem.

— Como eu queria poder ficar pro próximo *set*.

Ele tem aula amanhã na Universidade de Nevada/Las Vegas, ainda tem que pegar um vôo. Natalie vai deixar ele no aeroporto.

— É melhor a gente ir andando – Natalie diz, olhando para Ace. Ela me abraça de novo e sussurra. — Te vejo em casa.

Saio para a rua, para fumar e me acalmar. Então, justo quando penso que as coisas não podiam estar melhores, acontece.

— Evan?

Eu me viro e vejo um homem baixo, de calças folgadas, gola rulê preta e jaqueta de veludo cotelê.

— Paul Westbrook, da Quarter Tone Records – ele diz, levantando os óculos.

Nos cumprimentamos e ele me passa o cartão.

— Estou feliz de ver você tocando de novo. Gostaria de conversar. É sobre gravação.

Olho para o cartão. A Quarter Tone é um selo pequeno, independente, tem feito um trabalho legal.

— Gravação? Claro, eu...

— Me liga, por favor – diz Westbrook. — Lamento não poder conversar agora.

Ele entra apressado no carro e acena enquanto se afasta. Eu fico ali em pé segurando o cartão, atordoado, me perguntando se aquilo realmente aconteceu.

De volta ao palco, começo o segundo *set* ainda mais relaxado. Tudo parece tão natural, tão certo, que me pergunto se realmente estive afastado. E o que é mais importante: por quanto tempo vou poder ficar dessa vez?

Por enquanto não tem nada além da música. Voltei.

1.

— Olha isso – diz Natalie, aumentando o som da televisão.

Estamos vendo o noticiário, acabamos de voltar de um jantar caro para comemorar o aniversário dela e a minha primeira temporada em mais de um ano. As duas noites na Jazz Bakery prolongam-se docemente na minha memória.

Olho para tela a tempo de ver o apresentador passar a palavra a uma repórter em pé diante de uma multidão. Ela veste capa de chuva e segura um microfone numa mão, tirando o cabelo dos olhos com a outra. Parece atrapalhada, como se tivesse sido surpreendida pelo cinegrafista. Olha para a câmera e põe a mão no ouvido.

— Sim, posso ouvi-lo agora, Jim – ela olha por cima do ombro e então volta-se de novo para a câmera. — Bem, como vocês podem ver, estamos no Santa Mônica Civic, onde o astro do jazz Ty Rodman acabou de se apresentar para um auditório lotado.

Vacila um momento enquanto a multidão a empurra por trás. Uns acenam e berram, querendo aparecer na TV. Ela vira a cabeça de novo, nervosa, e volta a encarar a câmera.

— A polícia de Santa Mônica está confirmando que Rodman foi vítima de punhaladas, mas ainda não sabemos ao certo a extensão dos ferimentos. Estou tentando saber com a polícia. Como vocês podem ver, muitos fãs de Rodman ainda estão por aqui – ela procura manter o ar sério, mas um sorriso escapa quando é empurrada de novo. — Eles ouviram a notícia e ficaram por aqui, apesar de o concerto já ter terminado há 40 minutos. É tudo o que temos até o momento. Jim, é com você no estúdio.

— Obrigado pela informação, Trish – Jim agradece. Ele ajeita alguns papéis e olha para a apresentadora a seu lado, uma loura com maquiagem pesada.

— A coisa está feia por lá. Temos notícias não confirmadas oficialmente de uma agressão a punhaladas no Santa Mônica Civic envolvendo o astro do jazz Ty Rodman. Voltamos com mais informações ainda nesta edição, certo, Marion?

— É isso aí, Jim – diz Marion. — Bob trará as novidades da meteorologia. Fique com a gente aqui, na sua Action News.

— Astro do jazz? – eu olho para Natalie enquanto ela aperta a tecla "mudo". — Ty Rodman?

— Você conhece ele, não conhece? – ela pergunta.

— Sei quem é, talvez tenha encontrado uma vez, mas não conheço.

Ty Rodman e eu não circulamos nos mesmos grupos. Ele está entre a meia dúzia de saxofonistas que fundiram *riffs* de blues com batida de rock e fizeram uma fortuna seguindo o filão aberto por Kenny G.

— O que será que aconteceu? – pergunta Natalie.

— Tenho certeza de que a Action News nos dirá. Cerveja?

— Claro.

Estou a meio caminho da cozinha quando o telefone toca.

— Evan? Está ocupado?

— Coop? Não, estamos comemorando o aniversário da Natalie. O que é que há?

— Preciso que você venha até o Santa Mônica Civic.

— Sei, acabei de ver no noticiário. O que aconteceu? Rodman está bem?

— Ele não está bem, está morto. Tem uma coisa aqui que eu quero que você veja.

— Agora?

— Agora – não há nada do tom usual de brincadeira na voz de Coop. Esse é o tom do tenente Cooper, detetive de homicídios.

— Por quê?

— Não pergunta, vem. "Um minuto!" – ele grita para alguém. Ouço outras vozes. — Preciso desligar – diz para mim. — Venha até a entrada do palco.

Antes que eu possa perguntar mais, Coop desliga. Coloco o fone no gancho e vejo Natalie me observando.

— Rodman morreu. Coop quer que eu vá até lá ver alguma coisa.

— Morreu? E o que ele quer com você?

— Não sei. Acho que é melhor descobrir.

Não gosto disso, mas vou. Não só porque Danny Cooper é um detetive de homicídios, mas também porque é o meu amigo mais antigo.

DE VENICE, O TRAJETO até Santa Mônica Civic é curto, mas no cruzamento de Pico com Ocean Avenue o tráfico foi retido e está sendo desviado. Uma chuva leve salpica as ruas. Entro sem ser notado, consigo convencer um guarda de trânsito de que sou esperado e encosto perto de uma frota de carros da polícia. A notícia se espalhou rapidamente. Há uma fita interditando a cena do crime na entrada lateral, e uma considerável multidão de espectadores do concerto sendo contida pelos policiais uniformizados que tentam manter a situação sob controle.

Entro pela frente e me identifico a um dos policiais, que me escolta por um longo corredor até o camarim de Ty Rodman. Há uma placa na porta, e o nome de Rodman foi riscado com um grande X pela caneta preta de um perito. Outro policial, vigiando, bate na porta e abre.

— Ele está aqui, tenente.

Dou uma olhada para dentro.

— Vá em frente – o guarda diz.

Coop e seu parceiro Ivan Dixon estão agachados sobre o corpo de Ty Rodman, meio encoberto por um lençol.

Coop se levanta e olha para mim.

— Obrigado por ter vindo. Quer dar uma olhada? – ele acena com a cabeça na direção do corpo de Rodman.

Dixon cobre de novo o corpo com o lençol, mas não tão rápido que me impeça de ver o sangue vivo brilhando contra o terno branco, marca registrada de Rodman.

— Eu passo – digo, olhando para Dixon.

O fotógrafo da polícia está guardando o equipamento, e outros técnicos legistas colocam luvas de látex, prontos para entrar em ação. Outro rapaz logo aponta uma câmera de vídeo para mim. Eu queria saber sobre o resto da banda de Rodman.

O camarim está cheio de roupas e garrafas de cerveja espalhadas. Há vestígios de pó branco sobre a penteadeira diante de um grande espelho emoldurado por lâmpadas gigantes. Já estou encarando Coop antes de ele falar.

— Era isso que eu queria te mostrar – ele diz, apontando para o espelho. — Que porra é essa?

As letras ainda parecem frescas. Estão escorridas em algumas partes. Podia ser tinta ou esmalte de unha, mas eu sei que é sangue. Duas palavras rabiscadas ocupam todo o alto do espelho:

Viva Bird!

Olho para elas por alguns momentos, então olho para Coop. Ele e Ivan Dixon observam minha reação.

— Charlie Parker, certo? – Dixon diz.

— Outro dos seus? – Coop pergunta.

— Pode crer, Charlie Parker, saxofonista. Chamavam ele de Bird.

— Quem chamava ele de Bird?

— Todo mundo. Era o apelido dele. Charlie Yardbird Parker.

Dixon e eu olhamos um para o outro. Dixon também é um apreciador de jazz. Ele sabia, mas queria ter certeza. Chame o seu amigo Evan Horne. Ele deve saber. Obrigado, Dixon.

Olho para as palavras no espelho de novo.

— Quando Charlie Parker morreu, isso começou a aparecer por todo o Greenwich Village.

— Posso perguntar quando? – Coop quer saber.

— Março de 1955.

Coop acena e olha para as palavras, depois para mim.

— E o que esse tal de Bird tem a ver com Ty Rodman?

Boa pergunta. A única coisa em comum era que ambos tocavam sax alto.

— Acho que é o contrário. O que Rodman tem a ver com Bird?

Coop ignora minha pergunta. Ele não gosta disso. Está fora do seu ambiente. Franze o cenho para o espelho.

— Estamos falando de um fã de jazz injuriado?

Meus olhos pousam num toca-CDs portátil sobre a penteadeira.

— Tem algo aí. Segundo o diretor de cena, isso estava tocando quando ele veio atrás de Rodman.

Coop aperta o play com um dedo enluvado. Eu reconheço a música imediatamente. É Bird com o trompetista Red Rodney, numa gravação do início dos anos 1950. Um dos temas do próprio Bird. Um blues chamado "Now's the time".

Coop deixa tocar por alguns segundos, então pára o CD e olha para mim de novo, vendo a expressão no meu rosto.

— O que é?

Eu olho em volta.

— Onde está o instrumento dele?

Coop aponta com a cabeça.

— Ali adiante. O que sobrou dele.

Num canto, meio encoberto pelo que provavelmente era uma das camisas de Rodman, está o estojo do saxofone. Coop afasta a camisa.

Ninguém vai tocar esse instrumento de novo. Ele ainda brilha, mas foi arrebentado contra a parede ou no chão. Algumas chaves foram arrancadas e há grandes mossas no corpo do instrumento. Parece que foi jogado de volta no estojo.

Alguém grita chamando por Coop, um dos policiais. Ele se vira para mim.

— Escuta, vou ficar aqui a noite toda, mas preciso falar com você de manhã, ok?

— Coop, eu...

— Preciso falar com você – há uma urgência na sua voz que não é comum. — Eu te ligo.

Não estou com vontade de discutir.

— Ok.

Coop me observa enquanto dou uma olhada no camarim. Espio de novo as duas palavras no espelho. É difícil respirar aqui. Só quero cair fora.

— O que é? – Coop pergunta.

— Nada por enquanto, mas...

— Mas o quê?

— Nada.

Dirigindo de volta para Venice, continuo vendo aquelas palavras no espelho: "Viva Bird!"

O que eu não disse a Coop é que hoje, 12 de março, não é apenas o aniversário de Natalie. É também o dia da morte de Charlie Parker.

PARA AQUELES QUE SE INTERESSAM, 12 de março é uma daquelas datas sagradas na história do jazz. Todo aficcionado sabe do caso. Aos 34 anos de idade, Charlie Parker sofreu um colapso no apartamento da baronesa Pannonica Koenigswarter, uma rica excêntrica que morava no Stanhope Hotel e ia aos clubes de jazz num Rolls-Royce prateado.

Seu apartamento se tornou um refúgio para músicos de jazz como Bird e Thelonious Monk. Houve até músicas compostas sobre ela: "Pannonica", de Monk, e "Nica's dream", de Horace Silver. Mas foi a morte de Bird que a imortalizou para sempre. O pássaro voou, morreu enquanto assistia a um show de malabaristas no programa de televisão de Tommy Dorsey.

Assim que correu a notícia, as palavras "Viva Bird!" começaram a aparecer por toda a cidade de Nova York, nos muros, estações de metrô, tapumes e paredes dos edifícios. Os primeiros grafites. Ninguém queria acreditar, mas era verdade. O saxofonista mais importante do jazz havia silenciado.

Apareceram artigos em jornais e em todas as revistas de jazz. A lenda e a mística cresceram, e desde então um monte de histórias e poemas foi escrito sobre Bird. Assim como o poeta Dylan Thomas, que morreu em circunstâncias semelhantes um ano antes, Bird era uma lenda autodestrutiva, mas o que ele fez para o jazz foi incalculável.

Eu conhecia a história por alto, mas a maior parte dela aprendi com o filme de Clint Eastwood, a que assisti com o meu amigo professor Ace Buffington fazendo comentários ao meu ouvido. Ace não aprovava o filme, mas neste caso ele podia me ajudar.

Natalie está dormindo quando eu volto; há um livro de direito aberto com notas rabiscadas na margem caído perto dela. Fecho o livro, desligo a TV e me enfio debaixo do lençol. Natalie resmunga algo e se enrosca em mim. Não consigo tirar a cena do crime da cabeça.

O que Ty Rodman tem a ver com Bird?

QUANDO ACORDO NATALIE JÁ SAIU, mas me deixou um bilhete. "Coop ligou, quer que você encontre ele às dez. Ligo depois." Ela fez uma fileira de pontos de interrogação. Confiro meu relógio, bebo um copo de suco e depois tomo uma chuveirada.

Quando chego ao café favorito de Coop, ele está com a barba por fazer escurecendo o rosto, olheiras, e encara a segunda ou terceira xícara de café numa mesa dos fundos. Sua jaqueta preta da polícia está amarrotada e tem "Ten. Dan Cooper" bordado no peito. A arma salta do coldre preso ao cinto.

— É, você está com uma cara ótima – digo, deslizando para mesa.

— Não começa. Só dormi três horas.

— Dá pra notar.

Faço um sinal para a garçonete trazer mais café.

— Então, que é que tá rolando?

Coop toma fôlego e me observa pôr creme e açúcar no café.

— Preciso de um favor seu – diz baixinho.

— Claro, como eu poderia me recusar a ajudar a polícia de Santa Mônica? Ei, eu ainda não te disse: pode ser que eu esteja gravando em breve. Um cara me abordou outra noite na Bakery – observo Coop por um momento, esperando sua reação, mas nada. — Coop? Tente controlar seu entusiasmo – mal consigo chamar sua atenção.

— O quê? Ah, desculpe, é esse negócio do Rodman na noite passada.

Empurra a xícara para o lado.

— Me fale desse tal de Bird. Charlie Parker, não é isso?

— É, eu já te contei, Bird era um apelido. O que é que tá acontecendo, Coop?

— Digo num minuto. As palavras no espelho. Repito a pergunta: o que significam?

Eu encolho os ombros.

— Não sei se significam alguma coisa. Pra uma porção de gente Parker era um ídolo. Aquela frase "Viva Bird!" começou a aparecer depois que ele morreu. As pessoas não queriam acreditar que ele tinha morrido, eu acho. Isso foi um pouco antes do meu tempo. Do seu também, se é que se lembra.

Coop acena com a cabeça e despacha a garçonete que se aproxima com um bule de café.

— Acha que existe alguma ligação entre ele e Ty Rodman?

— Rodman não tinha nem nascido quando Bird morreu. Musicalmente? De jeito nenhum. Bird foi um pioneiro do bebop. Ele, Dizzy e Monk mudaram totalmente o cenário do jazz. Rodman era um sucesso comercial, mas eu não chamaria ele de talento importante do jazz, e não me faça entrar nesse assunto. A única coisa que Ty Rodman e Charlie Parker tinham em comum era que ambos tocavam o mesmo instrumento.

— O que mais?

— A data, 12 de março. Foi o dia em que Bird morreu em 1955.

— Merda – diz Coop. Puxa uma caderneta de anotações e uma caneta, folheia algumas páginas, escreve algo e então ergue os olhos para mim novamente. — E 5 de janeiro, ou 21 de janeiro?

Desta vez eu paro a garçonete erguendo minha xícara. Ela a enche e, para contrariedade de Coop, peço alguma coisa para comer.

Acrescento creme e açúcar e penso por um momento.

— Não, essas datas não me dizem nada. Por quê?

Coop olha ao redor como se estivesse preocupado de alguém nos ouvir.

— Não comente isso com ninguém, ok?

— Claro. Pode falar.

Nunca vi Coop assim. Geralmente nada o perturba. Leva o trabalho muito a sério, mas seu humor peculiar é que o sustenta. Agora, nem sombra.

Coop consulta a caderneta de novo.

— No dia 5 de janeiro, em Nova York, um guitarrista foi encontrado morto em seu apartamento. Os vizinhos chamaram a polícia porque a música estava tão alta que não adiantava bater na porta. O toca-CDs repetia (ele checa suas notas de novo) uma coisa chamada "Better git it in your soul".

Levanta os olhos da caderneta e franze a testa.

— Que raio de nome de música é esse?

— Mingus.

— O quê?

— Charles Mingus, baixista.

— E?

Encolho os ombros.

— Ele trabalhou com Bird, mas tinha seu próprio grupo. Compositor importante. Não sei quando morreu. Talvez há dez anos ou mais. Por quê?

Coop ignora minha pergunta e continua.

— Em 21 de janeiro, um pianista foi encontrado morto no carro. Encontramos ele graças a um telefonema anônimo para a emergência. O toca-fitas ainda estava rodando. A fita se chamava "Birth of the cool".

— Miles Davis, o trompetista – eu reflito um pouco. — Talvez o pianista simplesmente curtisse Miles.

Coop fecha a caderneta e franze a testa para mim.

— Talvez, mas eu preciso saber com certeza. Não havia impressões digitais no estojo ou no toca-fitas.

Recosta-se e esfrega a cabeça, passando os dedos entre os cabelos curtos.

— O que isso tem a ver com Ty Rodman?

A garçonete traz minha comida e eu começo pela torrada com bacon. Coop me observa encharcar a torrada de molho.

— Como consegue? Nunca vi você engordar um quilo.

— Queimo tudo tocando piano. E quanto a Rodman?

— É o que queremos saber – ele guarda sua caderneta de anotações. — Vamos, anda logo. Não posso te dizer mais nada, mas quero que você dê uma olhada no camarim de Rodman de novo.

— Pra quê?

— Não vou saber enquanto você não me contar.

No trajeto até Santa Mônica Civic, Coop está silencioso, dirige concentrado, exceto por uma pergunta.

— Pode verificar aquelas datas que eu mencionei?

— Posso, acho que posso. Vou ligar pro Ace, mas por quê?

Coop não responde, o que significa que vai me contar quando chegar a hora. Estaciona numa vaga perto da porta do palco, mostra o distintivo para o segurança e entramos.

Escutam-se algumas batidas e vozes vindo da área do palco, provavelmente uma equipe de técnicos preparando o próximo show. No camarim de Rodman, as manchas de sangue secaram no tapete, e limparam o espelho. Depois de entrar, Coop fecha a porta e se encosta nela.

— Dê uma olhada, uma olhada cuidadosa.

Fico parado, em pé no meio da sala.

— O que estou procurando?

— Não sei, talvez encontre algo que deixamos de ver.

Já estive em centenas de camarins, mas este é diferente. Parece sinistro eu estar aqui quando, menos de 24 horas atrás, Ty Rodman estava morto, estendido no chão. Passo 15 minutos esquadrinhando cada centímetro quadrado da sala, mas não vejo nada fora do comum. A não ser pelo estojo do saxofone aberto sobre a penteadeira, tudo de Rodman foi levado, inclusive o instrumento estraçalhado.

Coop responde ao meu olhar interrogativo.

— Ah, sim, tenho que levar isso também. Não consegui enfiar o saxofone no estojo.

Não há nada ali também. O estojo de fibra dura é forrado com um tecido azul aveludado, no qual o saxofone normalmente se aninha. Parece que Rodman o tirou para tocar, mas nunca mais vai sair uma nota desse instrumento.

Me viro para Coop.

— Posso tocar no estojo?

— Pode, não há digitais nele.

Abro o compartimento interno. Há uma caixa pequena de palhetas de saxofone Rico nº 6. Apanho a caixa, mas outra coisa me chama a atenção. Está presa num canto. Estico a mão e puxo ela para fora.

— O que você achou? – Coop aproxima-se para ver o que eu tenho em minha mão. É uma coisa branca, com cerca de 25 centímetros de comprimento. Coop me empurra para o lado com o ombro e segura a coisa pela ponta com cuidado. Nós dois a olhamos por um momento.

— Pena de pássaro – eu digo.

COOP ME DEIXA DE VOLTA no café para pegar o carro. Desço e converso com ele pela janela. Está franzindo a testa para a pena, guardada num saco plástico sobre o painel do carro.

— Bom, podia ser apenas um amuleto de Rodman, ou coisa parecida.

Coop dá uma olhada para mim.

— Claro. Não fale com ninguém sobre isso, entendeu?

Levanto as mãos, me rendendo.

— O que você disser é a lei.

— Tô falando sério – diz Coop.

— Tô vendo.

— Bom. Verifique aquelas datas pra mim assim que puder.

Coop vai embora.

Dirijo de volta para o meu apartamento, parando apenas para comprar um jornal. Dou uma olhada na reportagem sobre o assassinato de Rodman e telefono para Ace Buffington, em Las Vegas. Quero me livrar logo disso. Ouço a voz de Ace na secretária, deixe sua mensagem.

Enquanto espero que ele retorne a ligação, leio a reportagem atentamente. Não há obviamente nada sobre uma pena, já que acabei de encontrá-la, mas nem o estrago no instrumento de Rodman nem as palavras no espelho são mencionados. Coop deve ter cuidado disso. Há uma foto de divulgação de Rodman num terno branco, segurando o saxofone, sorrindo para a câmera, e um box com uma lista dos seus discos. Seis CDs, todos discos de ouro.

Ace telefona meia hora depois, bufando e resmungando sobre o Departamento de Inglês da Universidade de Nevada/Las Vegas.

— Uma reunião depois da outra – ele diz. — Todos eles acham que a crítica literária parou em 1950, e o titular da cadeira passa mais tempo no bar que no escritório. Bom, o que posso fazer por você? Está vindo a Las Vegas?

— Nem pensar. Você e essa cidade são encrenca pra mim, mas pode me fazer um favor, pra variar?

— Claro. Aposto que é sobre o assassinato de Ty Rodman.

— Como você sabe?

— Está em todos os jornais. Ele ia dar um concerto aqui no mês que vem. Não que eu fosse ver. Jazz suave, não é assim que chamam? Não é a minha praia.

— Nem a minha. Ouça, pegue seus livros de referência sobre jazz e veja se consegue encontrar algo significativo em relação às seguintes datas: 5 de janeiro e 21 de janeiro. E, é claro, 12 de março.

— Foi ontem – Ace diz.

— Vocês, doutores, não perdem nada, né?

— Ok, seu espertinho. Vou checar isso e ligo pra você em seguida.

— Obrigado, Ace. Deixe um recado se eu não estiver.

— Evan, você não está se metendo em encrenca, está?

— Não, se eu puder evitar.

2.

— PAUL WESTBROOK, POR FAVOR. Aqui é Evan Horne.

Enquanto me deixam na espera, estudo o cartão de Westbrook e espero que ele esteja falando sério sobre a gravação. Isto é L.A., lembro a mim mesmo. Um monte de gente distribui cartões de visita por aí.

— Evan. Obrigado por ter ligado logo – diz Westbrook. — Como foi o segundo *set* aquela noite?

— Beleza. Pena que você não pôde ficar.

— Também lamento. Então, quando podemos nos encontrar?

— Quando você quiser. Estou com uma certa folga na agenda.

É a maior piada de todos os tempos. Com o trabalho na Jazz Bakery encerrado, é hora de correr atrás. Não posso ficar simplesmente esperando o telefone tocar.

— Ok, deixe ver, que tal amanhã? Tenho outro encontro em Santa Mônica, seria conveniente pra mim.

— Santa Mônica está bom. Eu moro em Venice.

— No Bob Burns, almoçamos juntos? Você conhece, na Segunda com Wilshire?

— Claro. A que horas?

— Vamos combinar meio-dia e meia.

— Ótimo. Até lá, então.

Desligo o telefone e ouço o barulho de chaves. Natalie entra e fecha a porta com o quadril, equilibrando duas sacolas de mantimentos nos braços. Põe as sacolas sobre a bancada. Ainda passamos certo tempo um no apartamento do outro, mas ultimamente temos ficado mais no meu que no dela, a não ser quando está mergulhada nos estudos.

Natalie me vê socar o ar.

— Boas notícias?

— É. Eu estava falando com Paul Westbrook, da Quarter Tone Records, o cara que eu disse que apareceu na Bakery outra noite. Vamos nos encontrar amanhã pra falar sobre uma gravação.

— Evan, isso é maravilhoso – ela me abraça com força. — Fico tão feliz por você.

— Bom, não é a Blue Note ou a Verve, mas a Quarter Tone tem um elenco legal, e acho que vou ter liberdade pra fazer o que quero.

— É bom que tenha, senão o sr. Westbrook vai se ver comigo – ela dá um passo pra trás, as mãos nos quadris. — Isso pede uma comemoração. Que tal uma massa para o jantar? Temos vinho?

— Na prateleira em cima da geladeira.

Conseguir uma oferta de gravação assim, caindo do céu, foi realmente uma ótima oportunidade. Vai me ajudar a arranjar apresentações em clubes e me pôr de volta nos trilhos. O lance de Coop é que não cheira bem, mas, caramba, tudo o que tenho a fazer é passar para ele o que Ace tiver encontrado e tirar o corpo fora.

— E então, o que Coop queria com você ontem à noite? Li a reportagem sobre Rodman. Deve ter sido horrível.

— Não foi bonito – a lembrança da cena no camarim de Rodman me dá calafrios. — Quem o matou deixou uma mensagem no espelho. "Viva Bird!". Coop queria saber o que isso significava.

O sorriso de Natalie se dissolve e transforma-se de repente numa profunda preocupação. Ela olha para mim por um instante e depois se vira, saqueando as prateleiras. Puxa uma panela grande, enche d'água e põe no fogo. Cruza os braços e volta-se na minha direção, me encarando. Sei o que está por vir.

— Evan, você não vai se envolver nisso. Por favor, não me diga que vai. Você está tocando de novo, vai gravar, não precisa de distração.

Claro que ela está com a razão. Ter um detetive de homicídios como amigo às vezes é bom, mas tem o seu lado negativo.

— Não se preocupe, só vou passar para o Coop uma informação que Ace está pesquisando pra mim. Só isso.

Natalie me examina por um momento.

— Verdade, não quero me envolver com isso de jeito nenhum.

Ela se afasta e suspira.

— Tá bem – diz, rasgando a embalagem do pacote de macarrão. — Onde foi mesmo que eu ouvi isso antes, hein?

LOGO NA ENTRADA DA PORTA do Bob Burns há uma foto do pianista Howlett Smith. "Toda noite", diz o cartaz. Não vejo Howlett há algum tempo. Encaro isso como um bom presságio, o lugar perfeito para costurar um contrato de gravação.

Paul Westbrook já está lá, falando no celular, quando chego na mesa. Ele aperta o botão de desligar e coloca o telefone numa pequena pasta de couro.

— Desculpe. Odeio essas coisas – ele diz, cantando o mantra de Los Angeles. — Você nunca tem um minuto a sós.

A sala está movimentada com a turma de almoço dos escritórios das redondezas, mas fazemos nosso pedido rapidamente.

— Não sei até que ponto você está familiarizado com a Quarter Tone – diz Westbrook. — A distribuição ainda não é o que eu gostaria, mas estamos chegando lá, e tentamos fazer música de qualidade. É por isso que quero você no nosso elenco.

Ele puxa um catálogo, que desliza para mim.

— É o nosso catálogo atual.

Folheio rapidamente, recostando. Westbrook tem cabelos escuros e crespos e óculos espessos que ele fica o tempo todo empurrando para cima do nariz. Está de calça jeans e uma camisa tipo pulôver. Não tem a menor cara de produtor de discos de jazz. Mas, no fundo, quem tem?

— Bom, é a melhor oferta que recebi nos últimos tempos. Tem gente boa nessa lista aqui – digo, batendo com os dedos no catálogo.

Westbrook concorda com um meneio de cabeça e corta uma fatia de peito de frango.

— Como somos uma empresa pequena, e eu supervisiono pessoalmente todas as seções, dispomos de muita liberdade. Tenho vários outros negócios que estão indo bem, por isso posso me entregar à minha paixão pelo jazz. Imagino que gostaria de trabalhar com um trio, certo?

— Seria a minha escolha, talvez os caras que usei na Bakery.

Westbrook concorda de novo.

— A gravação é sua. Você escolhe os músicos. Pode estar pronto daqui a um mês?

— Claro – minha resposta é mais rápida do que pensei, mas seu convite também. Vai ser mesmo tão fácil assim?

— Ótimo. Então estamos combinados.

Westbrook faz sinal para a garçonete pedindo mais chá gelado.

— É isso aí?

— É isso aí – Westbrook empurra o prato para o lado. — Escute, Evan, eu leio os jornais. Você encarou umas paradas duras. Aquele ferimento na sua mão não deve ter sido mole, o maior atraso. Ouvi seu primeiro álbum e sei o que ouvi naquela noite. Acho que você é um talento de primeira grandeza e quero agarrá-lo agora, fechar contrato antes que alguém mais saiba que você está de volta. A julgar pelo que ouvi na Bakery, não tenho dúvida alguma de que você *está* de volta.

— Agradeço realmente sua opinião, sr. Westbrook. Eu...

— Paul, por favor – ele puxa uma agenda e uma caneta e folheia as páginas. — Bem, vamos pensar em marcar um horário no estúdio. Que tal daqui a quatro semanas a partir de hoje? Isso lhe dá tempo para pensar sobre as coisas, ensaiar um pouco – ele ergue os olhos. — Conheço o sujeito que faz a programação do Chadney's no Valley. Talvez pudesse encaixá-lo lá para um fim de semana.

— Uau, que ótimo! Seria fabuloso.

— Ok, então – ele sorri e faz sinal para a garçonete trazer a conta. — Vou fazer uma minuta de contrato para sua aprovação. O adiantamento vai ser pequeno, mas você vai se dar bem nos royalties. Eu devo botar algum dinheiro na promoção. Junte uma lista de temas e pense num título para o CD. Provavelmente vou tentar sugerir um ou dois, mas vamos chegar a um consenso.

Ele estende a mão:

— Bem-vindo à Quarter Tone Records – e começa a se levantar. — Ah, mais uma coisa.

— O quê?

— Li também a respeito de suas, não sei como chamá-las, façanhas como detetive. Queremos nos concentrar neste CD, portanto...

— Nenhum problema. Foram envolvimentos acidentais.

— Enfim. Tudo bem, era tudo o que eu queria ouvir.

Fico sentado ali por alguns minutos, assimilando tudo, um redemoinho de excitação dentro de mim. Sinto como se tivesse acabado de ganhar na loteria.

— Vai querer sobremesa, senhor? – a garçonete pergunta.

Olho para ela.

— O quê? Acho que já comi a sobremesa.

Ligo para Coop do orelhão. Por algum motivo ele não quer que eu vá até o distrito.

— Espero que tenha algo para mim – diz ele. — Me encontre no Palisades, entre Idaho e Montana, em cerca de meia hora.

— Coop.

— Não pelo telefone – e ele desliga antes que eu possa protestar.

Com algum tempo para matar, ando até uma loja de discos no calçadão da Terceira e dou uma rápida busca procurando Quarter Tone Records nas estantes de jazz. Encontro dois trios: um com um jazzista jovem cujo perfil eu já tinha visto na *Jazz*

Times, agora com a Blue Note; e um com um veterano que não gravava há muito tempo. Eu me encaixo mais ou menos no meio dessa mistura, mas fico feliz de ver que estou em tão boa companhia.

O Palisades Park se estende para o norte a partir do píer de Santa Mônica, no lado oeste da Ocean Avenue, até pouco adiante de San Vicente, e então mergulha no Santa Mônica Canyon. Uma faixa estreita de grama, pistas de asfalto e bancos, por algum tempo o parque foi um acampamento para os sem-teto, até que a polícia os expulsou.

Hoje o sol brilhante trouxe para o ar livre gente caminhando, correndo, e mulheres empurrando carrinhos de bebê. Parte das ribanceiras ruiu ao longo dos anos, mas o parque ainda é um dos melhores locais da cidade.

Coop já está à minha espera, andando para lá e para cá, indiferente à vista da baía de Santa Mônica. O rumor abafado do tráfego rolando pela Coast Highway, abaixo de nós, vem filtrado e misturado com o som distante das ondas.

— Estou pra assinar um contrato de gravação – digo.

— Legal, isso é uma boa – diz Coop. — O que você tem pra mim?

Dou uma olhada para Coop e puxo o papel onde anotei a pesquisa de Ace.

— Ok, 5 de janeiro, o baixista Charles Mingus morreu, em 1979; 21 de janeiro, Miles Davis gravou "Birth of the cool".

Coop saca sua caderneta de anotações.

— E Mingus compôs "Better git it in your soul"?

— Certo.

— Deixe eu adivinhar. "Boplicity" era uma das canções de "Birth of the cool"?

— Certo de novo. Era a canção que estava tocando?

Coop não responde. Ele apenas dá um tapa na caderneta.

— Eu temia isso.

— Temia o quê? – nunca vi Coop assim. Parece que ainda não se recuperou da noitada em que Rodman morreu. Apóia-se na amurada e olha para a Coast Highway.

— Existe uma ligação – diz, quase para si mesmo. Fica em silêncio por um minuto e então se vira para mim. — Deixa eu te fazer uma pergunta. O que acha disso tudo? Os dois outros assassinatos de que eu te falei, em Nova York, e este aqui na outra noite, ocorreram todos em aniversários de acontecimentos significativos do jazz. Suponho que Mingus e Miles Davis são significativos. Pô, até eu já ouvi falar em Miles Davis.

Eu estava bem adiante de Coop. Quando Ace retornou minha ligação, não demorei a casar as datas com a música que tocava na cena do crime. Seria muito rebuscado achar que mais de uma pessoa houvesse cometido esses crimes, ou que não estivesse tentando chamar a atenção.

— Eu diria que quem cometeu esses assassinatos conhece muito sobre jazz e está fazendo uma espécie de declaração pela escolha das datas. Talvez você tenha razão. Talvez seja um fã de jazz mentalmente perturbado.

Coop concorda, como se já soubesse o que eu ia dizer.

— Estaria disposto a dizer isso às autoridades?

Olho para ele um instante.

— Às autoridades? Você é a autoridade. Acabei de lhe dizer.

— Não pra mim – Coop diz. — Pro FBI.

— O FBI? – afasto-me alguns passos de Coop, e então me volto. — Escuta, cara, eu chequei essas datas pra você, mas isso é tudo. Não vou me envolver dessa vez. Estou tocando de novo, arrumei um contrato com uma gravadora. Não, Coop, não posso fazer isso. Não quero fazer isso.

— Eu sei, eu sei – Coop diz calmamente. — Preciso de alguma ajuda para convencer o FBI de que não estou louco.

— Do que você está falando?

— Ouça, o assassinato de Rodman foi na minha jurisdição. Os assassinatos de Nova York estão sendo investigados lá, mas acho que há uma conexão suficiente para o FBI entrar no caso. Talvez para traçar o perfil do assassino. Acho que se trata de um assassino em série.

Eu permaneço imóvel, não quero escutar nada disso, mas Coop continua.

— Para a coisa funcionar, eles precisam ser convidados por uma autoridade local, e sou eu. Houve três assassinatos, todos de músicos, todos em datas que possuem algum significado para o jazz, mas ocorreram em cidades diferentes, – prossegue Coop, sabendo que eu quero interrompê-lo. — Meus contatos com o FBI admitem que podemos estar lidando com um assassino em série, mas querem ter certeza, especialmente a pessoa que vai traçar o perfil. Ninguém tem idéia de quem ou por quê, mas isso poderia ajudar a reduzir o campo de possibilidades.

Coop faz uma pausa e olha para mim.

— Quero que você fale com o FBI, que me apóie nisso. O assassinato de Ty Rodman aconteceu no meu quintal, a um quarteirão do meu escritório, e não sei por onde começar.

Eu suspiro, afastando-me alguns passos, mas já sabendo que vou fazer o que Coop quer. Devo isso a ele por muitos motivos. Se o FBI funcionar como a maioria das agências federais, vão achar que sou mais um caso de loucura e deixar por isso mesmo. Dirão simplesmente: "Obrigado por sua cooperação. Vá tocar sua música."

— Tudo bem. Vou falar com eles, mas...

— Obrigado – diz Coop, e confere o relógio. — Preciso ir.

Anda até o carro.

— Amanhã de manhã, às dez – diz por cima do ombro. — Eu apanho você.

O EDIFÍCIO DO FBI FICA EM WILSHIRE, ao sul do campus da Universidade da Califórnia/Los Angeles, e logo a leste da *freeway* de San Diego. Coop segue direto até Wilshire e estaciona na garagem subterrânea. Mostra o distintivo quando atravessamos os detectores de metais e dirige-se ao bloco de elevadores. Subimos até o 17º andar em silêncio. As portas se abrem para uma recepção.

— Espere aqui – Coop diz.

— Viemos ver Eliot Ness?

Coop pára e me fuzila com o olhar por um momento, e então caminha até a recepcionista e fala com ela. Ela pega o telefone, diz alguma coisa, e Coop volta para o meu lado, esperando de pé enquanto olho por cima de Wilshire na direção de Westwood.

— Procurando ex-companheiras de universidade?

Antes que eu possa responder, abre-se a porta que dá para a recepção e um negro alto e corpulento se aproxima. Está imaculadamente vestido com um terno escuro, de colete, gravata discreta e um colarinho de abotoar que não parece grande o suficiente para seu pescoço.

Coop se vira quando a porta bate atrás dele.

— Bom dia, Wendell – diz Coop.

Wendell olha para mim.

— Você deve ser Evan Horne – e estende uma mão enorme que quase engole a minha. Só então se dirige a Coop: — Obrigado por terem vindo. Sou Wendell Cook. Vamos lá, vamos entrando.

Abre a porta com um cartão magnético e nos conduz por um longo corredor, passando por várias saletas que no fim dão numa ampla sala com mesas enfileiradas como se fossem baias. A maioria das pessoas nas mesas está falando no telefone ou olhando para a tela do computador. Algumas observam quando passamos.

Outra porta dá numa pequena sala de reuniões. Lá dentro duas pessoas estão sentadas a uma mesa. Elas erguem os olhos quando entramos, e eu sinto imediatamente que estou sendo examinado. De repente me dou conta do risco que Coop está correndo em trazer não só um civil, mas um músico de jazz e colega de ginásio para consubstanciar sua teoria.

Cook faz um gesto para que Coop e eu nos sentemos. As outras duas pessoas aproveitam a deixa. Ambas têm copos de café e blocos de anotações à sua frente. Cook dá a volta na mesa e pára entre elas.

— Estes são os agentes especiais Ted Rollins e Andrea Lawrence. Trocamos apertos de mão. Como Cook, Rollins está de uniforme do FBI, terno escuro, camisa branca e gravata. Resmunga um "oi" e desaba de novo na cadeira.

Andrea Lawrence é só um pouco menos formal, de saia azul-marinho e blusa branca. Não é exatamente bonita, mas o cabelo curto emoldura seu rosto e acentua seus olhos. Ela tem um quê de atraente. Levanta-se e sorri.

— Obrigada por ter vindo.

— Bem, vamos começar – Cook diz. — Aceitaria um café, sr. Horne?

— Não, obrigado.

Cook se permite um leve sorriso.

— Gostaria de acabar com isso o mais rápido possível, não é?

— Bem, francamente, sim. Sinto como se estivesse numa auditoria do imposto de renda.

Cook abre uma pasta à sua frente.

— Não sei se já lhe falaram, mas essa conversa é inteiramente confidencial. O tenente Cooper é seu fiador – Cook desliza um formulário sobre a mesa –, mas gostaríamos que assinasse isso, por favor.

Examino o papel por alto. Há uma porção de letrinhas miúdas, mas acabo confiando em Cook e uso a caneta dele para assinar.

— Obrigado – Cook devolve o formulário à pasta. — Agradecemos sua vinda aqui.

Examino-o por um momento. Não sei por que motivo o nome me diz algo, assim como o físico, e de repente me lembro.

— Não jogou futebol profissional há alguns anos? Claro! Kansas City Chiefs.

Cook olha para baixo e estuda a pasta, mas eu o flagro sorrindo levemente com a identificação.

— Isso faz muitos anos.

— Na defesa da seleção profissional – Ted Rollins comenta. Andrea Lawrence abafa uma risada.

— Enfim – Cook continua –, o tenente Cooper formou uma teoria interessante sobre os três assassinatos que estão sendo investigados e parece que o senhor tem opiniões semelhantes. Gostaríamos de conhecer suas idéias, sr. Horne.

Todos olham para mim com expectativa. Sinto-me como um candidato a doutorado defendendo minha tese. Hora de dar uma força para o meu consultor.

— Claro, contanto que entendam que é apenas minha opinião.

— Naturalmente – diz Cook. — Estamos à procura de algum lugar por onde começar, sr. Horne. Três pessoas morreram. Todas as três são o que poderíamos considerar músicos célebres. Perseguir, ameaçar e até matar celebridades não é nenhuma novidade, como você sabe. John Lennon foi um exemplo. Houve até um atentado contra Ringo Starr.

— Alguém tentou matar Ringo? – nunca tinha ouvido falar nisso.

Cook sorri pacientemente.

— Nem Ringo sabia até depois do ocorrido. O agressor deu um tiro a queima-roupa, mas a bala resvalou no brinco e passou pela barba. Ele nunca se deu conta do ataque. O agressor ficara obcecado em localizar e eliminar, em suas próprias palavras, "qualquer traço de habilidade musical na contribuição de Starr para a banda" – Cook faz uma pausa e ergue o olhar para mim.

Não consigo reprimir um sorriso quando uma velha piada dos músicos de jazz me vem à mente.

— Acha isso engraçado, sr. Horne? – Cook pergunta, franzindo a testa para mim. Posso sentir Coop me fuzilando com o olhar.

— Desculpe – digo. — Só estava pensando numa coisa.

— Talvez gostasse de partilhar conosco – diz Cook. Seu olhar é severo agora, provavelmente como o que lançava aos zagueiros adversários. Se pudesse, Coop teria me chutado debaixo da mesa.

— É meio mórbido, mas quando Lennon morreu a piada entre os músicos de jazz era: um já foi, só faltam três.

Apenas Andrea Lawrence sorri.

— O que é que há de errado com os Beatles? – Ted Rollins pergunta, endireitando-se na cadeira.

— Nada – eu digo, olhando para Rollins. — É uma longa história.

— Certamente é – Cook diz. — De qualquer maneira, como eu falei, perseguir celebridades não é novidade, mas sem dúvida parece existir um fio condutor entre esses três assassinatos, como o tenente Cooper apontou para nós. Sendo o senhor amigo do tenente e de certo modo um especialista nesse campo, gostaríamos de ouvir suas opiniões.

Agora sou um especialista.

— Ok. Os assassinados são todos pessoas que tocam um estilo conhecido em nosso meio como *fusion*, jazz suave, quase música pop, certo? As datas dos assassinatos são significativas para a história do jazz, do jazz clássico. Ty Rodman, 12 de março, o aniversário da morte de Charlie Parker. Os outros dois aconteceram no dia em que Charles Mingus morreu e na data da gravação de "Birth of the cool", de Miles Davis. As músicas que tocavam nos três lugares eram clássicos do jazz: "Now's the time", de Parker; "Better git it in your soul", de Mingus; e "Boplicity", de Miles Davis.

Pronto, foi dada a partida. Cook lança um olhar para Coop. Talvez duvidem do meu conhecimento. Bom, agora o FBI pode fazer o que quiser com isso. Preciso muito de um cigarro, mas estou num edifício federal, é claro.

Cook, Rollins e Lawrence trocam olhares.

— O que está sugerindo, sr. Horne? – Cook pergunta.

Tenho certeza de que eles sabem exatamente o que estou dizendo, simplesmente querem ouvir em voz alta.

— Não estou sugerindo nada. Estou simplesmente dizendo que concordo com o tenente Cooper. Parece coincidência demais. Quem está fazendo isso conhece muito sobre jazz e só escolhe como vítimas músicos de pop jazz que fazem muito dinheiro.

— Músicos de jazz clássico não fazem? – Rollins pergunta.

— Não de um modo geral, a não ser que sejam Miles Davis ou Dave Brubeck ou Wynton Marsalis.

— Alguma idéia sobre a motivação? – Andrea Lawrence pergunta. Ela vem tomando notas no seu bloco o tempo todo enquanto eu falo. — É isso que está nos incomodando. Vingança, talvez?

Encolho os ombros e olho para Coop. Está indo bem, seu olhar diz.

— Não sei mesmo. Suponho que poderia ser algum tipo de vingança.

— Você está insinuando que algum maluco que gosta de jazz, jazz clássico, como você chama, ficou puto da vida porque Kenny G está ganhando milhões? – Rollins sacode a cabeça como se isso fosse um absurdo. Talvez seja.

— Não estou tentando dizer nada. Estou apenas dando minha opinião, e achei que fosse o que queriam. Pelo menos conheço o gosto musical de Rollins. Não acho que Kenny G tenha nada a temer. Ele nem chega a se chamar de músico de jazz, e toca sax soprano, não alto.

— Por que não? – Rollins pergunta. — O que há de errado com...

Cook corta ele.

— Ted, vamos seguir em frente. Andie, o que você acha? – Cook vira-se para mim. — Andrea foi emprestada pelo nosso escritório em Washington. Traça perfis para nós, sr. Horne.

Andrea acena com a cabeça.

— Acho que ele pode ter encontrado uma pista – ela diz. — Hum, que tal um músico de jazz fracassado, irado e invejoso? Seria uma possibilidade?

Até agora, ela é a única de quem eu gosto.

— Suponho que sim. Ou talvez seja um fã obcecado, com raiva e invejoso. Como aquele que atirou em Ringo.

Rollins joga sua caneta.

— Ah, qual é? Não vou embarcar nessa.

— *Serial killers* são casos de obsessão – diz Andrea. — Eu não preciso dizer isso, Ted.

— Não, não precisa – diz Rollins. Vira-se para Cook. — Vamos lá, Wendell. Não estamos deduzindo demais?

Se trabalham juntos, imagino Rollins e Lawrence entrando em choque com freqüência. O olhar pensativo de Cook me dá a entender que ele não concorda com Rollins.

— Ok, vamos voltar aos trilhos – ele diz. — Andie, acho que você precisa elaborar um perfil disso, talvez com a ajuda do sr. Horne. O tenente Cooper diz que estaria disposto a cooperar nesse particular, certo?

É minha vez de fuzilar Coop com o olhar.

— Ouça, não creio que eu possa acrescentar mais nada e prefiro não me envolver. Estou muito ocupado no momento.

— Não levaria muito tempo – diz Lawrence.

Fico sentado por um instante, sentindo-me pressionado, encurralado, sem querer me comprometer com nada, fervendo por dentro de ódio de Coop.

— Sr. Horne – Cook diz, — até agora três pessoas morreram. Temos, ao que me parece, um bom motivo para esperar que haja novos assassinatos. Estou seguro de que, se pudesse colaborar, por pouco que fosse, gostaria muito de fazê-lo. Estou certo? – Cook deixa a pergunta morrer no ar e então acrescenta: — E fiquei sabendo que o senhor já se envolveu anteriormente, ajudando a polícia em outros casos – dá uma folheada na pasta e ergue os olhos.

Cook me pegou. Provavelmente já haviam feito o meu perfil.

— Então, sr. Horne?

Olho para Coop, mas ele está ocupado, estudando o teto.

— Sim, claro.

— Muito bem – diz Cook. — Não vamos importuná-lo mais que o necessário. Obrigado por ter vindo. Andrea vai combinar algo que seja conveniente à sua agenda.

Andrea Lawrence faz sinal com a cabeça, concordando, e me dá um sorriso tranqüilizador. Cook fecha a pasta e se levanta.

— Não se preocupe, sr. Horne. Será o menos doloroso possível.

Fecho minha mão direita com força.

As portas do elevador mal se fecharam e eu já parti para cima de Coop.

— Não quero fazer parte disso, Coop. Eu disse que falaria com eles, dei a minha opinião, mas você não me disse que teria de ajudá-los num perfil.

Coop ouve estoicamente, de olho no botão do térreo no painel do elevador, mas está sorrindo. Quando as portas se abrem, diz:

— Não vai me dizer que não gostaria de passar um tempo com Andie Lawrence. Belas pernas, e ela enche aquela saia muito bem.

Ele caminha até a saída de Wilshire.

— Vamos lá, eu te pago o almoço no Century City.

Nada mais é dito até estarmos instalados numa mesa na varanda, escolhendo pratos chineses. O shopping está cheio. Ondas de consumidores passam ao nosso redor, e o sol está tão forte que mal posso ver o rosto de Coop.

— Ok, eu podia ter interferido um pouco ali, mas houve uma razão pra não fazer isso. Quando o FBI entra num caso, a coisa pode ficar delicada. Território e toda aquela merda. Geralmente eles são tranqüilos. Cook é legal, mas quer fazer o nome dele, resolver um caso de assassinatos em série. Estão pisando no meu pescoço e quero ter alguma influência. Eu, com a sua ajuda, tudo bem, desenvolvi essa teoria, o que significa que eles me tratarão com a devida cortesia – ele suga um pouco de molho de soja de um pauzinho e o joga na embalagem de papelão vazia.

— Isso tem a ver com território. Você é contra os federais? Sei que não prestou atenção, mas ontem eu te falei de um contrato de gravação. Tenho que ensaiar, escolher repertório. Pelo amor de Deus, Coop, me dá um tempo. Você está me metendo num assassinato em série. Não quero falar com nenhum traçador de perfis do FBI, mesmo que se pareça com Andie Lawrence.

Coop arreganha os dentes.

— Achei que havia reparado nela. Olha, ela só quer alguma informação que ajude a elaborar o perfil. Nada além disso. O FBI não quer um civil nessa história, muito menos eu. Acontece apenas que você dispõe de certas informações, de um conhecimento específico que pode ser útil, nada mais – Coop escancara novamente um sorriso para mim. — Pense nisso como um dever cívico.

Recosto-me na cadeira, sinto o sol no meu rosto e cerro os olhos para ver Coop.

— Estamos quites, Coop. Essa equilibra nossas contas.

— Vamos ver.

3.

NATALIE ERGUE OS OLHOS da televisão quando eu entro. Tem um livro de direito aberto no colo e um lápis na mão. Acabo de voltar de uma longa caminhada na calçada da praia. Desabo no sofá ao lado dela, passo as duas mãos entre os cabelos.

— Flagrante delito – digo, olhando para a televisão. Está sintonizada na novela. Duas atrizes incrivelmente bonitas sustentam o close antes do intervalo comercial.

— Quem é Andrea Lawrence? – Natalie pergunta.

— Não é uma boa maneira de estudar, é? Andrea Lawrence?

— Ela deixou um recado pra você ligar. É da Quarter Tone Records? – Natalie deixa o livro de lado, se espreguiça e recosta no sofá. Dá batidinhas no livro com o lápis.

— Sabe, mesmo de jeans e suéter velha você é encantadora.

Natalie olha rapidamente para mim e volta os olhos de novo para a televisão.

— Às vezes me pergunto se realmente quero ser uma advogada. Essa garota, Lawrence, me pareceu muito formal – há mais que uma ponta de irritação no tom de Natalie.

Eu só aceno com a cabeça, sabendo que estou à beira de entrar num território perigoso. Lembro o documento que assinei prometendo sigilo e não deixo que os fortes sentimentos de Natalie, e os meus também, se envolvam na história. Comparo tudo isso com a honestidade que eu e Natalie temos mantido ao longo da nossa relação.

Inclino-me para frente, os cotovelos sobre os joelhos, e olho para o chão.

— Andrea Lawrence é do FBI. Traça perfis – digo calmamente.

— FBI? Perfis? Quer dizer igual àquela série de TV, com a loura? Quando a conheceu? Evan, o que está acontecendo? – Natalie senta na beira do sofá.

— Ok, vamos conversar – acendo um cigarro.

Ainda estou tentando largar. Tentei o adesivo, a goma de mascar, livros, artigos, até uma fita de vídeo, mas acho que não estou preparado. Explico a Natalie sobre a reunião com o FBI, a posição de Coop, tudo o que posso reunir para oferecer uma boa razão por ter ido tão longe, mas Natalie não cai nessa.

— Evan? Isso não tem nada a ver com você. O que você deve a Coop?

— Há um monte de razões. A maioria delas você conhece. De qualquer maneira, não é essa a questão.

Natalie sacode a cabeça.

— Qual é a questão, então?

— Ouça. Você sabe melhor que ninguém quanto tempo e com que esforço eu lutei pra voltar a tocar. Ninguém deseja mais do que eu que tudo corra bem com essa gravação. Isso é só algo que surgiu de repente. Tudo o que estou fazendo é fornecer alguma informação de dentro que possa ajudar Coop e o FBI com sua investigação.

— Mas por quê, Evan? Por que você?

Conto a ela sobre as datas, a teoria do FBI e de Cooper sobre os assassinatos, mas que estou nisso principalmente porque Coop pediu minha ajuda.

— Andrea Lawrence só quer que eu a ajude a traçar o perfil do assassino. Isso pode ajudar a prender esse maluco.

— Eles realmente acham que isso é coisa de algum fã de jazz enlouquecido?

— Eles não sabem o que pensar. De qualquer modo, achei que se eu cooperasse agora podia tirar logo o corpo fora. Não vão me chatear de novo. Não haverá motivo, e vou me sentir bem por ter ajudado – eu me viro para poder encará-la de frente. — Vou fazer isso, Natalie.

Ela fica em silêncio por alguns momentos. Esmago meu cigarro e acompanho seu olhar para a janela. A neblina está chegando, umedecendo o ar, o céu está cinzento, mas fico feliz pela salvação desse lugar, poupado por enquanto dos empreendedores que tentaram reurbanizar a área. Eu havia até encaixotado algumas coisas quando achei que ia ter que me mudar, mas a licença para a construção foi suspensa.

Natalie vira-se para mim.

— Então ligue agora para Lawrence, acabe logo com isso. Quero ouvi-lo dizer pra ela que é tudo o que você vai fazer.

— Vou ligar depois.

Por algum motivo não quero telefonar para Lawrence com Natalie por perto.

— Ótimo – diz Natalie, levantando-se. — Vou facilitar as coisas pra você. Tenho que rever uma porção de casos pra um exame na sexta-feira.

— Deixa disso, Natalie – estendo a mão para ela, que se desvencilha. Fecha o livro de direito com força e agarra a bolsa.

— Nos vemos por aí.

Beija de leve meu rosto e bate a porta ao sair.

O NÚMERO QUE ANDIE LAWRENCE deixou é do bip. Digito meu próprio número e espero menos de cinco minutos para que ela retorne a ligação.

— Evan? Andie Lawrence.

— Oi. Você me ligou?

— Bom, obrigada por telefonar tão rápido. Não estou criando problemas para você, estou? A moça que me atendeu não foi exatamente amistosa. Era sua mulher?

— Não, não somos casados – deixo por isso mesmo.

— Ok. Bem, gostaria de me encontrar com você o mais rápido possível. Wendell, Ted e eu, todos concordamos que devemos seguir em frente com isso.

— Gostaria de me ver livre disso o quanto antes.

— Entendo. Que tal essa noite, então?

— No seu escritório? – Para mim bastava do prédio do FBI.

— Estava pensando em algo menos formal, onde pudéssemos conversar sem ser interrompidos. O prédio do FBI pode ser um pouco intimidante. Achei que talvez pudéssemos nos encontrar em algum café.

— Que tal jantar? – lanço a sugestão para ver o que acontece.

— Ok, ótimo – ela parece surpresa. — Deixe que eu, que o FBI o convide para jantar. Tenho certeza de que se sentirá mais confortável.

Eu me sinto como se estivesse em pé na areia molhada, afundando lentamente à medida que a maré avança.

— Bem, por que não?

— Vamos ver. Tem um lugar na praia com mesas do lado de fora. Se não estiver muito frio, poderíamos nos sentar ao ar livre. Você pode fumar.

— Como sabia?

— Vi o maço no seu bolso.

— Esqueci. Você é uma agente do FBI.

Andie ri.

— Espero que isso não o intimide.

— Eu agüento.

— Tenho certeza. Legal. O lugar se chama Sam's, perto do píer Santa Mônica.

— Sei. Que tal às sete, então?

— Ótimo. Ah, uma coisa.

— O quê?

— Receio que tenha de vir sozinho. Isso não é problema, é?

— Se fosse, eu lhe diria.

O Sam's não está muito cheio e, a não ser por Andie Lawrence, a área externa está praticamente vazia. Há uma mulher sozinha, concentrada num livro, e um casal poucas mesas adiante, conversando baixinho. As mesas são iluminadas por velas dentro de redomas, e toda a área é envidraçada para proteger os clientes da gélida brisa oceânica. Posso ouvir as ondas quebrando na praia a uns 200 metros de distância. As tochas e os aquecedores externos completam o ambiente confortável para quem gosta de ar fresco. Andie acena de uma mesa no canto. Já pediu uma garrafa de vinho.

— Espero que goste – diz quando me aproximo dela. — O tinto da casa. Ou prefere branco?

Sento-me e olho para ela por um momento.

— Isso está começando a parecer um encontro meio embaraçoso.

Mesmo à luz da vela, posso vê-la corar levemente. Veste um suéter escuro de gola rulê e jeans preto e está mais maquiada do que no FBI essa tarde.

— Sinto muito. Acho que estou exagerando na tentativa de agradar. Wendell e Ted não foram exatamente amigáveis. Só queria lhe mostrar...

— Que o FBI não é de todo mau?

Ela ri fácil, com naturalidade.

— Algo assim.

— Bom, você conseguiu. Isso é um grande progresso em relação ao FBI, e vinho tinto vai muito bem – sirvo uma taça para mim e examino o cardápio. Decido-me rapidamente pelo salmão grelhado e acendo um cigarro depois de oferecer um a ela.

— Não, obrigada. Larguei há mais ou menos um ano.

— Bom pra você. Estou tentando, mas acho que sem muita convicção.

— Eu sei. É duro.

Fazemos nossos pedidos e procuramos conhecer um pouco um ao outro. Ela me conta que cresceu num subúrbio de São Francisco, se diplomou em psicologia em Berkeley, foi fazer doutorado em Colúmbia e escolheu o FBI como carreira pela emoção.

Não vejo nenhuma aliança, mas pergunto mesmo assim.

— É casada?

— Não. Cheguei perto uma vez, mas esse trabalho não favorece relacionamentos. Longas jornadas, viagens. Muita demanda. Simplesmente não funciona.

Sinto uma ponta de tristeza em sua voz. Andie fez uma escolha a certa altura da vida e agora convive com ela.

— É, acho que não funciona.

— E quanto a você?

Penso um pouco. Quanto a mim? Natalie e eu estamos juntos há quase dois anos. É bom, a melhor relação que já tive. Natalie é esperta, sexy e, quando quer, é capaz de virar a cabeça de qualquer um. O que me impede de dar o último passo?

— Divorciado. Eu e Natalie Beamer, a mulher com quem você falou no telefone, estamos juntos há algum tempo. Ela estuda direito em Loyola. Falta um ano para se formar. Vamos ver o que acontece depois.

Andie balança a cabeça e bebe seu vinho, mas não se aprofunda. Nosso jantar chega e jogamos mais um pouco de conversa fora, mas ela está me conduzindo numa direção definida. Confessa que é fã de jazz, mas seu gosto é mais para o jazz suave do que para os pesos-pesados.

— Se falar em Kenny G eu vou embora.

— Não, David Sanborn é o mais longe que eu chego.

Concordo.

— Ele sabe tocar. Eu vi ele num corpo a corpo com Phil Woods, no programa de televisão. Sanborn foi páreo duro.

Andie de repente parece sentir-se culpada.

— Acho que eu não sei quem é Phil Woods.

— Bom, não vou usar isso contra você. Terminamos quase todo o vinho, e quando o garçom volta pedimos café e começamos a falar de negócios.

— Não entre em pânico, mas vou fazer algumas anotações, ok?

— Tudo bem.

Ela puxa uma caderneta, uma caneta e põe ao lado sobre a mesa.

— Então me conta como é que funciona esse lance de traçar perfis.

— Não é como na TV. Eu visito cenas de crimes, mas não tenho visões do assassino ou coisa parecida. Trata-se mais de compilar e estudar dados de crimes anteriores, analisar fotos das cenas do crime. Uma porção de tempo diante do computador examinando velhos casos. Tornou-se uma ciência, realmente, e estamos ficando cada vez melhores. A idéia é tentar fazer previsões. É como as linhas aéreas traçando o perfil dos contrabandistas de drogas. Existe geralmente um padrão de comportamento que os denuncia.

— Então, o que acha da teoria de Coop?

Ela clica a caneta várias vezes antes de responder.

— Acho que Cooper tropeçou na coisa em estado bruto, mas foi você quem a articulou. Você e Cooper são velhos amigos, não são?

— Desde o ginásio.

Andie sabe.

— Li os arquivos de casos em que você esteve envolvido, a fraude do disco e a extorsão com Lonnie Cole, nossa, quem teria imaginado isso? O assassinato de Wardell Gray em Las Vegas. Por que você relutou tanto em se envolver nesses casos? Como encontrava tempo para tocar?

Acendo outro cigarro e olho para o oceano. É só uma massa escura, mas posso ver a espuma branca das ondas quebrando na praia.

— Fiquei de molho por algum tempo – olho para minha mão. — Sofri um acidente grave.

Quando ergo a vista ela está me observando atentamente. Há uma certa empatia na sua expressão.

— Está fazendo o meu perfil?

— Eu lhe digo depois.

— Vou cobrar. Fui de certo modo atraído por aqueles casos. Eu trabalhava para Lonnie Cole. Ele me enganou e me fez ajudá-lo, atuando como intermediário num pedido de resgate. Com Wardell Gray e Clifford Brown, eu dispunha de muito tempo. Estava apenas fazendo uma pesquisa pro meu amigo Ace Buffington, da UNLV – encolho os ombros. — Sei lá, simplesmente aconteceu.

— E você se sente em dívida com Cooper.

— É, acho que sim. Eu estava metido até o pescoço em algumas enrascadas e ele me salvou, inclusive aquela com o sujeito de quem fugi no ano passado. Tudo começou ouvindo uma fita para um colecionador de discos. Quando eu vi, estava envolvido com uma pessoa muito perturbada.

— Raymond Cross – Andie diz. — Não estivemos envolvidos, mas eu me lembro do caso. Você ganhou um bocado de publicidade. Aquilo também estava ajudando alguém, pelo menos no começo.

Olho de frente para ela.

— Você sabe sobre isso também.

— Receio que sim. Me ajudou a ter uma noção de você, já que vamos trabalhar juntos.

— Trabalhar juntos? E qual é a sua noção de mim?

Andie joga a caneta na mesa e recosta-se.

— Bom, você não falou da sua família.

— Não, não falei.

Ela me estuda por um momento.

— Ok, não vou entrar nisso. Primeiras impressões? Esperto, com metas bem definidas, talvez um pouco obsessivo, como a maioria dos artistas. Você é um músico talentoso, dedicado e decidido que enfrentou alguns reveses e agora está aparentemente no caminho de volta.

— Eu mesmo não havia pensado nisso dessa maneira.

— O que acha que o manteve na luta?

— Sinto como se você *estivesse fazendo* o meu perfil agora.

Ela sorri.

— Acho que sim. Desculpe, vício profissional. Me ajuda a pesar o que está me contando. Enfim, vamos ao propósito deste encontro, ok?

— Pra mim, tudo bem.

Ela pega a caneta de novo.

— Ok, primeiro me explique a diferença entre o jazz suave e o jazz clássico.

— "Jazz suave" é um termo de marketing, uma categoria. É usado pelas rádios e gravadoras. Algumas estações só tocam "jazz suave". É leve, não exige muito dos ouvintes e traz geralmente um instrumento de sopro com uma seção rítmica tipo roqueira, e um montão de eletrônica. A maioria dos músicos, os puristas, não gosta do termo. Para os fãs genuínos, jazz significa Miles Davis, John Coltrane, Keith Jarrett, e por aí vai, música ligada às raízes e com muito suingue. E é geralmente acústica.

— É o que você toca.

— Certa de novo. Com toda música eletrônica, tiveram de resgatar um termo retrô. Agora existe o jazz acústico, que sempre esteve por aí, para distingui-lo dos sintetizadores e das baterias eletrônicas. Chick Corea mantém dois grupos: a banda elétrica e a banda acústica.

— E o jazz suave é mais comercial. Os artistas ganham muito mais dinheiro?

— Ah, sim.

— Por quê?

— Pela mesma razão que escritores como Stephen King e Danielle Steel ganham mais dinheiro do que John Updike e Saul Bellow. Mercado de massa. Eles apelam para um mínimo denominador comum.

Andie escreve enquanto eu falo e sublinha algumas anotações.

— Então, a sua teoria é a de que o nosso assassino poderia ser um músico amargurado, com ciúme porque os músicos de jazz suave estão faturando e ele não. Entendi direito?

— É uma possibilidade, acredito, mas não penso assim. Se você perguntasse a Horace Silver ou ao Modern Jazz Quartet ou a Phil Woods, eles lhe diriam que Kenny G, por exemplo, não tem nada a ver com o que eles fazem – paro por um momento e acendo um cigarro. — Talvez seja um fã que se sinta revoltado com o fato de que alguém como você conheça David Sanborn e não Phil Woods. Phil tem o seu público e vai indo muito bem. Mas nem sempre é o melhor.

— Então um fã ou um músico são obsessivos?

— Um músico com certeza. Você já me disse que eu sou. Mas os fãs também – penso nos colecionadores que conheci quando estava à caça da fita de Clifford Brown. — Possuem sentimentos muito passionais em relação à música. Como eu disse, as datas dos assassinatos devem significar algo. É alguém que conhece muito bem a história do jazz. Está brincando com vocês, fazendo um comentário ao deixar suas pistas.

— Como a pena de pássaro?

— Exatamente – eu havia pensado sobre a pena. A não ser que houvesse um fã de jazz no FBI, o assassino estava contando que levariam um longo tempo pra sacar essa deixa.

Andie balança a cabeça.

— Na maioria dos casos de *serial killers*, se é que se trata disso, o cenário do crime conta algum tipo de história. O assassino geralmente tem uma assinatura. Sutis ou não, as pistas nos dizem principalmente se ele é organizado. Se for, vai se mostrar obcecado por detalhes que geralmente indicam se está progredindo.

— Havia uma pena nos dois outros locais do crime?

— Não, e isso me incomoda.

— Por que a pena é algum tipo de progressão?

— Poderia ser.

— Você insiste em chamar o assassino de "ele". E quanto a mulheres *serial killers*?

— Acha que poderia ser uma mulher?

— Não sei. Não seria uma possibilidade? Deve ser alguém que conhecia esses músicos. Não é fácil entrar nos bastidores. Uma mulher, especialmente uma mulher bonita, teria chances melhores.

— Tietes, está querendo dizer – Andie sorri. — Talvez, mas é muito improvável. Houve muito poucas mulheres *serial killers*. As mulheres tendem a interiorizar seus sentimentos. Geralmente não os extravasam. Os casos clássicos são homens com terríveis disfunções na infância. Muitas vezes matam suas mães. Os padrões de comportamento são terrivelmente convincentes.

— Como vocês sabem quando estão lidando com um *serial killer*?

— Não sabemos realmente, mas os sinais estão presentes. Três assassinatos, todos de músicos, vítimas de tipo semelhante, mesma cena do crime, a música tocando.

— E como é que fazem para apanhá-los?

— Compilamos o maior número possível de dados e então esperamos uma oportunidade.

— Ou um erro do assassino.

— Exatamente. Eles sempre tropeçam de algum modo. Às vezes querem ser impedidos de continuar. Outras se tornam arrogantes, pensam que são invencíveis. Nós apenas esperamos que isso aconteça antes que ocorram muitas mortes.

— Então isso ajuda, esse *brainstorming*?

Andie concorda e termina o seu café.

— Muito – faz uma pausa, escuta as ondas por um momento. — Adoro esse som. Queria morar perto da praia.

— É mesmo, é hipnótico.

Olha de novo suas anotações.

— Bom, ouça o que eu gostaria de fazer. Deixe-me levar esta informação, acrescentar o que eu já tenho e preparar um perfil.

Gostaria que você visse, fizesse observações e pensasse o que mais poderíamos acrescentar. Estaria disposto a fazer isso?

Mais um passo, mas para quem já veio até aqui... Sinto-me arrastado, porém incapaz de qualquer reação. Estou falando com o FBI. Eles acham que posso ajudá-los a pegar um *serial killer* por causa do que sei sobre jazz. O que devo fazer?

— Contanto que entendam que é o máximo onde posso chegar. De qualquer maneira, não sei o que mais poderia fazer. Tenho esse disco pra preparar, apresentações, preciso me concentrar na minha música.

— Prometido – diz Andie.

— Ok.

O garçom traz a nota e ela paga. Acompanho-a até o carro, um Saturn escuro reluzente.

— Bem, obrigada, Evan. Gostei de encontrá-lo. Me ajudou muito. Você me deu muito o que pensar.

Olho para o meu relógio. Ainda é cedo e não estou a fim de ir para casa.

— Gostaria de ouvir o verdadeiro jazz?

Andie está remexendo na bolsa à procura das chaves. Hesita por um momento.

— Não sei – confere o relógio.

— Sei, você provavelmente está ocupada.

— Não, não é isso. Eu gostaria muito. Posso botar isso na conta da pesquisa.

— Muito bem, não é longe daqui. O pianista é um velho amigo meu.

— Legal, me indique o caminho.

Andie segue o meu carro até o Bob Burns, na Segunda com Wilshire. Há uma clientela espalhada terminando de jantar, algumas pessoas bebendo no piano bar e Howlett Smith ao teclado. Conseguimos uma mesa perto do piano e pedimos *irish coffees*.

Howlett Smith anda por Santa Mônica há anos. Geralmente trabalha com um baixista, mas esta noite está em solo. Escutamos enquanto ele passeia sem esforço por um *set* de *standards*. Em dois deles Howlett canta. Seu tom plangente arranca mais das letras do que as canções merecem.

Andie ouve por alguns minutos e nota os movimentos de Howlett, que balança para trás e para frente.

— Ele é cego, não é? – diz Andie. Ela parece estar realmente gostando da música.

— É, e realmente é muito bom com a voz. Veja isso.

Vou até o piano. Howlett está zanzando entre as canções, conversando com um casal no bar.

— Ei, sr. Smith. Conhece "Melancholy baby"?

Ele se vira para mim, inclina a cabeça para o lado.

— Evan Horne. Como vai, cara? – e estende a mão. Aperto seus longos dedos marrons.

— Muito bem, Howlett. E você, como tem andado?

— Vou levando, cara – ele ri e sacode a mão, fingindo dor. — Soube que sua mão está melhor. Você tem uma garra de aço agora. Daqui a pouco vai querer roubar o meu emprego – tateia, procurando o microfone. — Sente-se aqui e toque uma. Se tocar bem, de repente canto acompanhado por você. Ele desliza para a ponta do banco. Eu sento e encolho os ombros para Andie. Ela traz o drinque dela para o bar.

Howlett puxa o microfone para perto.

— Pessoal, temos um verdadeiro brinde para vocês. Temos aqui Evan Horne, um velho amigo e grande pianista. Está a fim de tocar o quê, cara?

Faço alguns acordes.

— Que tal "I fall in love too easily"?

— Legal – diz Howlett.

Toco uma breve introdução. Posso sentir Howlett oscilando no banco ao meu lado. Ele entra com a letra, depois toca no meu braço, sinalizando para que eu improvise um *chorus*. Howlett volta, brincando com a melodia, e quando eu cravo um acorde substituto no final ele comparece em perfeita sintonia comigo.

A multidão em torno do bar aumentou e mostra que está gostando. Dou um apertão no ombro de Howlett.

— Obrigado, cara, adorei.

Ele sorri.

— Você me faz cantar bem. Venha sempre que quiser, Evan.

Junto-me a Andie e voltamos à nossa mesa.

— Ele é genial, não é?

— Você também – diz ela. — Ele sorriu o tempo todo enquanto você tocava. Posso entender porque prefere isso a ser alugado pelo FBI.

— Essa é boa – eu digo. — Provavelmente vou lembrá-la disso.

Ouvimos o resto do *set* de Howlett e pego Andie bocejando.

— Desculpe – ela diz, colocando a mão sobre a boca.

— É melhor a gente ir, hein?

— É, foi um longo dia. Eu a acompanho até lá fora.

— Diga ao FBI que agradeço o jantar.

— Obrigada por ter me trazido aqui. Gostei muito.

Apertamos as mãos. É minha imaginação ou a mão dela se demora um segundo mais do que o necessário?

— Entro em contato assim que tiver algo para lhe mostrar – ela diz.

Aceno e vou para o meu carro, mas volto ao lembrar de algo que queria ter perguntado a ela mais cedo.

— Quando esses assassinos deixam pistas deliberadamente, o que acha que estão querendo dizer?

— Apanhe-me se puder.

DIRIJO PARA CASA PENSANDO no que Andie Lawrence disse. Eu devia estar pensando na gravação, nas novas composições e nas próximas apresentações, e não em *serial killers* e penas de pássaros, mas é isso que ocupa minha mente.

Em casa sirvo-me de um Dewar com gelo e dou uma geral na minha coleção de CDs. Desencavo Keith Jarrett e Bill Evans, em busca de inspiração. Para comparar, escuto meu próprio álbum, do qual fiz uma fita cassete. Há muito para melhorar. Vou ter de caprichar mais no próximo.

Fico deitado no sofá um bom tempo ouvindo Keith Jarrett gemer e grunhir numa seleção de *standards* que inclui uma maravilhosa versão de "Just in time". Não seria Keith sem os efeitos sonoros.

É tarde demais para ligar para Natalie, mas Cal Hughes ainda deve estar acordado. Professor, mentor, até mesmo amigo, sempre posso contar com ele para saber a verdade. Cal atende depois de vários toques.

— Cal? É Evan.

Não há qualquer sinal de surpresa em sua voz, embora a gente não se fale há meses.

— Achei que ia telefonar – ele diz. Ouço o som de um fósforo sendo riscado. — Houve outro assassinato. Acabei de ver no noticiário.

— O quê? Quem?

— Não soube? Outro desses aventureiros que se chamam de saxofonistas de jazz. Jazz suave. Deviam chamar de jazz light. É menos pretensioso. Quem foi que inventou esse termo? Existe algo mais suave do que Miles Davis tocando "Freddie freeloader"? Meu Deus, esse cara não sabe nem tocar blues.

— Cal, quem foi a vítima?

— Chamava-se Cochise ou uma merda assim. Cabelo comprido, usava uma bandana. Tão índio quanto eu. Provavelmente do Bronx – em certos momentos Cal tosse no fone.

— Agora se diz americano nativo, Cal. Como se sente? – a última vez que falei com Cal ele me disse que estava morrendo, mas acho que era modo de falar.

— Vamos indo. Eu estou melhor, é o que o médico diz. Mas quer que eu deixe de fumar. Imagina só. De qualquer maneira, Milton não gosta que eu tussa.

— Cal, Milton é um cachorro.

— Mesmo assim ele não gosta. Se a Sociedade Protetora dos Animais descobrir, provavelmente vai me punir por fazer dele um fumante passivo.

— Onde foi esse assassinato?

— São Francisco.

— Que mais?

— Nada. Leia os jornais amanhã. Soube que sua temporada na Jazz Bakery correu bem.

— Mais do que bem. Consegui um contrato de gravação. Quarter Tone Records.

— Beleza, selo pequeno, mas faz coisas boas. O que vai gravar?

— Ainda não sei. Alguma sugestão?

— Sim, pra começo de conversa, fique fora disso – ele ri, em meio a outro acesso de tosse. — É meio sinistro, de qualquer maneira, alguém liqüidando esses babacas do pop jazz. Mas vamos lá, vamos conversar. Sobre o seu álbum, quero dizer.

— Até a vista, Cal.

— Se você tiver sorte.

Coloco o fone no gancho e ligo a TV, mas o noticiário local já está na meteorologia.

Bem, pelo menos isso não é um problema para Coop, mas Andie Lawrence, Wendell Cook e Ted Rollins provavelmente estão fazendo hora extra.

O que aconteceu em São Francisco? Nos anos 1950 e 1960 houve o Jazz Workshop, o Blackhawk, clubes da Costa Oeste de primeira grandeza que abrigaram muitas gravações ao vivo. *Miles: Friday and Saturday Night at the Blackhawk, 1961*" foi uma das mais famosas.

Sei que tenho uma reedição de *Saturday Night* em algum lugar. Eu a encontro numa pilha de CDs e ponho para tocar. Miles com Hank Mobley no tenor; Paul Chambers, baixo; Jimmy Cobb, bateria; Wynton Kelly no piano tocando "Well you needn't", de Monk.

As notas da capa originais de Ralph Gleason sobre Miles estão numa letrinha pequena, mas há quase o mesmo espaço de texto sobre o clube e seu proprietário, Guido Caccienti, um excêntrico que escrevia o nome das próximas atrações com sabão nas janelas do clube — os erros propositais de Guido, chamando o saxofonista Illinois Jacquet de "Indian Jacquet"; a taxa de consumação de um dólar; a reportagem sobre o clube na revista *Time*; a política da casa de não reservar lugares nem para os repórteres da *Time*.

As goteiras do telhado, as mesas de madeira e cadeiras duras, mas uma acústica tão boa que o Modern Jazz Quartet podia tocar ali sem microfones. E Guido deixava os músicos em paz. A única coisa importante era a música. E agora, como tantas outras mecas do jazz, como Birdland, Five Spot, Shelly Manne's Hole, o Blackhawk desaparecera.

Paro de ler e ouço Wynton Kelly galopar em "So what" apoiado por Chambers e Cobb, os três suingando tanto que Miles provavelmente estava de pé no bar ouvindo e se perguntando o que fazia ali.

Será que o assassino de Cochise sabia de tudo isso? Tenho minhas dúvidas. E, se soubesse, isso o deixaria enfurecido a ponto de matar alguém?

4.

A CASA DE JEFF LASORDA fica na extremidade oeste de San Fernando Valley, em Woodland Hills. Embora a hora do rush seja apenas uma lembrança, o trânsito flui lentamente no trevo San Diego-Ventura Freeway. Toda vez que venho para estas bandas penso em mais uma razão para morar em Venice. Um dia eu poderia até deixar Los Angeles para valer. Mas ir para onde? Eis a questão. Nova York? São Francisco? A Europa surge sempre envolta em névoa em alguma parte no fundo da minha mente.

Talvez seja por causa do Dexter Gordon em Paris que estou ouvindo enquanto uma fila interminável de carros se estende à minha frente. Sintonizei a KLON, a estação de jazz de Long Beach. Quando o sax possante de Dexter se despede, há uma breve informação sobre o trânsito e uma atualização das notícias, com outra menção ao assassinato de Cochise em São Francisco. Nada que eu já não tenha lido nos jornais matutinos.

Acordei cedo, saí para tomar café, comprei o *USA Today* e o *L.A. Times* e fiquei com a CNN a maior parte da manhã, mas a história não mudou. Havia a foto indispensável de Cochise, uma menção à sua genealogia. Cal estava errado: ele *era* americano nativo, mas cherokee, e só em pequena parcela, aparentemente; seu nome verdadeiro era Bobby Ware. O resto falava dos seus discos que se tornaram *hits*, de concertos para casas lotadas e de suas "influências jazzísticas." Cochise dizia gostar de Cannonball Adderley e David Sanborn. A possível ligação com o assassinato de Ty Rodman em Santa Mônica também foi discutida.

A CNN entrevistou alguém do FBI, mas só conseguiu desmentidos de que houvesse qualquer ligação entre os dois assassinatos. Depois, outros assassinatos em série na Califórnia – os do Estrangulador da Colina e do Agressor Noturno – foram requentados, e as cabeças falantes previram que haveria mais a caminho. Mas esses crimes, eu sabia, eram diferentes. Não foram casuais, alguém havia escolhido pessoas específicas como alvo, mas, a não ser que o sujeito tocasse jazz, e um certo tipo de jazz apenas, nada tinha a temer deste assassino. A mídia farejou uma grande história aqui. Não levaria muito tempo para alguém vincular os assassinatos de Nova York com os de Rodman e Cochise.

Eu absorvera tudo aquilo e, considerando a cobertura, fiquei surpreso de não ter notícias de Coop ou de Andie Lawrence. Pensando melhor na questão, me dei conta de que não era realmente parte dessa investigação. Tudo o que eu fizera fora explicar algumas datas para Coop e discutir algumas idéias com Andie Lawrence durante o jantar. Andie provavelmente não me chamaria sequer para falar do perfil, e, de certo modo estranho que não sei explicar, aquilo me decepcionava um pouco. Mas o que me doía mais era não ter notícias de Natalie há dois dias.

O trânsito finalmente melhora e, como geralmente acontece, não há nenhum sinal visível do que causou a retenção. Apenas carros demais. Pego a saída Shoup da *freeway* de Ventura e dirijo-me para o norte, procurando a rua de Jeff. Localizo a igreja que ele me deu como referência, pouco depois de Oxnard. Não preciso procurar o número. Vejo a caminhonete de Gene Sherman na entrada, e Gene de jeans, camiseta e um boné de beisebol dos Dodgers, descarregando sua bateria. Ele acena enquanto encosto o Camaro atrás dele.

Ofereço-me para carregar os pratos e deixo ele com os estojos do bumbo e dos tambores.

— Vocês, pianistas, são uns amores – ele diz.

Lá dentro, Jeff está sentado no piano de ¼ de cauda todo aberto, ensaiando algumas seqüências de acordes. Os cabelos emaranhados e os óculos de armação grossa fazem lembrar um cientista maluco.

— Aí, cara – ele diz. — Tem um tema que eu quero que você ouça. De repente a gente pode usar.

Coloco a sacola de pratos no chão e junto-me a Jeff ao piano.

— Como se chama?

Ele encolhe os ombros.

— Sei lá. "Wailing in woodland hills"? Vou bolar um nome depois. Ele mostra a partitura com as notas da melodia rabiscadas a lápis. Escuto enquanto ele toca os acordes.

Quando convoquei Jeff e Gene, ficaram tão entusiasmados quanto eu esperava. As apresentações na Bakery tinham ido bem, e, embora só tivéssemos trabalhado juntos poucas vezes antes, nos entrosamos rapidamente. Os dois concordaram que devíamos manter o formato de trio. Acrescentar um instrumento de sopro só traria um problema a mais. Ficaram contentes também ao saber da possível apresentação no Chadney's.

— Gosto disso – digo a Jeff.

Seu rosto se contorce e a cabeça se inclina para o lado como se tivesse descoberto alguma nova fórmula ao encerrar com um acorde incrivelmente alterado.

— Ouviu isso? – Suas mãos estão bem abertas sobre o teclado. Jeff já compôs vários temas, mas o que mais gosto nele é que sempre toca afinado. Contaram-me que apareceu certa vez para um ensaio com uma camiseta que dizia "Afine ou morra!". O líder, achando que era um recado para ele, não achou graça e demitiu Jeff na hora.

Jeff e eu discutimos os acordes para dois outros temas enquanto Gene monta sua bateria. Quando me sento ao piano, não posso acreditar como é bom estar ensaiando meu próprio trio, preparando uma seção de gravação.

Passo a eles a lista de músicas que preparei.

— Vamos tentar "When I fall in love". Eu começo e então vocês entram no segundo *chorus*. Levem a coisa bem solta durante outros dois *choruses* e depois entramos para valer no quarto *chorus*.

Jeff e Gene concordam. Com músicos como eles, não preciso dar muitas orientações. Ambos são talentosos e estão na luta há tanto tempo que posso confiar na opinião deles.

Coloco minha luva e começo uma introdução de leve. Jeff colore com algumas notas e Gene vem a seguir com alguns toques de macetas nos pratos. Os dois entram tão sutilmente que não posso saber quando se decidiram pelo andamento normal. Exatamente o efeito que eu quero. Sinto minhas mãos ótimas, e Jeff está lendo meus pensamentos.

Depois de três *choruses*, eu paro.

— Ok, tá ótimo. Gene, não quero apenas acompanhamento o tempo todo, de repente você pode solar num *chorus* ou dois, só para sentir, e Jeff, me diga exatamente em que temas você quer solar.

— Isso vai ser legal –, diz Gene, balançando a cabeça.

Brincamos com vários temas durante duas horas, experimentando arranjos, simplesmente nos acostumando melhor uns com os outros. Se conseguirmos nos apresentar no Chadney's antes de entrar no estúdio, estaremos ligadíssimos na hora da gravação.

— Ok, obrigado, pessoal, por hoje chega. Acho que já temos o conceito bem definido. Se qualquer um de vocês pensar em algo que queira fazer, é só falar.

Apanho minhas partituras e me preparo para partir quando Gene diz:

— Ouviu o lance de que abotoaram o tal do Cochise em São Francisco?

— Sim – Jeff diz. — Está ficando perigoso ser músico.

Ele passa uma flanela nas cordas do seu contrabaixo.

— Eu estava falando outro dia com um amigo que trabalha com um grupo, o Monk's Dream.

— Uma merda – diz Gene. — Ouvi esses caras no rádio. Soa igual a qualquer outra banda.

— Não conheço o grupo – eu digo, — mas com um nome desses não pode ser de todo ruim.

— Tocam alguma coisa menos previsível, mas o lance principal é a onda do jazz suave – diz Jeff. — Meu amigo me disse que o líder está completamente pirado com todos esses assassinatos. Pensou até em cancelar alguns shows, e eles têm uma porção pela frente.

— Diga a ele que fique firme com o bebop – diz Gene. — Quem está liquidando com esses caras é um adepto do bebop. Anotem o que eu disse.

— Que caras? – pergunto a Gene.

— Cochise e Ty Rodman – e Gene ergue o olhar da bateria que está empacotando. — Quem mais? – ele me lança um olhar estranho e então troca um olhar com Jeff.

— Ei – Jeff olha subitamente para mim. — Você não está nessa jogada, está, Evan?

Sinto os dois me observando atentamente. Gene suspende no ar o suporte do prato. Jeff está de pé ao lado do piano.

— De jeito nenhum.

VOLTANDO DE CARRO A VENICE, ainda estou ligado no ensaio. Jeff e Gene serão ótimos para a gravação, e parece existir uma ligação musical autêntica entre nós. Nada de egos, apenas um desejo comum de fazer boa música. Se conseguirmos a oportunidade no Chadney's, poderemos nos entrosar para valer.

Entro em casa ainda sentindo o alívio de não ter notícias de Coop nem do FBI, mas isso acaba quando escuto a secretária eletrônica. Há mensagens de ambos, e também uma de Natalie.

— Vou preparar o seu jantar esta noite se você quiser – ela diz num tom que, espero, parece significar perdão.

Sei que ela está na universidade, mas ligo e deixo um recado.

— Sim, eu quero.

Em seguida ligo para Coop no distrito policial, mas o sargento que atende me diz que ele está em serviço externo.

— Posso lhe dar a caixa postal telefônica dele, se quiser.

— Tudo bem. Vou telefonar pra casa dele.

— Com certeza não irá encontrá-lo – diz o sargento.

— Tudo bem, obrigado.

Acho que sei onde Coop está. Ligo para o número do bip de Andie Lawrence. Ela retorna assim que eu boto o fone no gancho.

— Evan, é Andie.

— Sim, recebi sua mensagem...

— Precisamos vê-lo imediatamente.

— Ouça, Andie. Quanto ao perfil, não sei se...

— Espere, um minuto só – ela diz.

— Ei, companheiro, tem de vir pra cá imediatamente.

— Coop, onde você está?

— Na Polícia Federal. Acho que você se lembra onde é.

— O que está acontecendo?

— Não soube?

— O assassinato de Cochise? Sim, eu soube, mas...

— Ok, então venha logo pra cá. Eles precisam das suas informações e a agente especial Lawrence tem um perfil pra você examinar – Coop coloca uma ênfase particular em "agente especial".

— E se eu não for? E se tiver outros planos?

FBI ou não, não gosto de ser pressionado. Se bobear, me dão até um bip.

— Mude seus planos – a voz de Coop está ficando mais irritada a cada palavra. Acho que sei por quê. Está sentado à frente de Andie, talvez de Wendell Cook também, garantindo-lhes que vai conseguir que eu vá.

— Ok, ok, mas vamos ter de acertar algumas coisas, você, eu e o FBI.

— Até já, então – Coop desliga.

Está perto demais da hora do rush para arriscar a *freeway* de Santa Mônica, por isso uso as ruas paralelas para seguir de carro até Westwood. Passo pelos detectores de metal, tomo o elevador para o 17º andar e dou meu nome à recepcionista. Ela pega o telefone e em dois minutos Andie aparece.

— Obrigada por ter vindo – diz. — Por aqui.

Está toda profissional hoje, muito mais distante do que no jantar e no Bob Burns.

Sigo-a pela área das baias até o escritório de Wendell Cook. O cenário está um pouco diferente hoje. Paletós foram tirados, gravatas afrouxadas e o cesto de papéis está cheio de sacos de comida de lanchonete e latas de refrigerante. Todo mundo tem uma xícara de café à sua frente, numa mesa comprida, e todos estão olhando para um grande painel branco coberto por marcações multicoloridas em caneta hidrográfica: quatro colunas, uma para cada vítima, numa cor diferente, com notas abaixo dos nomes. Não reconheço os dois primeiros; a coluna de Ty Rodman é azul, e a de Cochise é vermelha.

Uma foto do local do crime de cada vítima está colada no painel. Eu já havia quase esquecido do rosto de Rodman, mas agora...

— Sente-se, sr. Horne – diz Wendell Cook.

Coop está esparramado numa outra cadeira ao lado de Cook. Acena um dedo para mim. O único que falta é Ted Rollins.

— O agente especial Rollins está em São Francisco – diz Cook, como se lesse meu pensamento. — Estamos aqui fazendo um pequeno *brainstorming*. Gostaríamos da sua contribuição, e depois Andie trabalhará com você no perfil. Aceita um café?

— Sim, um café seria legal – e também um cigarro, mas não vejo nenhum cinzeiro.

Enquanto Cook sai, Coop se estica na minha direção.

— Jogue o jogo, deixe-os felizes e sairá daqui a tempo pro jantar. Estão realmente comprando a teoria do jazz.

Vejo Andie me observando enquanto Coop fala. Parece cansada, e eu me pergunto se ela mesma não teria acabado de voltar de São Francisco. Cook volta com café, pacotinhos de açúcar e de creme e um pauzinho para mexer, que põe diante de mim antes de voltar para sua cadeira.

— Ok, Andie, por que não nos coloca a par de tudo?

Ela caminha até o painel, olha para ele por alguns momentos enquanto se concentra.

— Ok, estas são as quatro vítimas, e em cada coluna anotei os elementos semelhantes do local do crime.

Desenha linhas entre as colunas, combinando coisas como a música que tocava no local, títulos de canções, instrumentos, causa da morte. Nas colunas de Cochise e Ty Rodman aparecem penas de pássaro. Nenhuma pena nos nomes de Nova York. Eu examino o painel e assimilo tudo.

— Até o momento não temos testemunhas, impressões digitais e nenhuma arma. Posso tocar a fita? – olha para Cook, pedindo sua aprovação.

— Claro, vá em frente.

— Estava tocando isso no local do crime de Cochise em São Francisco. Seria capaz de identificar a música? – ela diz para mim.

Aperta o botão do pequeno toca-fitas. O alto-falante de som metálico emite um saxofone alto que reconheço nas primeiras cinco notas da melodia.

— Chama-se "I remember Bird".

É um disco de Cannonball Adderley, e eu lhes digo isto também. Andie desliga o toca-fitas, e todos me olham como se eu tivesse respondido a pergunta final do *Show do Milhão*.

— Tem certeza? – Andie pergunta. — Quer ouvir de novo?

— Não. Eu tenho o álbum e já toquei essa música.

Andie e Cook levam alguns momentos para absorver minha resposta rápida. Só Coop está sorrindo. Sei que está morrendo de vontade de falar "eu não disse?".

É Cook quem fala primeiro.

— Pode nos dar alguma dica a respeito de São Francisco? – pergunta. — Temos três cidades, quatro vítimas.

— A primeira coisa que me veio à cabeça foi um clube de jazz.

Digo a eles do Blackhawk, da gravação de Miles Davis, tudo o que posso lembrar das notas de capa do CD. Quando termino, eles me olham de novo.

— Como é que sabe disso tudo? Sei que é um músico – diz Cook –, mas...

— Tenho o álbum de Miles também – eu digo. — Quando soube do assassinato, comecei a pensar em São Francisco e simplesmente me veio à cabeça. Procurei o álbum e li as notas de capa.

Cook acena com a cabeça e olha para o painel, vendo Andie escrever o nome de Cannonball e o título da canção.

— Mas você falou em Miles Davis. Este disco era de Cannonball – diz Cook. — O que você acha disso?

Encolho os ombros.

— Cannonball tocava sax alto, a canção se encaixa, e vocês acharam penas brancas nos dois locais do crime. O disco que Miles fez no Blackhawk ficou famoso. Não sei ao certo, mas acho que Cannonball pode ter tocado no Blackhawk também. Sei que ele gravou no Jazz Workshop. Era um clube que funcionava na mesma época do Blackhawk.

Capto um olhar de alívio de Coop pelo fato de eu não ter me entregado dizendo que fui eu quem achou a pena. Não imagino que o FBI gostasse de me ver fuçando a cena de um crime.

— Onde estava a pena? – pergunto a Andie.

— No estojo do saxofone. O instrumento também ficou muito danificado – ela diz.

— Bem, é isso aí, gente – olho para eles e fico pensando. — Ainda precisam de mim para mais alguma coisa?

Ninguém parece saber mais o que me perguntar, e não posso pensar em mais nada para contar a eles. Não gosto nada disso e estou doido por um cigarro.

— Não, acho que não – diz Cook, que olha de Andie para Coop. — Somos gratos por sua ajuda. Andie quer repassar o perfil com você, mas pode fazer isso no escritório dela, não é, Andie?

— É, podemos fazer isso agora. Você aproveita a viagem.

Espero que isso signifique que não tenho de voltar mais aqui. Levanto-me e vamos saindo, mas Cook nos detém.

— Sr. Horne, se incomodaria de esperar lá fora por um momento?

— De modo algum.

Olho para Coop, mas sua expressão não revela nada. Fecho a porta atrás de mim e encosto na parede, observando toda a atividade na sala grande das baias. Fico pensando em quantos casos devem estar sendo tocados neste minuto e quanto daquele esforço está sendo direcionado para estes assassinatos. Devem ter umas 40 pessoas lendo arquivos, falando ao telefone ou olhando para telas de computadores. Li em algum lugar que L.A. era a capital dos assaltos a banco nos Estados Unidos.

Andie sai dois minutos depois, com Coop logo atrás dela.

— Divirtam-se, vocês dois – ele diz, e pisca para mim.

Andie percebe e desvia os olhos.

— Por aqui. Seu amigo tem uma imaginação fértil.

Ela me conduz ao longo do corredor até a esquina onde fica seu escritório. É muito menor que o de Wendell Cook, e num estilo padronizado. Arquivos para pastas, uma mesa, algumas estantes, tudo em tom cinza federal, e naturalmente um computador abarrotam a sala. A jaqueta do seu terninho está jogada sobre as costas da cadeira. Ela fecha a porta, caminha pela sala até uma das janelas de alavanca e abre-a. Tira da mesa um minúsculo cinzeiro de lata dourada decorado com o logotipo de uma cadeia de lanchonetes.

— Dos velhos tempos – ela diz, colocando-o num canto da sua mesa. — Vá em frente. Aposto que está precisando de um cigarro.

— Estamos violando alguma lei federal?

Ela ri.

— É o meu escritório. Tenho certeza de que você goza de alguma espécie de imunidade, uma vez que está nos ajudando.

— E talvez Wendell pudesse me chamar de Evan.

Andie sorri, mas aparecem rugas de preocupação ao redor de seus olhos.

— Wendell obedece ao regulamento. Geralmente não é tão formal, mas está sofrendo muita pressão neste caso.

— E você também, imagino.

Acendo o cigarro e sopro a fumaça em direção à janela aberta.

— Sim, bem, tem a ver com o território.

Andie senta-se à sua mesa e aperta alguns botões. A tela se abre e ela digita “PERFIL” no alto do monitor.

— Então, qual foi o motivo da reunião secreta?

— Até o ponto de envolvê-lo nesta investigação. Mas estou certa de que sabia disto.

Ela nem ao menos olha para mim. Simplesmente acessa alguns arquivos, examina-os rapidamente, depois volta à tela inicial antes que eu possa ler qualquer coisa. Seus dedos voam sobre as teclas numa velocidade de Oscar Peterson. Sei tanto sobre computadores quanto sobre música *country*.

— Adivinhei. Coop foi a favor? Como é que faz isso tão rápido?

— Trabalho com essas teclas o tempo todo. Ele falou muito bem de você, disse que teve uma atuação inestimável naqueles outros casos.

— Inestimável. Ora, ora.

— Ele também pediu que você fosse envolvido o mínimo possível.

— Mas já não fomos bem além disso?

Andie ignora o comentário.

— Ele falou sobre a gravação que você tem marcada, mas é claro que eu já sabia a respeito disso.

— Sim, você sabia.

Eu me pergunto se ela contou a Wendell Cook sobre nossa noitada com direito a jantar e jazz. Duvido. Bem, eu também não contei a Natalie. Fumo por um momento, observando Andrea se concentrar.

— Ouça, Evan, se você sabia o que nos contou sobre o Blackhawk ou se leu na contracapa de um álbum não tem importância. Não teríamos a menor idéia de onde procurar o início dessa história. Podíamos levar uma eternidade para descobrir alguém que reconhecesse a canção naquela fita. Foi a mesma razão por que Cooper o chamou para ver o local do crime de Rodman.

Ela olha para mim.

— Sim, eu sabia disso. O FBI não tem especialistas em jazz, que eu saiba, e, excetuando você, a polícia de Santa Mônica também não. Cooper tinha certeza de que você saberia o que aquelas palavras no espelho significavam. E agora você reconheceu aquela canção num instante. Poupou-nos uma porção de tempo.

— E isso é importante?

Eu não conseguia ver como o fato de poder identificar Cannonball Adderley tocando um tema de Leonard Feather se encaixava na história.

— Poderia ser. Este é o ponto. Nunca sabemos quando uma pequena partícula de informação ajudará a resolver um caso. Temos pouquíssima coisa neste caso além do jazz e da possibilidade de que um músico ou um fã de jazz tenha cometido estes assassinatos. Francamente, devo admitir que essa possibilidade está cada vez maior. É o que vamos colocar em foco no perfil.

Dou uma última tragada no cigarro e esmago a guimba no cinzeiro. Subitamente vislumbro o FBI me levando de assassinato em assassinato, fazendo um jogo macabro de "qual é a música?", uma versão pervertida do teste de olhos vendados da revista *Downbeat*.

— Escute – diz Andie, interrompendo meus pensamentos –, vamos dar uma olhada nisso e ver até onde já chegamos.

Olho para a tela vazia.

— Achei que já estava fazendo um perfil e simplesmente pediria que eu acrescentasse o que sei.

Andie acena com a cabeça.

— Eu já fiz. Só quero ver como o seu combina com o meu, comparar nossas anotações. Leve em conta que o que estamos fazendo aqui é criar um retrato do artista, por pior que isso possa soar. Entender o jazz, por exemplo, não ajuda a entender o músico? Estes crimes são a arte do nosso assassino.

Acho que é mais do que isso. Andie não está me contando tudo. Não conheço os detalhes de como os assassinatos foram cometidos, exceto pelo que vi nos noticiários. A maior parte do que o FBI sabe provavelmente está vedada ao meu conhecimento.

— Ok, vamos lá – eu digo. Puxo minha cadeira mais para perto e vejo Andie digitar na tela

```
INDES: MÚSICO DE JAZZ / FÃ
SÉRIES DE HOMICÍDIOS
NOVA YORK, SANTA MÔNICA, SÃO FRANCISCO
CNACV / PACV
```

— Indes?

— Indivíduo desconhecido – diz Andie. — Os outros dois no final são Centro Nacional para a Análise de Crime Violento e uma base de dados de computador, Programa de Apreensão de Criminosos Violentos.

Por mais relutante que eu esteja em me envolver, inconscientemente venho pensando a respeito disso desde a noite em que vi aquelas duas palavras rabiscadas no espelho do camarim de Ty

Rodman. Que tipo de pessoa faria uma coisa dessas? Estou intrigado com o processo de descobrir, porém, quanto mais eu penso, mais convencido fico de que não é um músico.

— Ao que me parece, o assassino é um fã, alguém profundamente mergulhado na história do jazz. Um colecionador de discos muito familiarizado com as datas importantes ou que pelo menos tem acesso a alguém que as conheça.

Se fosse um músico empenhado em algum tipo de vingança, que tal um que não consegue tocar há quase três anos e ficou com muita raiva porque Ty Rodman e Cochise vinham tocando, gravando e se enchendo de dinheiro? Se eu suponho que o homicida possa ser um músico, eu poderia estar descrevendo Ace Buffington ou a mim mesmo. Estes pensamentos eu não compartilho com Andie.

Andie pára de digitar.

— Não creio. Assassinos em série quase sempre trabalham sozinhos. Nunca envolvem outra pessoa, mas posso entender o seu ponto de vista.

Acrescento tudo o mais em que posso pensar enquanto Andie digita. Ela se recosta na cadeira, esfrega a nuca e relê o que digitou com o que parece ser um sorriso de satisfação.

— Seu perfil coincide muito com o meu.

Ela continua a olhar para a tela, e então gira a cadeira na minha direção.

— Não perguntou na outra noite se poderia ser uma mulher?

— Sim, achei que era uma possibilidade. Você ainda acha que não?

— Não sei. Estou na dúvida. Todas as vítimas foram homens, e o que você falou sobre ser alguém que conhecia as vítimas ou podia se aproximar delas faz sentido. Mas tem de ser mais do que uma tiete. Essa pessoa é muito inteligente, com QI elevadíssimo, extremamente organizada, uma profissional.

Eu havia pensado nisso também.

— E que tal alguém do ramo? Publicidade, agente musical, ou uma pessoa ligada às gravadoras? Um monte delas são mulheres.

As sobrancelhas de Andie se tocam enquanto ela estuda a idéia.

— É, não tinha pensado nisso, mas... – e sua voz some enquanto volta o olhar para a tela, que encara por uns dois minutos, totalmente perdida em suas conjecturas. Digita o comando para "salvar" e vemos a tela se dissolver, voltando à página dos programas. Vira a cadeira para mim.

— Obrigada por fazer isso, Evan. Sua contribuição, como Cooper disse, é inestimável. Não sei por onde teríamos começado sem você. Este caso é realmente diferente de tudo o que já vi. Se surgir algo novo, entro em contato com você.

— Parece então que estou dispensado.

— É, acho que sim.

Levanto-me e caminho até a porta.

— Ah, sim, obrigado pelo cigarro.

— De nada.

Olhamos um para o outro por um momento.

— Bem – ela diz –, não há mais nada em que eu possa pensar.

— Nem eu.

COOP ENCOSTOU SEU CARRO perto do meu na garagem.

— Não levou muito tempo – diz ele. — Entre por um minuto.

— Bom, não me contaram tudo, e ela é muito rápida no computador. Acho que havia algo que não queria que eu visse.

Coop acena com a cabeça.

— Dedos mágicos. Esse é o esporte do FBI, para seu conhecimento, apenas para seus olhos e toda aquela papagaiada de Elliot Ness. Também não me contam tudo. Quanto mais cobertura da mídia este caso tiver, maior o número de telefonemas de malucos. Existe sempre alguém por aí querendo confessar. Nesses casos, alguns detalhes são deixados de fora. É uma maneira de separar os malucos do verdadeiro assassino. Estão preocupados com vazamentos.

— Quer dizer que alguém vai ligar pro FBI e dizer que cometeu o assassinato?

— Isso acontece.

— Bom, sou o último a querer que as informações vazem. É tudo que eu preciso.

Coop faz uma pausa. Não olha para mim, mas diz:

— Tem razão, estou te devendo, ou estamos quites, o que você preferir. Agradeço ter guardado certas coisas para si mesmo.

Só então ele se vira para mim.

— Boa notícia esta da gravação. Vai tocar alguma canção de Garth Brooks?

— Não me faça vomitar – e acendo um cigarro.

— Este é um carro de não-fumante, meu velho.

— Certo. Seu capitão sabe a respeito dos seus charutos? Obrigado, Coop. Espero que isso seja tudo com que eu tenha de me preocupar por um longo tempo.

— Vão telefonar pra você se precisarem de mais alguma coisa, está sabendo? Saiu das minhas mãos agora. Além do mais – diz Coop –, você e a adorável srta. Lawrence parecem se dar muito bem.

Lanço um olhar para Coop.

— Por que *você* não convida ela pra sair?

Ele dá a partida no carro.

— Ela já me disse que não sai com tiras. Além do mais, essa é a sua especialidade.

5.

Quando abro a porta, sinto o que espero ser o aroma de salsicha e pimenta. Natalie está no fogão, mexendo o conteúdo de uma grande panela com uma das mãos. Com a outra, puxa para trás mechas de seus belos cabelos louros. Veste suéter de malha, não está maquiada e nunca me pareceu mais bonita.

— Oi – diz ela. — Quer abrir o vinho?

Sem mais aquela está de volta. Tampa a panela enquanto abro algo chamado Bob's Really Good Red. Há uma caricatura no rótulo, o desenho de um sujeito de óculos com uma barba branca.

— Onde arranjou isto? – pergunto, olhando para a garrafa. Sirvo o tinto em duas taças e estendo uma para ela.

— Uma amiga trouxe algumas garrafas de São Francisco. Achou que o retrato se parecia com o nosso professor de direito contratual.

Ela ergue a taça.

— Um brinde a Bob.

Tomamos um gole.

— Nada mau, hein? – ela diz. Olha de novo para o fogão. — Temos algum tempo. Precisa ficar em fogo brando por alguns momentos.

Aponta para o fogão com a cabeça.

— Não sabia ao certo quando estaria de volta. Como foi o ensaio?

Sento-me à mesa e acendo um cigarro.

— Genial, a coisa vai funcionar muito bem. Trabalhamos alguns temas e conversamos também sobre o conceito da gravação.

Natalie mexe a panela mais uma vez e volta para perto de mim.

— Mais telefonemas da gata do FBI?

— A agente especial Lawrence, você quer dizer? Sim, me fizeram voltar lá pra ajudar com o perfil que estão preparando.

Conto a ela sobre a reunião e a nossa discussão. O rosto de Natalie fica mais sério à medida que escuta.

— Acha realmente que está ajudando?

— Eles acham, mas não creio que haja mais nada que eu possa contar.

— Vi a reportagem sobre Cochise. Imagino que alguns músicos estejam ficando nervosos. Tem alguma idéia de quem poderia ser?

Balanço a cabeça.

— Não, realmente, embora haja uma possibilidade de que possa ser uma mulher.

— Uma mulher? Por que uma mulher?

Faço a ela um breve resumo do que eu disse a Andie Lawrence. Ela esvazia sua taça e serve mais vinho.

— Parece que passou muito tempo com esta Andie Lawrence – ergue a mão à sua frente. — Me desculpe, estou parecendo uma perua ciumenta, não é?

— Coop e Wendell Cook também estavam lá. Cook é o chefe – Natalie parece que está apenas ouvindo pela metade, tentando parecer alegre. — Vamos lá, Natalie, o que acha que devo fazer? Quatro pessoas foram assassinadas; eles não têm muitos elementos pra investigar. Estão se agarrando a uma palha conveniente.

— Eu sei, eu sei – diz Natalie. — É só que estou...

— O quê?

— Com medo de que isso se aprofunde e você não consiga sair.

— Não, acho que já fiz minha parte. Não há mais nada que eu possa dizer a eles.

Natalie larga a taça de vinho e vem se sentar no meu colo. Coloca os braços em volta de mim. Sinto seu hálito quente no pescoço.

— Me desculpe – seu olhar é de seriedade fingida. — Mas sei que essa Lawrence é uma gata, ou você teria me dito que tem 40 anos e é uma mocréia.

— Está certa. Ela parece a gêmea de Pamela Anderson Lee.

Natalie me dá um tapa no ombro de brincadeira.

— Pare com isso. Ouça, vamos ter um belo jantar, acabar com este vinho e depois...

— E depois?

— Vou mostrar...

O telefone toca.

— Droga – diz Natalie. — Espera um pouco. Vou atender.

Caminha até o telefone e atende. Está olhando para mim, ainda sorrindo, enquanto fala.

— Alô. É. Ele está aqui. Um momento, por favor.

Segura o telefone de lado e olha para longe. Seu sorriso transformou-se num olhar furioso.

— Andie Lawrence.

Apanho o telefone, e ela vai para o quarto.

— Sim, Andie. O que é? – eu me pego falando mais alto que o necessário.

— Me desculpe por ligar. Espero não estar interrompendo nada.

— Não, eu ia jantar agora.

Vejo Natalie voltar, mas não me encara nos olhos enquanto vai impetuosamente para a cozinha. Tira a tampa da panela e mexe ferozmente.

— Sorte a sua – diz Andie –, ainda estou trabalhando. Bom, não vou tomar seu tempo. Estou cuidando do perfil e acabei de pensar em outra coisa.

— O quê?

— Tentei estabelecer uma ligação entre as quatro vítimas, além do fato de que são todos músicos de jazz bem-sucedidos.

— E aí?

— Bom, acho que encontrei alguma coisa. Dois deles, Ty Rodman e Cochise, Bobby Ware, estudaram em Berkeley. Estava nas biografias que consegui de suas gravadoras. Mas Berkeley não é necessariamente conhecida como uma escola de música. Achei que era meio estranho.

— Não é a Universidade da Califórnia em Berkeley, é a escola em Boston. B-e-r-k-l-e-e. As pessoas confundem as duas o tempo todo. Berklee fica em Boston e é uma escola de jazz. Eu mesmo estive lá.

Agora me lembro de ter lido notas sobre Cochise e Rodman na seção sobre ex-alunos. Ainda recebo a revista.

— Você freqüentou Berklee também? – pergunta Andie. — Não conheceu Rodman ou Ware então, conheceu?

— Não. Estiveram lá bem depois de mim, e eu nunca me formei. E o que significa que os dois estudaram em Berklee?

— Bem, não sei se significa alguma coisa. É apenas outra pista, na verdade. De qualquer maneira, obrigada por ter esclarecido. Vou checar a escola de Boston amanhã. Lamento ter interrompido o seu jantar. E por favor peça desculpas a... É Natalie, não é?

— É, vou pedir. Boa-noite.

— Tchau, Evan.

Quando desligo, Natalie está de pé, de casaco, a bolsa na mão.

— Natalie...

Ela indica o fogão com a cabeça.

— Está quase pronto. É só fazer o arroz. Desculpe, Evan. Não posso fazer isso.

— Fazer o quê?

Ela não responde. Olha para mim mais uma vez, sai e fecha a porta silenciosamente. Fico parado por um momento, querendo ir atrás dela, mas não há nada que eu possa dizer para ela mudar de idéia, pelo menos por agora.

Estou faminto demais para deixar o jantar de lado. Boto água para ferver e coloco uma música, um Art Blakey and the Jazz Messengers dos primeiros tempos. Ao ouvi-lo, me pergunto como o jazz chegou a Cochise, Ty Rodman, Kenny G e um montão de outros grupos de um nome só dos quais nem ouvi falar. Jazz suave, jazz ácido, jazz sampleado, grande parte dele chupada dos velhos artistas da Blue Note. O que teria Bird achado de um sax límpido sobre uma batida monótona de rock sintetizado?

Blakey e seus mensageiros rugem por "Night in Tunisia". Os solos crepitantes de Lee Morgan e Wayne Shorter, impelidos e provocados pela bateria de Blakey, parecem a melhor resposta.

Tomo outra taça de vinho, mas o arroz não fica muito bom. Não me sinto tão faminto depois que Natalie foi embora. Caminho pelo apartamento. Estou inquieto demais para ficar em casa, por isso ligo para Cal Hughes.

— Está ocupado, Cal?

— Sim, Chick Corea quer que eu o substitua na sua Electric Band.

— Preciso conversar. Posso dar um pulo aí?

— Claro, traga alguma coisa. Talvez possa levar Milton para um passeio.

Paro numa loja de bebidas em Sunset e subo as ruas sinuosas de Hollywood Hills até o pequeno bangalô de Cal.

— A porta está aberta – ele grita lá de dentro. Está na sua cadeira costumeira, Milton ao lado, com a perene pilha de livros numa mesa próxima.

— O que está lendo?

— *A loura de concreto* – ele mostra o livro. — É um romance policial.

Acende um cigarro e olha para o saco de papel.

— Para mim? Faça as honras.

Pego dois copos e um pouco de gelo e sirvo doses generosas para nós dois. Cal parece realmente melhor, mas ainda tem tosse. Cada espasmo sacode seu corpo e o força para a frente na cadeira. Milton olha para ele com a triste reprovação dos seus olhos de bassê.

— Conheci uma mulher como esta em Chicago certa vez – diz ele, largando o livro para beber. — Tetas duras como pedra. Precursora do silicone. Não tinham inventado isso ainda. Você continua com a futura advogada?

— Não sei. Não estamos indo muito bem ultimamente.

Conto a Cal sobre Andie Lawrence, o FBI e meus encontros com eles. Ouve em silêncio sem comentar, até que eu conte tudo.

— O FBI, Fodido Bureau de Intimidação. Achei que você ia ficar fora dessa.

— Eu ia. Não estou nessa, realmente.

— Não, você sai pra jantar com essa dona do FBI e ajudar sua força-tarefa num perfil de um *serial killer*. Isso é realmente ficar de fora. Que tal essa Andie Lawrence?

— Ela é legal.

Cal fixa meu olhar por um momento.

— Tudo bem, ela é bonita também.

Cal bufa.

— Foi o que pensei – e chacoalha seu copo com gelo. — Mais um?

Preparo outro drinque para ele.

— O que devo fazer?

— Nada, eu acho. Quatro pessoas morreram – e ele encolhe os ombros. — Se puder ajudá-los a pegar esse cara, acho que tem de ajudar, mas tome cuidado com o FBI.

— Acho que é uma mulher.

— Não brinca.

Conto a Cal minha teoria feminina.

— Bem, você pode estar certo. E quanto ao lance da gravação?

— Está de pé. Já fizemos um ensaio. Os outros caras são bons, estamos escolhendo os temas.

— Fique com alguns temas conhecidos, *standards*, mas tem também uma porção de boas músicas que ninguém toca mais, músicas obscuras. Funcionam para Keith Jarrett.

Cal sacode a cabeça.

— O cara é foda, um gênio.

Conversamos um pouco mais sobre música e então notamos o olhar interrogativo de Milton.

— Pode levá-lo pra uma volta no quarteirão antes de ir embora?

— Claro. Vamos lá, Milton.

O grande bassê se arrasta até a porta e me deixa colocar a coleira. Eu o levo para uma volta na quadra, deixando que explore o território no seu próprio ritmo. Pergunto-me se Natalie mudou de idéia e telefonou, e subitamente quero levar Milton de volta e ir para casa.

De volta ao bangalô, Cal está com a TV ligada.

— Veja isso – diz ele.

Não é mais a história principal. Muito tempo se passou. Mas pouco antes da meteorologia, os assassinatos de Cochise e Ty Rodman são requentados.

— E, numa nota – diz o âncora –, o chefe da força-tarefa do FBI, Wendell Cook, relata que o Bureau está sendo ajudado em suas investigações por um músico local.

Cortam para Cook saindo do Edifício Federal com Andie Lawrence e Ted Rollins atrás. Ele parece meio surpreso de ver os repórteres.

— Sim, este músico conheceu uma das vítimas, Bobby Ware, no Berklee College of Music, em Boston. Não temos outras pistas no momento – Cook continua –, mas ele está sendo muito prestativo. É tudo o que posso dizer até o momento.

Cortam de volta para o estúdio.

— *Action News* soube que o músico mencionado ajudou a polícia em várias outras ocasiões nos últimos três anos. A seguir...

Cal tira o som e olha para mim.

— Ê-ê, você acabou de se ferrar, meu camarada.

ESTOU SENTADO NO MEU CARRO à espera de Andie Lawrence, no estacionamento da garagem do Edifício Federal às oito horas, bebendo café 7-Eleven num copo de papel, fumando meu terceiro cigarro. Visto as mesmas roupas da noite passada, e meus olhos parecem cheios de areia enquanto examino os carros que chegam.

Acabei dormindo na casa de Cal depois do noticiário e de vários outras doses. Imagino que minha secretária eletrônica esteja cheia de mensagens de Jeff, Gene, Paul Westbrook, Coop, Natalie e talvez até de Andie, a única com quem desejo falar no momento.

Às oito e dez ela chega à garagem e estaciona na área reservada, quase diretamente à minha frente. Desço do carro e caminho até ela. Andie apanha uma caixa no banco traseiro e fecha a porta com o pé.

— Andie.

Ela se vira espantada, me vê e curva a cabeça lentamente. Eu esperava que ela não estivesse por dentro. É difícil acreditar que não esteja. Sabe por que estou aqui. Endireita-se, coloca a caixa no capô do carro.

— Tentei ligar pra você na noite passada.

— É, posso até adivinhar.

Jogo fora meu cigarro, com raiva.

— Estava pensando no quê?

— Evan, ouça, não fui eu.

— Não? Foi com você que falei a respeito de Berklee. Eu lhe disse que não conhecia Bobby Ware.

— Acho que você precisa subir e conversar com Wendell – diz ela.

— Sim, estou realmente muito a fim disso.

Andie tranca o carro e entramos. Deixo que se vire sozinha com a caixa. Estou zangado demais para falar até que chegamos ao elevador.

— Rollins está aqui também? – pergunto.

Andie acena com a cabeça.

— Deveria estar.

Saímos do elevador e eu a sigo pela sala das baias até o escritório de Wendell Cook. Tudo isso está ficando familiar demais para mim.

Cook parece que sabia que estávamos chegando. Está de pé na porta do seu escritório. Por trás do seu ombro posso ver Ted Rollins e Coop já lá dentro.

— Bom dia, sr. Horne, – Cook diz. — Nós gostaríamos...

— Não perca tempo com as formalidades, Wendell. E, a propósito, me chame de Evan. Precisamos conversar.

Passo roçando por ele e sento-me à mesa comprida do lado oposto de Rollins e Coop. Na porta, Cook apanha a caixa das mãos de Andie e coloca-a no chão. Os dois vêm juntar-se a nós.

— Alguém pode por favor me dizer por que foi necessário contar ao pessoal da televisão que um músico local estava ajudando vocês? Não percebem que qualquer um que tenha lido os jornais e assistido aos noticiários da TV nos últimos dois anos vai saber que sou eu?

Nada além de silêncio. Olho de um rosto para o outro, mas ninguém parece capaz de me encarar. Andie olha fixamente para o vazio. Rollins mexe na caneta, e Wendell Cook fica sentado, as mãos cruzadas à sua frente. Finalmente Coop olha para Wendell Cook.

— Bom, não vai contar a ele?

Puxo meu cigarro e acendo, ato insignificante de desafio, mas Cook nada diz. Apenas empurra um copo de papel de café na minha direção. Eu jogo cinza no café frio.

— Receio que já tenham descoberto – diz ele.

Levanta-se e me traz um jornal da sua mesa. Está dobrado na página três. Cook empurra-o por sobre a mesa e indica outra reportagem sobre os assassinatos, em destaque num box. Meu nome está no segundo parágrafo: "... O agente especial Ted Rollins revelou a este repórter que o músico citado pelo diretor da força-tarefa Wendell Cook como aquele que ajuda o FBI nas investigações é o pianista Evan Horne. O músico ajudou a polícia em várias investigações nos últimos três anos. Ele tocou recentemente na Jazz Bakery com seu trio."

Tem mais. A história resume brevemente o caso de Lonnie Cole, os assassinatos em Las Vegas, de Wardell Gray e do colecionador de discos Ken Perkins. Não se dá ao trabalho de mencionar que a morte de Gray ocorreu em 1955. Viro para a primeira página. Está na parte inferior, mas a manchete diz: MÚSICO LOCAL AJUDA FBI NOS ASSASSINATOS DO JAZZ.

Dou uma longa e última tragada no cigarro, que afundo no copo de café.

— Evan – começa Cook. — Eu sei...

— Em que porra você estava pensando? – inclino-me na direção de Rollins. Sinto que Coop me dá um olhar de advertência, mas ignoro.

— Quem autorizou isso?

— Ninguém autorizou – diz Cook. — Foi um equívoco.

Rollins encolhe os ombros e olha para Cook.

— Foi um repórter do *Times* – diz ele. — Achei que era em off, pra não publicar.

— Porra nenhuma. Queria ver seu nome no jornal – eu replico.

— Não é verdade – diz Rollins. Ele me fuzila com o olhar.

— Tudo bem – diz Cook. — Chega. O que passou, passou.

— Ah, deixem eu anotar isso. Vou dizer a Paul Westbrook quando ele cancelar minha gravação.

Cook espera alguns momentos para eu me acalmar.

— Entendo que esteja revoltado, Evan, mas não tivemos escolha. Esta foi uma decisão do Bureau.

— Achei que tinha dito que foi um equívoco.

— Divulgar seu nome foi um equívoco. Deixar a mídia saber que um músico estava nos ajudando, não.

— O quê? Não entendo? – e então subitamente entendo. — Vocês esperam que o assassino entre em contato comigo. É isso, não é?

Ninguém diz nada por um momento. A não ser Coop, todos me espiam de soslaio. Os olhos de Coop me encaram de frente, fazendo com que saiba que não teve nada a ver com isso.

Cook suspira antes de responder.

— Temos quatro assassinatos aparentemente ligados entre si. As suas informações nos convenceram de que se trata de um músico, ou de alguém ligado a um músico, ou um fã. Não temos outras pistas, nenhum rumo a seguir.

— E imaginam que este INDES... É assim que chamam ele, não é, Andie? Será ele esperto o bastante pra deduzir, mesmo sem o meu nome, que eu sou o músico local? E depois? – não posso resistir à alfinetada em Andie.

— Ainda não estamos certos – diz Cook. — Não acho que seja o suficiente para fazer com ele pare, mas poderia nos dar algum tempo, fazer com que ele, ou ela, repense as coisas. Simplesmente não sabemos.

Sacudo a cabeça.

— Enquanto isso, o que eu devo fazer? Simplesmente continuar com a vida normal?

— Vamos divulgar um desmentido de que não é você o músico. Na verdade, Ted já cuidou disso.

Rollins fica sentado, com um ar arrogante.

— Sabe de uma coisa, Rollins – eu digo –, não precisava dar a eles o meu nome. Se esse assassino é tão esperto como vocês todos acham, não precisava do meu nome.

Rollins ergue os olhos.

— Só para esclarecer, Horne, fui contra sua participação nisso desde o início. E ainda sou. A última coisa que precisamos é de um músico pirado...

— Tudo bem, Ted, chega – diz Cook.

Já estou a caminho da porta. Quero sair. Coop se levanta.

— Vou acompanhar você.

Lanço a Andie um último olhar, e Coop e eu descemos de elevador até a garagem.

Paramos no meu carro. Acendo um cigarro e me encosto na porta, minha cabeça ainda ligada na reportagem do jornal.

— Ok – diz Coop –, eis aqui outra bela encrenca em que o meti.

Ele bate com o dedo no meu peito.

— Sabe, não tive nada a ver com o seu nome vazar para a mídia. Fiquei com mais raiva ainda do que você quando eu soube. Foi por isso que eles estavam tão quietos lá em cima.

Desvia o olhar para alguns carros que chegam à garagem.

— Andie também não teve culpa, caso esteja em dúvida.

— Não estou.

— Bom, você foi um pouco duro com ela. Ela quase comeu Rollins vivo.

— Rollins é...

— Um pentelho do FBI. Como é que se poderia chamar alguém que gosta de Kenny G?

— Musicalmente desafiado?

Sei o que Coop está fazendo e dou uma risada a contragosto.

— Ouça, Coop, não me incomodei de ajudá-los, mas não preciso desse tipo de publicidade. O sujeito na Quarter Tone me perguntou sobre isso quando conversamos.

— Eu sei – Coop diz. — Isso provavelmente vai se esvaziar. Fique na sua. Vá dormir um pouco.

Ele parte em direção ao seu carro.

— Ficarei em contato.

ESTOU MUITO AGITADO para ir para casa. Dirijo pela rodovia da Costa até Malibu e paro num estacionamento deserto em Zuma Beach. Fico sentado ali por mais de uma hora, ouvindo as ondas, repassando tudo na cabeça, e finalmente percebo que não há nada que eu possa fazer. Cook tinha razão. O que passou, passou. Ainda que haja um desmentido, ninguém vai acreditar.

Quando chego em casa, a luz da minha secretária eletrônica está piscando loucamente. Não chego sequer a checar as mensagens. Arranco o telefone da tomada, tiro minhas roupas e caio na cama. Quando acordo está quase escuro. Fico debaixo do chuveiro o tempo suficiente para despertar e então preparo um café. Coloco o telefone na tomada e enfrento a secretária eletrônica.

As mensagens são previsíveis: Coop, Andie, Natalie e Jeff Lasorda, que cantarola o tema da série de TV *Dragnet* e depois diz "Me liga, cara."

Paul Westbrook simplesmente quer que eu ligue imediatamente para ele, provavelmente para cancelar a gravação. Há também duas chamadas de alguém que se identifica como um repórter. Esta eu não vou responder mesmo.

Decido ligar para Natalie primeiro. Mas, antes que possa discar, o telefone toca. Sem pensar, atendo.

— Alô! – ninguém responde. — Alô, quem é?

Vou desligar quando ouço música, um saxofone. Escuto por um momento.

— Quem é?

— Ah, você sabe quem é.

A voz é grave, ao mesmo tempo rouca e clara.

— Isso é um teste, Evan. Quem está tocando?

— John Coltrane.

— De que álbum?

— *Soultrane.*

— Acertou de novo. E o tema?

—"Good bait".

— Isso vai ser muito divertido, Evan.

— Como sabe meu nome? Quem está falando?

— Preciso de você, Evan. Você vai me ajudar.

— Ajudar em quê? Se isso é algum tipo de brincadeira...

— Simplesmente fique calado e ouça.

Eu apuro os ouvidos, mas não há nada além do som inconfundível do tenor de Coltrane e a respiração de alguém.

— Desculpe, Evan. Fiquei zangada por um momento, como aconteceu com Ty Rodman. Ele também não queria me ouvir.

Viro-me, olho pela janela para a escuridão. Minhas pernas de repente parecem de borracha.

— O que você sabe sobre Ty Rodman?

— Sei que está morto – a voz é calma, sem paixão.

— Todo mundo que lê jornal ou vê televisão sabe disso. Não chame...

— Você encontrou a pena, não foi, Evan?

— Que pena? Do que está falando?

— A pena no estojo do saxofone de Rodman. Sei que foi você. Assim como aquela no estojo de Cochise. Uma pena bonita, pura e branca.

Deslizo pelo balcão, me vejo sentado no chão e me pergunto como fui parar ali.

— O que você quer? – o som da minha voz é trêmulo, está preso na minha garganta.

— Não se preocupe, Evan. Você não tem nada a temer. Vamos conversar de novo.

Alguns segundos de Coltrane, e depois nada mais.

Fico sentado no chão por vários minutos, minha cabeça contra o balcão, o telefone ainda na mão. Meu pulso está galopando. Sinto-me gelado. Quando finalmente me levanto, minha mão está tremendo ao acender um cigarro. Penso um momento e então telefono para o número de Andie Lawrence.

— Agente especial Lawrence.

— Andie, é Evan.

— Estou tão contente que tenha ligado. Eu...

— Escute, Andie – tomo fôlego. — Andie, acabei de receber um telefonema do assassino.

— O quê? Ah, meu Deus! Como sabe que era o assassino?

— Ela sabia sobre as penas. Está me ouvindo, Andie? Ela sabia sobre as penas.

— Ela?

— É. O assassino é uma mulher.

6.

Dou um pulo quando o telefone toca de novo. Ele penetra no silêncio, o som amplificado, o espaço entre os toques agonizantemente longo. Nada além do zunido da geladeira para competir com seu ruído. O aparelho parece me mesmerizar, como se fosse uma serpente venenosa enroscada para me atacar, e eu espero tensamente pelo terceiro toque. A máquina atende e ouço minha própria voz.

— Oi, aqui é Evan Horne. Deixe sua mensagem.

— Evan, por favor atenda, é Andie Lawrence.

Sua voz soa desesperada, suplicante.

— Evan?

Fecho os olhos, percebo que estava prendendo o fôlego. Sinto meus ombros relaxarem ao exalar profundamente e pego o telefone.

— Alô, Andie.

— Evan, graças a Deus. Quando você desligou achei que algo havia acontecido. Eu...

— Eu simplesmente não podia falar mais. Algo aconteceu, Andie.

— Evan, você está bem? Parece... não sei... distante.

Sei o que ela está ouvindo. Não consigo projetar minha voz além de um tom monótono.

— Estou aqui, Andie. Eu... eu não sei o que fazer.

— Tudo bem, Evan. Ouça. Você precisa sair dessa. Deve ter um gravador de fita, um pequeno toca-fitas?

— É, preciso encontrar.

— Bom, encontre e coloque perto do telefone. Mantenha perto do telefone. Entendeu? Se ela ligar de novo, pode pelo menos gravar metade da conversa.

— Ok.

Sinto que estive debaixo d'água, mas agora nado lentamente para a luz na superfície.

— Acho que tenho uma daquelas extensões pra gravar o interlocutor. Eu usava pra fazer entrevistas, quando escrevia.

— Bom, é isso aí. Fique ligado, Evan – diz Andie. — Encontre o aparelho e grampeie a chamada. Vamos levar algum equipamento. Passei uma chamada para Cooper. Ele está a caminho.

Agora mesmo posso ouvir uma sirene gritando ao longe.

— Ok. Andie?

— O quê?

— O que vai acontecer agora?

— Fique frio, Evan. Vamos conversar a respeito quando eu chegar aí. Estamos a caminho.

Ponho o fone no gancho. A sirene está mais alta agora, provavelmente só a dois quarteirões de distância. Abro a porta e olho para fora. É o crepúsculo. Uma névoa cinzenta vem da praia. Luzes brilham suavemente nas janelas do outro lado da rua.

Deixo a porta entreaberta para Coop, ligo algumas luzes, sento no sofá e acendo um cigarro. Minha cabeça está começando a clarear quando ouço o guincho do carro de Coop freando, seus passos rápidos subindo os degraus e então parando.

Ele empurra a porta com o pé, entra com a arma na mão, o corpo agachado, na posição de tiro.

— Evan?

— Estou aqui, Coop.

Ele me vê no sofá, apruma-se e enfia a arma no coldre. Olha ao redor rapidamente e depois senta perto de mim.

— Jesus, eu vi a porta... Andie me ligou. Estava indo pra casa.

Estuda meu rosto.

— Ficou abalado, hein? – diz ele. — Você está bem?

Olho para ele e sei que percebe que não estou bem.

— Tem alguma bebida aqui? – vai até a cozinha e começa a abrir as portas dos armários. — Uísque, certo?

Não espera que eu responda. Traz a garrafa de Dewar, um copo, e serve uma dose saudável.

— Toma um trago, meu velho.

Bebo metade da dose, sinto a garganta queimando e então um calor no estômago.

— Andie disse pra eu grudar meu toca-fitas no telefone. Esqueci. Está numa gaveta debaixo da TV.

Coop remexe na gaveta. Ele joga de lado cassetes, fios de alto-falantes e puxa o aparelho.

— É este?

— É, acho que o fio do gravador ainda está nele.

— Certo – diz Coop. Vai ao telefone, pluga o gravador e prende uma extremidade do fio com a concha de sucção ao fone. — Tem uma fita aqui. Precisa dela?

— Não, vá em frente.

Ouço o zunido enquanto ele rebobina a fita, levanta o fone, espera o sinal de linha e então desliga. Senta-se comigo de novo, coloca a mão no meu ombro.

— Escuta, cara. Esse lugar vai estar cheio de agentes do FBI e da polícia a qualquer minuto, e você tem de estar pronto.

— Que quer dizer?

Inclina-se sobre mim. Seus olhos brilham ao som de novas sirenes.

— O FBI gosta de entrar de sola. Não sabe o que esperar. Provavelmente mandou os tiras cercarem a casa. Posso administrar isso, mas Andie e talvez Wendell vão estar aqui a qualquer minuto, fazendo um montão de perguntas, por isso se prepare. Vão querer saber suas primeiras impressões, qualquer coisa que possa lembrar sobre a voz. Isso é vital. Sacou?

— Saquei, estou numa boa, mas preciso de um pouco de gelo nisso, senão vou estar de porre quando eles chegarem aqui.

— É pra já.

Coop apanha meu copo e volta à cozinha. Posso ouvi-lo na geladeira, jogando cubos de gelo na pia, e então ele volta.

— Pronto.

Tomo outro gole, recosto no sofá e fecho os olhos.

— Estou fodido, Coop. Sabe disso, não sabe?

Quando ele não responde, abro os olhos e o encaro. Ele desvia o olhar. Sei que não quer responder.

— Vamos ver.

Há uma batida forte na porta. Quando Coop abre, vejo pelo menos quatro uniformes escuros. Polícia de Venice. Coop vira-se para me olhar uma vez mais e então sai até o corredor. Conhece um deles. Mostra o distintivo, dá algumas instruções que não posso perceber, e eles voltam para a rua. Observo tudo como se fosse um filme passando à minha frente.

Coop deixa a porta aberta e volta para perto de mim.

— Vão cuidar da rua, tomar conta do tráfego. Você está ok?

— Estou, vou ficar bem.

Ficamos sentados em silêncio por alguns minutos. Posso sentir o nervosismo dele. É como um rottweiler numa coleira farejando encrenca. Fecho os olhos de novo, repasso o telefonema na minha cabeça, sei que nunca mais esquecerei daquela voz.

Poucos minutos depois Andie chega, seguida por dois sujeitos de jeans e jaquetas. Nunca os vi antes. Eles carregam caixas de papelão. Um tem também uma pequena caixa de ferramentas de plástico. Coop aponta Andie com a cabeça.

— Vou checar lá fora – diz.

Andie olha para mim.

— Onde está o seu telefone, Evan?

— Está...

— Ali – diz um dos sujeitos diz.

Andie faz um sinal com a cabeça para eles.

— Mãos à obra.

Vejo um deles puxar um gravador de fita, fios. São rápidos e eficientes. Outro abre a caixa de ferramentas, começa a desatarraxar o receptor. Seu colega conecta o gravador depois de desligar o meu e colocá-lo de lado sobre a estante. Andie observa o trabalho. Em poucos minutos deixaram tudo instalado. Um deles verifica o sinal de linha.

— Estamos no ar – diz.

— Ok – diz Andie. — Vou mostrar como funciona. Obrigada, amigos.

Nem chegam a olhar para mim quando saem.

Andie senta no sofá, olha para o drinque à minha frente.

— Você está bem? Precisamos conversar.

— Estou numa boa.

Na verdade não estou. Ainda ouço aquela voz na minha cabeça. *Você vai me ajudar*. O que queria dizer?

Andie puxa bloco e caneta.

— Ok, conte tudo o que aconteceu.

Eu respiro fundo.

— Tudo bem. Eu tinha acabado de ouvir as mensagens na minha secretária quando o telefone tocou. Não estava nem pensando, simplesmente atendi, achei que podia ser Natalie.

— E o que ouviu primeiro?

— Nada no início, apenas silêncio, e então música.

— O que era? Você a reconheceu?

— Coltrane, John Coltrane, saxofone, e um velho disco. O álbum se chama *Soultrane*, a canção era "Good bait".

Andie anota tudo, checa a grafia comigo.

— Ouviu mais alguma coisa? Barulho ao fundo, algo assim?

Penso por um momento, dou uma tragada no cigarro e sopro a fumaça. — Um som exalado, como este.

Vejo Andie anotar no seu bloco: "Talvez uma fumante".

— Bom, isto é bom – ela diz. — Mais alguma coisa?

— Não, acho que não. Apenas a música, o som da fumaça soprada e a voz.

— Ok, descreva a voz. Tem certeza de que era uma mulher.

— Tenho certeza, era... rouca, grave, não chegava a ser um tom agudo.

— Não poderia ser alguém usando algo para disfarçar a voz? Algum tipo de eco que pudesse detectar?

— Não, não acredito.

— Ok, me diga exatamente o que ela falou, o que você disse, da melhor maneira que puder lembrar.

Andie transcreve tudo e então me pede para ler.

— É, é isso mesmo. Então ela desligou depois de mais alguns segundos de música.

— Ainda Coltrane?

— É, estava tocando o tempo todo ao fundo.

Andie lê as notas e então sublinha três frases. "Isso vai ser muito divertido." "Preciso de você, Evan." "Você vai me ajudar."

— Alguma idéia do que ela queria dizer com isso?

— Nenhuma.

— Não era alguém que você reconhecesse, era?

Sacudo a cabeça lentamente.

— Tudo bem, e isso é importante. Tem certeza de que foi ela quem mencionou as penas de pássaro?

— Absoluta.

Apago o cigarro.

— É a assassina, não é?

Andie faz uma pausa, batuca no bloco.

— Ninguém mais sabe sobre as penas.

Ergo o olhar então e vejo Natalie de pé diante de nós, Coop logo atrás dela. Não cheguei nem a notar que tinham entrado.

— Evan, o que aconteceu? O que está havendo?

Natalie veste um terno branco de algum tipo de tecido enrugado. Está maquiada, com os cabelos escovados para trás. Parece pronta para sair.

Andie se levanta e estende a mão.

— Sou a agente especial Lawrence. Você deve ser Natalie. Acho que já nos falamos ao telefone.

Eu as observo estudando uma a outra. Natalie aperta a mão de Andie brevemente.

— Oi – diz, e depois olha para mim de novo. — Evan?

— Desculpe, Natalie – diz Andie. — Vou terminar isso dentro de poucos minutos.

Ela acena com a cabeça para Coop, que segura Natalie pelo cotovelo e começa a conduzi-la para fora. Natalie vira-se, olhando para trás por cima do ombro.

— Evan, você está bem?

Eu balanço a cabeça e olho para Andie.

— Desculpe – diz Andie. Sorri levemente. — Só quero mantê-lo concentrado aqui.

Ela se vira para mim e então olha de novo para o bloco.

— Há mais alguma coisa de que possa lembrar, por menor que seja?

Acendo outro cigarro e penso.

— Não, nada. Isso não basta?

Andie concorda com a cabeça, ergue as sobrancelhas.

— Sim, foi muito.

— Ela vai me telefonar de novo, não vai?

Andie me olha fixamente por um momento antes de responder.

— Vai, mas não esta noite, provavelmente não por dois dias, o que é bom, nos dá algum tempo.

— Como você sabe?

— Esta foi uma chamada exploratória, só pra deixar você saber que ela está na área, que sabe quem você é, mas haverá mais. Pode apostar.

— Que faço, então?

— Falamos sobre isso amanhã.

Andie olha para o telefone.

— Vamos lá – diz ela.

Mostra-me os botões que devo apertar para acionar o gravador. Parece novo em folha, high-tech.

— Isso vai gravar todas as chamadas que entrarem. Vamos tentar, naturalmente, mas não acho que exista muita chance de localizá-la. Toda chamada que receber, aperte este botão primeiro. Queremos a voz dela em fita.

Apanha uma das caixas e tira um telefone celular embrulhado em plástico. Também parece novo em folha e não muito maior que um maço de cigarros. Aperta o botão talk, ouve por um momento, digita outros números e finalmente pressiona o off.

— Leve isso com você o tempo todo, ok? Mesmo que saia de casa só pra comprar cigarros ou jornal. Se não estiver em casa, seu número será repassado para o telefone celular. Eu sou a única que vai ter o número do celular, pra que a gente possa conversar sem utilizar a sua linha de casa.

Ela parece pensar por um momento.

— Talvez Cooper também, se você quiser.

Concordo.

— E quanto a Natalie?

— Não – diz ela –, acho que não. Programei minha linha direta no telefone celular. Está conectada com o meu bip.

Andie me passa o telefone celular. Olho para ele por um momento, temendo o que está na outra extremidade da linha. Nunca cheguei a ter sequer repasse de ligações. Agora tenho um telefone celular, um identificador de chamadas e uma linha direta com o FBI.

— Mais uma coisa – diz Andie. — Vamos ter alguém na rua, num carro comum, sem identificação, pelo menos até sabermos o que está acontecendo, tudo bem?

— Andie?

— O quê.

— O que você acha que ela quis dizer?

— Tem de estar preparado. Ela quer que você faça alguma coisa.

FICO SENTADO POR UM LONGO TEMPO no sofá com Natalie, apenas abraçando-a. A TV está ligada no volume baixo, mas na verdade nenhum de nós presta atenção. O telefone celular está sobre a mesa de café à nossa frente. Quando toca, nós dois damos um pulo.

— Meu Deus – eu digo.

Pego o celular, olho para Natalie e aperto o botão talk. Ela está sentada na beira do sofá, com a mão na boca.

— Alô.

— Relaxe, meu velho, sou só eu, checando.

Dou um suspiro e afundo de novo no sofá.

— Coop. Você me deu um puta susto.

— Apenas verificando a linha. Andie me deu o número. Estou só a um bip de distância, lembre-se disso. Durma um pouco, se conseguir. Terá um longo dia pela frente amanhã.

— Obrigado, Coop. A gente se vê.

— Tchau.

Desligo o telefone. Natalie deixa-se cair para trás no sofá e passa as mãos pelos cabelos.

— Meu Deus, isso arrasa com os nervos.

— O quê, exatamente?

Natalie pega o telefone e subitamente dá um risinho abafado.

— Desculpe, só estava pensando.

— O quê?

— Agora você tem um telefone celular para emergências jazzísticas.

Eu rio com ela.

— É – digo –, venha rapidamente, preciso de alguns acordes de blues duplicados.

Não é muito, mas rompe a tensão momentaneamente. Quando relaxamos, olhamos um para o outro por um momento.

— Vai ficar tudo bem, Evan.

— Gostaria de poder acreditar nisso.

— Você tem o Coop e o FBI, a agente especial Lawrence – e ela sacode um dedo para mim. — É melhor tomar cuidado, amiguinho. Ela realmente não tem 40 anos, não é uma mocréia, mas parece que sabe o que está fazendo.

— Vamos esperar que sim.

EU DURMO MAL, É CLARO, me agitando e revirando a maior parte da noite. Duas vezes acordo e procuro escutar o telefone. Sento por algum tempo à beira da cama e observo Natalie dormir, achando que talvez ela não devesse estar ali. Vai ser uma batalha. Ex-tira ou não, Andie Lawrence vai querer manter Natalie à distância. Essas linhas já foram traçadas.

Deito-me de costas, fecho os olhos, apertando-os, e não sinto nada até que Natalie está me sacudindo.

— Evan, são quase oito horas. Tem de estar no Edifício Federal às nove.

Sinto como se não tivesse dormido nada. Depois de um café e de um banho de chuveiro demorado e quente, caminho com Natalie até o carro dela, quase a meio quarteirão de distância. Pouco adiante na rua vejo um homem sentado num sedã escuro. Ergue o olhar quando passamos, me dá um breve aceno.

— Quem era? – pergunta Natalie.

— Não sei. Efrem Zimbalist Junior, minha babá? Ligo pra você depois, provavelmente de um telefone público.

Natalie parece surpresa.

— Por quê?

— Não sei se querem que eu comprometa meu telefone. Vou descobrir.

Natalie entra no carro e dá a partida. Ergue o olhar para mim.

— Isso vai ficar complicado, não vai?

— Já está.

CHEGO AO EDIFÍCIO FEDERAL logo depois das nove. Andie caminha pelo saguão, fala com um guarda de segurança e confere o relógio. Ela corta o guarda no meio de uma frase quando me vê caminhando em sua direção.

— Noite ruim? – pergunta.

— Pareço tão péssimo assim? – eu simplesmente joguei um jeans e um pulôver sobre o corpo.

Ela sorri.

— Não, de modo algum.

— Bem, antes parecesse.

Ela balança a cabeça.

— Estamos todos a postos. Queremos reconstituir o telefonema de novo, ver se conseguimos encontrar mais alguma coisa, algo que você possa não ter percebido.

— Não acredito, mas seja como vocês quiserem.

— Escute – diz Andie –, sei que isso foi mais longe do que imaginávamos. Mas, antes de subirmos, eu só queria que você soubesse que não tive nada a ver com o vazamento para a imprensa. Foi o Ted. Não estou desculpando, mas ele foi pressionado pelo repórter.

Olho pelas portas que dão para o Wilshire Boulevard. O tráfego está pesado, e um pequeno grupo de manifestantes, em sua maioria homens, caminha de um lado para o outro carregando cartazes e distribuindo panfletos para os pedestres. Um dos cartazes diz: "VETERANOS DA GUERRA DO GOLFO TAMBÉM PRECISAM DE BENEFÍCIOS!"

— Bem, agora não tem mais importância realmente, não é? Não tive a intenção de agredi-la, mas fiquei realmente puto da vida.

Andie acompanha o meu olhar.

— Isso acontece o tempo todo. Alguém está sempre protestando contra algo – e se vira para mim. — Não tem importância. Você tinha todo o direito de ficar zangado. Quero que sinta que pode confiar em mim.

— Acho que não tenho escolha, tenho?

— Tudo bem. Então ficamos assim.

Caminhamos em direção aos elevadores, mas Andie pára.

— Onde está o seu telefone?

— Merda, esqueci no carro.

Andie me fuzila com o olhar.

— Vá buscar.

Desço correndo até a garagem e agarro o telefone. Ainda está sobre o banco. Corro de volta ao saguão, pensando que talvez inconscientemente não o queira ter comigo. Exibo o celular para Andie.

— Você não precisa que as mensagens sejam encaminhadas enquanto estivermos aqui – diz ela, apanhando-o. Mostra-me como programar o telefone. — Mas coloque de novo no ar quando for embora.

Bato continência para ela de brincadeira. Andie me leva pela área de segurança e subimos ao 17º andar. Desta vez não é o escritório de Wendell, mas uma sala diferente, ocupada por diversos agentes que operam equipamentos de gravação, algumas mesas pequenas e o painel de exposição.

Wendell Cook está falando com um dos agentes, e Ted Rollins examina alguns papéis impressos por computador. Os dois se viram para nós quando Andie e eu entramos. Cook se aproxima e é quase confortador ao apertar minha mão.

— Não se preocupe, Evan, estamos realmente em cima disso, e com a sua ajuda, esperamos encerrar o caso muito rapidamente.

— Obrigado, já me sinto melhor.

— Eu sei – diz Cook, captando o meu sarcasmo. — Mas nós sabemos o que estamos fazendo. Se for confirmado que quem telefonou é a assassina, temos uma grande vantagem neste caso.

— Qual?

— Você – diz Cook. — Acho que Andie vai concordar. Certo, este não é o quadro costumeiro, existem alguns ângulos diferentes, mas também nunca tivemos alguém com o conhecimento especializado que você possui.

Olho para Andie.

— Ele está certo, Evan. Quanto mais você ajudar, mais rapidamente chegaremos a uma solução. Sabe de coisas sobre as quais não nos ocorreria perguntar, por isso entre em campo quando algo aparecer, por menor que seja. Isso é uma rua de mão dupla. Estaremos tão disponíveis quanto possível.

Posso traduzir aquilo na minha própria linguagem. O FBI decidirá o que e se eu preciso saber.

— Ok – diz Cook. — Mãos à obra. A primeira coisa que queremos fazer é reexaminar a transcrição do telefonema.

Estamos reunidos em torno da mesa, e Andie distribui cópias. Quando recebo a minha, olho para ela surpreso, ao ver minhas próprias palavras impressas.

— Dê uma olhada nisso – diz Andie. — Se houver algo que não pareça correto, diga.

É como a primeira leitura de uma peça. Eu leio lentamente, o som da voz ecoando na minha cabeça enquanto as palavras entram em foco. Andie ou alguém digitou tudo. Todas as linhas são numeradas.

1 E.H.: Alô? Alô, quem é?
  (música tocando, John Coltrane, "Good bait".
  Compositor: Tadd Dameron)
2 E.H.: Quem é?
3 Voz: Ah, você sabe. Isso é um teste, Evan. Quem está tocando?
4 E.H.: John Coltrane.

Meus olhos voltam à primeira linha.

— Como sabia que Tadd Dameron compôs "Good bait"? – pergunto a Andie.

— Comprei o CD na noite passada, a caminho de casa.

— Tudo bem, tudo bem, já chega de música – diz Rollins. — Por que simplesmente não desligou?

Olho para Rollins. De certo modo chegamos a uma trégua não-declarada e provavelmente temporária.

— Não sei. Não é o que todo mundo faz? Achei que talvez houvesse uma conexão ruim. Às vezes as pessoas se distraem por alguns segundos quando atendem o telefone. Então ouvi a música.

— E o que pensou? – Cook quer saber.

— Pensei que talvez fosse ouvir a voz de um músico, alguém que deixou a música tocando ao fundo quando ligou.

Cook acena com a cabeça, satisfeito com a minha resposta. Voltamos todos às páginas da transcrição. Leio tudo até o fim.

— É, acho que é isso mesmo.

— E tem certeza de que foi aquela a seqüência sobre as penas de pássaro? Não tentou dar uma de esperto e ver se ela sabia alguma coisa a respeito, perguntar a ela, quero dizer? – interroga Rollins.

Andie interfere rapidamente.

— Ora, pelo amor de Deus, Ted. Corta essa.

— Certo – diz Rollins. — Achei que íamos verificar tudo.

— Não, Ted – digo eu com calma. — A seqüência foi essa.

— Tudo bem – diz Andie. — Estamos procurando inflexão de voz, características do discurso, e você é o único que sabe a respeito disso. Algo mais lhe vem à cabeça? E quando ela diz "Simplesmente fique calado e ouça"? O que aconteceu aqui?

— É – digo. — Ela realmente parecia zangada nesse momento. A voz subiu de tom, e então houve alguns segundos de silêncio. Quando voltou, a voz estava no tom original. Como se tivesse levado um tempo para se controlar.

Andie, Cook e Rollins trocam olhares. Cook pode estar no comando, mas claramente o delega a Andie.

— Pode caracterizar a voz no resto da conversação?

Andie ergue os olhos e encolhe os ombros, buscando em sua mente as palavras certas.

— Era sincera, irreverente, emocional, algo assim?

Recosto na cadeira e penso por um momento.

— Tenho a impressão de que ela estava sorrindo, divertida, como se tudo fosse um sonho, como se tivesse bebido ou estivesse fumando maconha.

— Você sabe identificar bem isso, não sabe? – observa Rollins.

De certo modo consigo ignorá-lo.

— A não ser a parte em que ela disse "fique calado". Então, no fim, quando falou que eu a ajudaria, era uma voz... Acho que eu poderia dizer, franca e decidida.

— Bom – diz Andie. — Isso ajuda muito – ela faz algumas anotações na sua cópia da transcrição. — Agora, a grande pergunta. Alguma idéia do que ela quis dizer com isso?

Não preciso pensar muito a respeito.

— Nenhuma. Não tenho nenhuma pista.

— E não foi uma voz que pudesse reconhecer? Tem certeza disso?

— Tenho certeza absoluta.

Então começamos tudo de novo, examinando cada palavra até que me sinto como uma esponja espremida até o limite.

Andie olha para mim e então para o relógio.

— Vamos fazer um intervalo. Venha, vou lhe pagar um café.

A caminho da saída, um dos técnicos a aborda e lhe entrega um pedaço de papel.

— Você teve duas ligações – diz ela, me pegando desprevenido. — Jeff Lasorda e Paul Westbrook.

Apanho o pedaço de papel na mão dela.

— Como sabem disso?

— Acessamos sua secretária eletrônica – diz ela, como se fosse rotina.

— Preciso responder a essas ligações. Jeff é o meu contrabaixista, e Westbrook é o produtor do CD. Que digo a eles? Estão provavelmente telefonando por causa dos noticiários, e Westbrook com certeza quer cancelar a gravação.

Andie pensa por um momento.

— Tudo bem, responda a eles. Diga-lhes...

— O quê?

— Nada sobre o que estamos fazendo, simplesmente que a imprensa exagerou no seu envolvimento, algo assim.

— Poderia funcionar com Jeff, mas Westbrook está para investir um dinheiro em mim. Vai querer saber se isso vai interferir no disco.

— Diga-lhe para não se preocupar. É um homem de negócios. Fale que estava ajudando o FBI de uma maneira muito secundária.

Andie olha então direto para mim.

— Podemos ajudar aqui, você sabe, intervir, se necessário. Não quero que perca sua seção de gravação.

— Essa não, por favor. Não quero o FBI pressionando o sujeito para quem vou gravar. Deixe eu ver o que vai dizer primeiro.

— Ok, você administra isso. Use o telefone no meu escritório. Vou trazer café para nós.

Ligo para Jeff primeiro, e parece que a coisa funciona com ele. Asseguro-lhe que o disco ainda está de pé, que vamos ensaiar de novo esta semana e, bem, você sabe, a imprensa.

— Ei, cara – diz Jeff. — Isso é legal. Pode chamar o álbum de *Misterioso*.

— Acho que Monk chegou na nossa frente, Jeff.

— É, eu sei. Vamos pensar em alguma coisa. Escute, se precisar de um lugar pra ficar sossegado, pode se instalar por aqui.

— Obrigado, Jeff, agradeço muito. Ficarei em contato.

Paul Westbrook não é tão fácil assim quando ligo para ele.

— Ouça, Evan, não acredito em tudo o que leio ou vejo na TV, mas o FBI?

— Foi tudo terrivelmente exagerado, fora de proporção, Paul. Só queriam alguma informação sobre os músicos que foram assassinados. Se eu os conhecia, que gênero de música tocavam, esse tipo de coisa.

— Como foram assassinados? A punhaladas, acho que foi o que os jornais disseram.

— Não sei mais do que você. Sabe como é o FBI.

Westbrook se acalma, mas ainda não parece totalmente convencido.

— Só quero que você possa se concentrar na música sem distrações – ele ri. — Porra, não é a publicidade. Isso até que poderia ajudar no marketing, você sabe.

Eu me pergunto o que Westbrook diria se soubesse que recebi um telefonema da própria assassina.

— Acredite em mim, Paul, eu quero a mesma coisa.

Andie entra, trazendo duas xícaras de café. Coloca na sua mesa e puxa o cinzeiro. Vai até a janela e abre-a, mas sei que está escutando.

— Manterei você informado, mas não há com o que se preocupar.

— Ok, Evan. Obrigado por ter ligado de volta.

Desligo o telefone e olho para Andie.

— Ele aceitou as explicações? – pergunta.

— É, acho que sim. Pelo menos por enquanto.

Tomo um gole de café e acendo um cigarro.

— Tem alguém mais a respeito de quem eu gostaria de lhe perguntar.

— Natalie, certo?

— É uma mulher muito atraente.

— É o que ela diz sobre você. Ela a chama de a gata do FBI.

Andie enrubesce levemente. Sorri e balança a cabeça.

— Bem, é algo novo. Vindo de Natalie, vou aceitar como um cumprimento.

— Estou apenas pensando... se isso, se esses telefonemas continuarem, não quero ver Natalie correndo nenhum risco. De certo modo, meio que moramos juntos. Ela fica na minha casa muito tempo, a não ser que esteja estudando.

— A faculdade de direito é dureza. Ela foi tira por alguns tempos também, certo?

— Polícia de Santa Mônica. Conhece Coop há muito tempo. Foi ele quem nos apresentou.

Andie tamborila com os dedos na mesa.

— Tudo bem, pode dar a ela o número do celular, mas se precisar – ela hesita, buscando a frase correta – passar um tempo com ela, faça isso em público.

Ela pára, embaraçada.

— Isso não soou muito legal, não foi? Acho que ela não deveria ficar com você até que soubéssemos onde estamos pisando. Enquanto isso, Wendell quer que eu trabalhe com você quando, ou se, recebermos outro telefonema.

— Natalie vai adorar isso.

— Não creio que ela gostasse muito de Ted também.

— Acredite em mim, ela gostaria muito mais de Ted, mas eu não.

Voltamos à outra sala e passamos mais duas horas examinando a transcrição, até que não parece haver mais um milímetro de significado para extrair. Às duas e trinta já estou farto daquilo, e, pela expressão, todos os demais também.

— Acho que basta por hoje – diz Cook.

Rollins joga a caneta sobre a mesa.

— Não sei, acho que tem alguém querendo nos sacanear.

— Errado, Ted – diz Andie. — E as penas de pássaros? Ninguém sabia daquilo exceto a gente e a assassina.

— Horne sabia – ele lança aquilo como um desafio, e eu estou simplesmente cansado e irritado demais para rebater.

Andie começa a dizer outra coisa, mas eu levanto a mão.

— Rollins, o FBI devia estar desesperado quando o contratou. É tão estúpido a ponto de pensar que eu forjaria essa ligação, me meteria em tudo isso só pra poder ver o Edifício Federal por dentro? Não acha que vou ouvir cada palavra daquela conversa na minha cabeça pra sempre?

Rollins simplesmente fica sentado ali, olhando para mim. Andie e Cook permanecem em silêncio por um momento, e eu noto que os técnicos do outro lado da sala pararam para ouvir. Finalmente a voz de Cook rompe o zunido do ar-condicionado.

— Bem, como eu disse, acho que basta por hoje.

— Obrigada, Evan. Prestou uma grande ajuda – diz Andie.

Desço para o saguão e atravesso a porta. Os manifestantes se foram, mas alguns dos panfletos estão jogados na calçada. Caminho para o meu carro, procurando as chaves no bolso, ansioso por ligar para Natalie. Quando enfio a chave na porta, minha mão gela. O carro está destrancado.

Abro a porta e vejo um pedaço de papel no assento do motorista. É um dos panfletos. Olho rapidamente e vou jogá-lo fora, mas há algo na parte inferior que subitamente me chama a atenção. O texto está escrito em tinta vermelha, num espaço em branco.

Pego o celular e o uso pela primeira vez. Andie atende imediatamente.

— Evan?

— Andie, é melhor descer até o estacionamento da garagem. Tem uma coisa aqui que você precisa ver.

— Estou a caminho.

Acendo um cigarro e me encosto no carro. Wendell Cook estava errado. Ainda não basta por hoje.

On Coltrane's *Soultrane*
Jazz is always great Good Bait
Tadd's Long Gone — Delight.*

7.

— QUE PORRA É ESSA? – pergunta Ted Rollins, forçando a vista sobre o ombro de Andie para ver o panfleto. Ela o segura pela ponta, cuidadosamente.

— Sabe o que é um haicai? – Andie ignora Rollins e balança a cabeça como se estivesse contando silenciosamente. Ela está falando comigo.

— Não é um tipo de poesia japonesa?

— Você tocou no papel? – Rollins me pergunta. Ele parece querer sacar a arma.

Giro os olhos.

— Não, Ted, ele simplesmente voou até minhas mãos num passe de mágica.

— Vamos lá – diz Andie. — Vamos levar isso lá pra cima.

— Precisam de mim?

Andie pára, vira-se e olha para mim como se eu estivesse louco.

— Eu só estava checando – digo, e sigo os dois de volta ao prédio.

Esperamos no escritório dela por um relatório de impressões digitais, mas Andie já tinha copiado o poema no bloco. Meu

* Em *Soultrane* de Coltrane / O jazz é sempre grande e Boa Isca / Há muito tempo se foi o Deleite de Tadd. (N.T.)

cinzeiro ainda está sobre a mesa, então eu fumo enquanto ela fala pelo telefone com o Departamento de Inglês da UCLA.

Enquanto pedem para ela esperar na linha, Andie me diz:

— Conheço esse sujeito há algum tempo. Quero verificar uma coisa.

Desvia o olhar e apanha um lápis.

— Dr. Collier? É Andie Lawrence. Estou boa. Fico feliz em saber. Ouça, tenho uma pergunta rápida para o senhor. Qual é o formato de um haicai?

Observo enquanto Andie ouve, faz algumas anotações, rabisca o número 17.

— Entendi. Muito obrigada – diz ela. — Não, não estou estudando poesia – ri. — Para o senhor também. Até logo.

Desliga o telefone e conta as sílabas do poema de novo, marcando com o lápis. Olha para o papel por um momento, joga o lápis na mesa e gira a cadeira para mim.

— É um haicai – diz. — Dezessete sílabas, geralmente quebradas em três versos, cinco, sete e cinco sílabas em cada um. É exatamente o que temos aqui – ela batuca no bloco de novo.

— Bom, e daí? Você parece preocupada.

— E estou. Estamos lidando com alguém extremamente brilhante.

— Por quê? Só porque é capaz de escrever um poema de três versos sobre jazz? Não peguei bem a coisa.

Andie sacode a cabeça.

— Não, não é só isso. A forma do haicai é ensinada num monte de escolas de inglês. Os haicais são geralmente sobre a natureza, mas ela é capaz de usar o formato e incorporar o diálogo pelo telefone com você. Inteligente e muito esperta.

Andie batuca no bloco de novo e continua olhando o poema.

— Reconheço tudo do telefonema. Coltrane, "*Soultrane*", mas e quanto ao último verso? De "*Tadd's long gone — delight*". Tadd é Tadd Dameron, que compôs "Good bait", mas e o "*long gone*", e a última palavra, "*delight*"?

— Tem razão ao dizer que ela é esperta – eu observo. — Tadd Dameron já morreu — há muito tempo — e o "Delight" de Tadd é...

— Também uma de suas composições? – Andie ergue os olhos do bloco.

— Exatamente.

Eu fico de pé junto à janela, olhando para a *freeway* de San Diego, tomada pelo trânsito, uma camada estreita de nevoeiro amarelo no horizonte. Uma vez na vida eu desejo estar lá, sem nada para me preocupar a não ser voltar para casa.

— E quanto ao título "Good bait"? Tem algum significado? Quero dizer, Dameron tinha algo em mente quando criou isso?

— É difícil dizer. Às vezes um compositor tem alguém na cabeça, ou alguma coisa, uma palavra, uma frase que sugere um título, mas muitos temas só ganham título depois de gravados.

Lembro de ter visto um documentário sobre Charlie Parker. Um entrevistador muito sincero perguntou-lhe sobre os títulos de vários discos que gravou. Bird apenas sorriu pacientemente e disse: "Não tenho a menor idéia. Aquelas músicas receberam título depois que eu já havia deixado o estúdio."

Esmago meu cigarro e sento de novo.

— Então o que acha que ela está fazendo? – pergunto a Andie.

— Existe a conotação óbvia de boa isca.

— Bem, ela está na mesma tecla que o FBI. O plano de Wendell funcionou perfeitamente. Eu sou a isca, certo?

— Talvez – admite Andie. — Está se exibindo, em primeiro lugar. Quer que a gente saiba como é esperta e inteligente, e conhece bem o jazz. O poema em si é para confirmar o telefonema, deixar que você saiba que ela ainda está na área e sabe quem é você.

— Beleza. Meu carro não está em segurança nem na garagem do FBI.

Antes que Andie possa responder, batem à porta.

— Entre – diz ela.

Um homem com uma camisa de mangas curtas, gravata e cabelos cortados à escovinha abre a porta e segura um saco plástico com o panfleto dentro.

— Zero, um ou dois borrões, nada mais – diz ele.

Andie acena com a cabeça.

— Obrigada.

Ele entrega o saco a ela, olha para mim e sai.

— Não esperava nenhuma impressão, mas pelo menos temos outra pequena peça de informação. As coisas estão se somando rapidamente.

— Já tem uma imagem dela agora?

— Tenho. Não é apenas esperta, é um tanto arrogante, e eu não gosto disso. Está se divertindo com essa história. Quer alguém para reconhecer a sua esperteza. Este alguém será você, Evan. Você é o elo.

— Eu?

— Quando ela ligar de novo, terá de fazê-la falar.

DEIXO ANDIE NO EDIFÍCIO FEDERAL, ainda pensando sobre o poema, e dirijo sem destino pelo Wilshire Boulevard em direção à praia.

Quando chego a Lincoln, me dou conta de que estou faminto e sedento. Entro num *drive-through* e peço dois tacos e o maior copo de refrigerante que eles têm. Na Third Street, paro e pego um jornal num estande de esquina. Então desço a California Incline até a Pacific Coast Highway e começo a procurar um estacionamento na praia.

Encontro um quase deserto e paro o carro. Aproximando-o da beira da praia, abaixo a janela e engulo com voracidade as calorias, observando as ondas quebrarem e as vastas nuvens no horizonte, sentindo o brilho do sol e aspirando o ar oceânico.

Tendo crescido aqui, sempre achei a praia um lugar especial para clarear a mente, ter uma perspectiva das coisas. Tento me concentrar em canções e arranjos para o CD, mas não adianta.

A voz, o telefonema e agora o poema continuam invadindo meus pensamentos. Saio do carro, e desta vez me lembro de pegar o celular e me certificar de que o repasse de chamadas está acionado. Jogo os restos do almoço numa lata de lixo, sento-me na mureta de concreto e acendo um cigarro. Uns poucos pedestres passam, acenam com a cabeça, mas é principalmente o barulho das gaivotas que tenho por companhia.

Quatro pessoas foram assassinadas, apunhaladas até morrer por uma maluca que agora decidiu falar sobre isso e me mandar um poema. Como foi que tirei a sorte grande? Ela ainda está em Los Angeles? Dois dos assassinatos foram em Nova York; um em Los Angeles; um em São Francisco. E agora ela quer que eu a ajude a fazer alguma coisa. O quê? O que eu poderia fazer por ela?

Pego o *Times* dentro do carro. Há uma longa reportagem sobre os assassinatos, completa, com fotos das vítimas e suas histórias. A maior parte é requentada de matérias anteriores, mas as citações de outros músicos, artistas pop com grandes contratos de gravadoras, indica que todo mundo está levando o caso muito a sério. Certos shows foram cancelados, a segurança em todos os concertos foi redobrada. Nem chego a reconhecer alguns dos nomes, mas não estou sozinho. Há depoimentos de alguns músicos de jazz autêntico, obviamente gozando dos repórteres. "Cochise?", pergunta o saxofonista Phil Woods. "Ele toca jazz? Achei que fosse índio."

Humor negro, mas é a única coisa engraçada no artigo. Em nenhum lugar meu nome é citado, mas não há menção também ao desmentido que Wendell Cook prometeu.

Folheio o jornal e o encontro finalmente na página 22, num pequeno parágrafo que diz essencialmente que a notícia antes divulgada de que o pianista Evan Horne estaria ajudando o FBI não foi confirmada. Cook tentou minimizar o estrago, mas eu gostaria de passar alguns minutos a sós com Ted Rollins. Não posso entender por que é tão hostil comigo. Provavelmente nunca vou saber, mas é difícil acreditar que seja apenas um conflito de personalidade. Enojado, atiro o jornal numa lata de lixo.

Apesar da autorização de Andie, atravesso o estacionamento para telefonar a Natalie de um telefone público perto dos banheiros. A secretária eletrônica atende e digo que volto a ligar depois. Teremos que conversar. Concordo com Andie que Natalie deve ficar afastada disso, mas vai ser difícil; há tanta coisa que não posso contar a ela.

Caminho de volta ao meu carro, dou uma última olhada no oceano, mas o celular, projetando-se do meu bolso traseiro, me pega de surpresa. Eu rodopio quando ele toca. Apanho o telefone, volto para o carro, fecho a janela e me certifico de que apertei o botão certo.

— Evan Horne.

Andie disse que talvez levasse uns dois dias até a próxima chamada, mas estava enganada. A música já está tocando desta vez. O pianista Bill Evans, numa das seções de domingo à tarde no Village Vanguard. Scott LaFaro, baixo; Paul Motian, bateria.

— Gosta desta, não? – diz a voz. É o mesmo tom fumacento e grave.

Pense rápido, o que Andie quer que eu faça? O telefonema está sendo gravado? Eu já havia verificado o repasse de mensagens. Como foi que ela conseguiu este número? Preciso fazer com que continue falando.

— Sim, eu gosto. Que posso fazer por você?

— Oh, você pode fazer muito por mim, Evan. Foi um mau menino ao procurar o FBI. Não confia em mim?

Tento manter a voz calma.

— Eles vieram atrás de mim. Nem ao menos sei o seu nome. Como posso confiar em você?

Ela faz uma pausa enquanto o baixo de Scott LaFaro ressoa no meu ouvido. Mesmo ao telefone as notas são claras. Puxo um bloco e uma caneta do porta-luvas e escrevo: "Bom sistema de som".

— Quer dizer que você deseja falar?

— Tenho alguma escolha?

— Não, Evan, você não tem. Lembre-se disso – e ela faz uma pausa para deixar que eu assimile a idéia. — Pode me chamar de Gillian. Está bem assim?

— Claro, está ótimo. Gillian. Tudo bem, Gillian, vou ser honesto com você. O FBI está monitorando meus telefonemas, deve saber disso.

— Acha que sou estúpida? – lá vem ela de novo. O tom fica mais agudo, uma breve explosão de raiva e vários segundos de silêncio. Bill Evans retomou agora, seus dedos voando sobre o teclado enquanto troca seqüências de oito compassos com o baterista Motian.

— Você está num telefone celular, Evan. Eu também.

— Tudo bem, tudo bem, não quero que fique zangada. Só estou tentando ser franco em relação ao estado das coisas. Está fora do meu controle.

— É aí que você se engana, Evan. Está completamente em suas mãos.

Ouço um som metálico, depois o ruído de fumaça soprada enquanto ela exala. Escrevo: "Isqueiro do tipo Zippo."

— O quê?

— Se eu vou ficar quieta ou não.

— Ficar quieta? – agarro o telefone com mais força, olho pelo retrovisor. Um carro está encostando a uns cem metros atrás de mim. Eu me viro no assento, mas é só um homem com seu cachorro.

— Deixar os falsários do jazz em paz. Alguns deles provavelmente estão ficando preocupados agora.

Há uma cadência, quase um sorriso na sua voz agora.

— Ficar quieta? Este é o seu eufemismo para não matar? – desabafo sem pensar. Há um momento de silêncio em que acho que ela vai desligar.

— Desculpe, foi só que...

— Esqueça – diz ela rapidamente, como se não quisesse falar mais. — Eufemismo. Eu gosto disso. A coisa vai ser interessante. Vamos estabelecer algumas regras básicas aqui, Evan, está bem?

— Não sei do que está falando.

— Primeiro, FBI ou não, aqui está o nosso trato. Enquanto você continuar falando comigo, ficarei quieta. Segundo, esqueça que seus amigos do FBI estão localizando as chamadas. Ainda que façam isso, eu terei sumido antes que cheguem, portanto diga a eles para não se darem ao trabalho. Se eu decidir não ficar mais quieta, será culpa sua, Evan. Está me entendendo?

Eu me deixo escorregar no assento do Camaro, olho para as ondas, sinto o sol queimando através do pára-brisa.

— Sim, entendo – digo em voz baixa.

O tom muda agora.

— Bom, então estamos entendidos.

— Lamento, mas eu jamais poderia conceber alguém fazendo o que você fez.

— Pense a respeito, Evan. Eles não mereciam viver, não percebe isso? Autodenominando-se músicos de jazz, chamando o que eles tocam de jazz. Estão desonrando a memória de Bird, Dizzy e Miles, tocando aquela merda, aquela porcaria eletrônica sem graça, imprestável, e chamando-a de jazz.

Ela perde o fôlego, dá outra tragada no cigarro e exala. Eu fecho os olhos. Isso seria mais maluco do que o cara que deu um tiro em Ringo Starr? Espero mais um segundo, pensando, ganhando tempo.

— Então essa coisa toda tem a ver com isso?

— Não, é apenas parte disso. A outra parte é aquela em que você vai me ajudar.

— Como? Não sei como poderia ajudá-la.

— Vai saber. Tem a ver com o meu irmão. É nisso que quero que me ajude.

— Você tem um irmão? Ele sabe o que você fez?

— Meu irmão não sabe nada, Evan. Ele está morto – sua voz é amarga.

— Eu... eu lamento muito, eu...

— Não quero o seu consolo. Ouça apenas – ela cospe as palavras, e depois se acalma de novo. — Meu irmão se matou, é o que a polícia diz. E é bem possível que tenha se matado, depois do que fizeram com ele. Mas preciso ter certeza. Você sabe o que é ter certeza, não sabe, Evan?

— Não entendo.

— No ano passado. Você precisava ter certeza em relação a Clifford Brown e, antes disso, a Wardell Gray. Sei tudo sobre você, Evan. Você não podia desistir. É um caçador da verdade e é bom nisto. Sabe por quê?

— Por quê?

— Porque não desiste, e, quando a coisa tem a ver com música, você não pode sequer pensar em desistir. É por isso que se encaixa perfeitamente nos meus planos.

Tomo fôlego, enxugo as gotas de suor que escorrem da minha testa.

— Que planos?

— Gostou do meu poema?

Ela sopra fumaça de novo, e eu a imagino sorrindo. Andie tinha razão. Ela está se exibindo. Onde estaria? Dirigindo em algum lugar de Los Angeles? Esforço-me para ouvir algum ruído de tráfego sobre a música.

— Isso é o bastante por hoje. Você vai descobrir em breve. Diga àquela piranha do FBI, Lawrence, que vai continuar falando comigo. Está gamado por ela, não é, Evan? Seria por que ela usa uma arma?

Não respondo. Não sei como responder.

— Lembre-se do nosso trato, Evan. Enquanto mantiver a sua parte, ninguém tem nada a temer. Mas se romper...

Paro por um momento, pensando, enquanto a voz dela some. Ela sabe que não precisa terminar a frase. Há tanto mais que quero saber, mas ela parece ter chegado ao limite, como se fosse capaz de escolher entre um caminho e o oposto.

— Vou continuar falando com você, mas sabe que no fim vão pegá-la.

— Talvez. Eu realmente não me importo. Vou telefonar de novo, Evan. Você vai conseguir algo que explique tudo.

— O quê? Como vou conseguir algo?

— Deixe que eu me preocupe com isso, Evan. Você precisa ensaiar para o seu CD.

Aumenta a música então, deixa tocar por alguns segundos mais. Fecho os olhos, imaginando a cena no Vanguard. Bill Evans, a cabeça curvada sobre o teclado, cabelos nos olhos, a platéia ouvindo atentamente. Então a música pára e Gillian se foi.

Aperto o botão do celular, respiro fundo. O suor escorre pelo meu corpo. Posso sentir meu pulso galopando. Saio cambaleando do carro, respiro avidamente e começo a caminhar, tentando clarear a mente. O sol ainda está quente, as ondas ainda quebram com força, mas tudo mudou. Quando o telefone toca de novo, quero jogá-lo na areia.

— Evan, é Andie. Era ela, não era?

— Quer dizer que não sabe? Não localizou a chamada, não gravou?

— Não, ela está num celular, em movimento. Registramos a hora. É complicado. Ainda não sabemos.

Sento-me na mureta, sem acreditar no que Andie está me dizendo.

— Evan? Você se saiu bem, mesmo assim. Fez ela falar. Precisamos conversar sobre isso imediatamente. Ela lhe disse o nome?

— Gillian. Seu nome é Gillian. Quer que eu faça algo por seu irmão.

Mesmo pelo telefone posso ouvir Andie suspirar.

— Pelo menos temos um nome. Ela não é mais INDES. Gillian, um nome tão bonito.

— Bem, esta é uma nova maneira de contratar um detetive – diz Ted Rollins. — Mate quatro pessoas e depois ameace matar mais se ele não colaborar.

— Ted – diz Andie. — Sem essa.

— Não sabemos ao certo o que ela quer dizer – interpõe Wendell Cook.

— Acho que sabemos.

Coop estava sentado, quieto, ouvindo os outros analisarem o que eu contara sobre o telefonema, encurralado nesta sala do Edifício Federal que estou começando a odiar. Sinto como se estivesse morando aqui.

Coop está certo, e eu sei. Gillian vai comandar o jogo, e eu vou ter de continuar falando com ela, fazendo o que ela quiser enquanto puder. Neste momento quero falar com Andie, mas não na frente dos outros.

— Por que não conseguiram localizar a chamada? Por que não foi gravada? – pergunto. — Acho que falamos uns dez minutos.

— Sete minutos e 47 segundos – diz Rollins, olhando para um pedaço de papel. — Foi o tempo em que seu telefone esteve ocupado.

Apoio os cotovelos na mesa, a cabeça entre as mãos, e vejo eles me olhando como se tivessem acabado de descobrir que eu estava ali.

— É muito mais difícil com celulares, Evan – diz Andie. — Temos de localizar um sinal em movimento. Ela pode estar trocando de telefone. Tudo é possível.

Andie faz uma pausa e olha para os outros, mas a explicação é realmente para mim.

— Com o repasse da ligação, a chamada para a sua casa volta à central da companhia telefônica antes, por isso não houve nenhuma gravação. Não contávamos com isso.

Ela encolhe os ombros e vira-se para mim.

— Ela passou por cima do seu telefone de casa e ligou diretamente para o celular.

Levanto os olhos para Andie. Seu rosto está retorcido por uma careta.

— Como foi que ela conseguiu o número do meu celular? Achei que ninguém, a não ser você e Coop, tinha este número.

Lanço um olhar rápido para Ted Rollins.

— Clonar telefones celulares é brincadeira de amador – diz ele. — Tudo o que você precisa é de um scanner. Em Los Angeles é tão fácil como comprar uma arma.

— Ela sabia que vocês teriam um gravador instalado em minha casa, por isso passou por cima e ligou direto pra mim no celular, certo? Então o telefone está clonado.

Andie encolhe os ombros.

— Provavelmente.

— Genial.

Eu me levanto e começo a caminhar.

— Ela sabe tudo a meu respeito. Os outros casos em que me envolvi, a gravação do CD, e vocês me dizem que tenho de aceitar tudo o que ela me diz?

— Tudo o que você nos diz que ela disse. Você não precisa aceitar nada – diz Rollins –, a não ser aquilo que nós lhe mandamos fazer.

Sinto Coop se retesar. Ele sabe que estou prestes a saltar por cima da mesa para pegar Rollins.

— Não. Você quer me escutar, Rollins? Até que eu aparecesse, vocês não tinham nada. Vocês não sabem nada sobre música. Gillian, ou seja lá quem for, decidiu que eu sou o intermediário, e agora você está me dizendo que o FBI não pode fazer nada, nem localizar ou gravar a chamada. Não vou arriscar a vida de outra pessoa.

— Estamos esperando que a certa altura ela ligue para a sua casa – diz Andie fracamente.

— E eu devo ficar preso em casa, esperando?

Wendell Cook se levanta.

— Muito bem, muito bem, isso não está nos levando a lugar algum – ele fuzila Rollins com o olhar. — Ted, por favor, cale a boca.

Rollins faz cara feia para Cook. Desvia o olhar, mas ele e Cook vão ter uma conversa depois. Posso apostar.

— E quanto à música? – Andie pergunta. — Você disse que era Bill Evans no Village Vanguard, em Nova York. Algum significado aqui, em relação a Nova York, quero dizer?

Nego com a cabeça.

— Não, aquilo foi para mim. Tenho certeza. Ela sabe, ou adivinhou, que Evans, aquele álbum, era um dos meus favoritos. Sabe que toco piano.

— Jesus, o que mais ela sabe? – pergunta Coop.

— Não sei. Vamos ter de esperar para que ela nos conte – e Andie olha as anotações que fez. — Não vamos esquecer que temos alguma informação. Seu nome é Gillian, tem um irmão, é fumante e provavelmente dirige um carro dos mais novos.

— Como sabe disso? – pergunto.

— O que você disse sobre a música, a qualidade do som.

— Certo – diz Cook. — Podemos supor que tem um carro novíssimo com um toca-CDs.

Cook está caminhando pela sala. Agora se volta para mim.

— Seja o que for, Evan, o que quer que ela queira que você faça, nós vamos ajudá-lo. Custe o que custar. Todos os nossos recursos estarão à sua disposição. Não quero mais nenhum assassinato.

Olha para cada um de nós, certificando-se de que todos entenderam.

— Evan – diz ele –, acredite ou não, gosto disso menos ainda do que você, mas não temos outra escolha. Você é o único elo que temos.

— Alguma sugestão?

— Sim – diz Coop. — Fique em casa.

8.

Na casa de Jeff Lasorda, em San Fernando Valley, ensaiamos quatro temas para o CD. Por enquanto, pelo menos, sou quase capaz de tirar do pensamento todo o resto e me concentrar na música. Mas a voz de Gillian, ecoando na minha cabeça, ainda desvia minha atenção.

Sinto o trio se entrosando, como se Jeff, Gene e eu não tivéssemos tocado juntos apenas um punhado de vezes. Nada substitui algumas apresentações ao vivo para aparar as arestas e criar aquela telepatia que ocorre entre os grupos estáveis. Não dispomos desse luxo. Mas algo diferente está acontecendo conosco. Tenho a sorte de Jeff e Gene serem as pessoas certas.

O ensaio é pontuado por sorrisos e comentários à medida que surpreendemos uns aos outros, confiando que passeios individuais e excursões além dos limites do tema acabarão conduzindo de volta à casa.

Lembro-me da filosofia do pianista-cantor Mose Allison sobre trabalhar com baixistas e bateristas que não se conhece. "Depois da entrada, rapeize, eu vou lá fora. Vocês podem vir comigo ou simplesmente esperar aqui até que eu volte." Jeff e Gene gostam de explorar tanto quanto eu. Eles me acompanham. Não quero exagerar nos ensaios; quero que a música soe espontânea quando entrarmos no estúdio.

Passaram-se três dias desde o telefonema de Gillian, o poema, e a última vez que tive notícias de Natalie. Ela não responde às minhas chamadas. Está estudando à beça, mas sei que é mais do que isso. De certo modo, sinto-me aliviado. Não preciso contar coisas a ela ou convencê-la a não querer ficar comigo enquanto o embate com Gillian continuar. Mas o outro lado da questão é que sinto falta dela, quero Natalie do meu lado.

O silêncio de Gillian foi estranho, pouco característico, segundo Andie Lawrence. Não recebi nada, e a espera está ficando cada vez mais difícil, mas pelo menos tenho tempo de planejar o CD.

— Que tal um tema de Miles? – pergunto aos companheiros. Seguindo o conselho de Cal, acabamos de repassar dois *standards* antigos e obscuros.

— Legal – diz Gene. — Alguma coisa mais agitada. Já temos muitas baladas, não?

Olho para Jeff. Ele está de pé com o baixo aninhado entre os braços, perdido em pensamentos.

— Tem algo na cabeça? – ele pergunta.

— É, eu estava pensando em "Solar" – digo. Sempre foi um dos meus temas favoritos, e não foi muito gravado.

— Tem razão – diz Gene. Cantarola os primeiros compassos, toca um tipo de ritmo no prato.

— Jeff?

Jeff aprova com a cabeça.

— É, acho que pode funcionar.

— Muito bem, vamos tentar e ver o que acontece.

Sigo o andamento normal nos primeiros quatro compassos, faço apenas uma frase de notas isoladas na mão direita. Quando entro no quinto compasso e parto para um acorde alterado, tocado com as duas mãos, Jeff vem comigo e Gene salpica com os pratos.

Enquanto vou tocando, Jeff e Gene passeiam à vontade atrás de mim, insinuando o ritmo, mas já no primeiro *chorus* do solo a coisa está pegando fogo, e sei que é uma boa escolha para o CD. Não ergo os olhos do teclado durante seis *choruses*, e então aceno com a cabeça para Gene. Ele toca dois *choruses* que nada têm a ver com um solo convencional de bateria, e Jeff e eu entabulamos um diálogo de pergunta e resposta que se encaixa perfeitamente com as divagações dele.

Quando encerramos, todo mundo está sorrindo.

— É, essa é quente – diz Gene. Levanta-se e estica os braços sobre a cabeça.

Jeff concorda.

— Boa, Evan, estava genial.

Fico sentado ao piano, sorrio e sinto a adrenalina correndo no corpo. Bons momentos contam, sejam eles num ensaio ou numa apresentação. Flexiono os dedos, olho para a luva preta e me sinto ótimo.

— Escutem, amigos, Paul Westbrook disse que poderia dar um pulinho aqui e ouvir alguma coisa. Vamos fazer um intervalo – olho para o meu relógio. — Ele deve chegar a qualquer momento.

— Hã, hã – diz Gene. — Estamos sendo sabatinados. Vou dar uma corrida até o 7-Eleven. Querem alguma coisa?

— Eu não – diz Jeff.

Dispenso também, e Gene parte no seu carro. Olho para o meu celular, que estava sobre o piano.

— Quando começou a usar esse treco? – pergunta Jeff.

Vacilo um pouco antes de responder, e Jeff percebe.

— Estou só experimentando – digo. — Ganhei uma oferta especial, só pra testar.

Jeff não diz nada e vai até a cozinha. Pego o telefone, saio para fumar e ligo para Andie Lawrence. Ela responde no primeiro toque.

— Evan?

— Sou eu. Apenas checando.

Nós dois sabemos que é mais do que isso. Ainda não tive uma oportunidade de falar a sós com ela.

— O perfil de Gillian está tomando corpo, mas ainda há tanta coisa que não sabemos...

— Há muita coisa que não sei, Andie. Podemos nos encontrar em algum lugar que não seja o seu escritório?

— Claro. Acho que sei o que você quer.

— Muito bem. Na minha casa? Estou ensaiando agora, mas em duas horas teremos terminado.

— Ok, posso fazer isso – ela fica um instante em silêncio. — E quanto a Natalie?

— Não se preocupe. Ela não vai estar lá.

— Tudo bem, nos vemos, então.

Assim que desligo Paul Westbrook encosta o carro na entrada da casa. Desce e se aproxima sorrindo.

— Boas notícias, Evan. O trabalho no Chadney's está fechado, na próxima sexta-feira e no sábado.

Apertamos as mãos.

— Que bom, Paul. Maravilha. O ensaio está indo bem. Fico contente que pôde vir.

Ele encolhe os ombros.

— Lamento, mas não posso ficar. Surgiu outra coisa, só queria lhe dizer do Chadney's.

Westbrook vira-se quando Gene chega e estaciona a caminhonete ao lado do seu Lexus.

— Gene Sherman, meu baterista – digo quando Gene sai do carro, carregando um sanduíche e duas garrafas de cerveja.

— Ah, claro, estou lembrado, na Bakery.

Apertam as mãos enquanto Gene equilibra as garrafas de cerveja debaixo do braço e segura o sanduíche com a outra mão. Entramos e encontramos Jeff dedilhando o piano. Apresento Jeff e Westbrook.

— Tenho alguns minutinhos – ele diz, olhando para o relógio. — Quer me dar uma amostra?

— Claro. Rapazes?

Gene senta atrás da bateria, a boca cheia com um pedaço de sanduíche. Jeff pega o baixo e nós embarcamos num dos temas que tínhamos ensaiado antes, enquanto Westbrook puxa uma cadeira. Sinto seus olhos sobre mim. Tenho consciência da luva, mas o pulso ainda está aquecido, e quando passo a acompanhar o solo de Jeff, Westbrook se aproxima e me diz no ouvido:

— Está soando bem, Evan.

Balanço a cabeça e continuo tocando enquanto ele me dá um tapinha no ombro, despedindo-se, e vai embora. Terminamos o tema, e eu mostro o polegar levantado para os meus companheiros.

— O Chadney's, na sexta-feira à noite – digo.

DIRIGINDO DE VOLTA A VENICE, repasso o ensaio na cabeça e imagino como será no Chadney's, permitindo-me alguma sensação de normalidade, como se estivesse apenas voltando de carro de um ensaio, praguejando contra o trânsito na 405. Então, pouco antes de Sunset, com uma infinidade de luzes traseiras brilhando diante de mim, o telefone toca.

— Alô – estou achando que é Andie para desmarcar nosso encontro, mas é Miles Davis em *Kind of blue*, e Gillian. Giro o volante, olho sobre o ombro, fecho dois carros ao me dirigir para o acostamento de emergência e paro o carro. As buzinas tocam, mas o blues "Freddie Freeloader" se agarrou a meus ouvidos.

— Achou que eu tinha esquecido de você, Evan? – diz Gillian.

Olho para as pistas de tráfego à minha esquerda e vejo uma loura bonita passando num BMW conversível, telefone ao ouvido, cabelos ao vento, um sorriso largo no rosto.

— Não, sabia que você ia ligar.

— Não posso falar muito, Evan. Estou ocupada hoje. Só queria te avisar que você vai receber uma coisa mais tarde.

— O quê? Como? – aperto o telefone contra o ouvido, tento captar qualquer ruído ao fundo que me diga algo sobre onde ela está, mas não ouço nada além da música.

Gillian ri.

— Não gosta de surpresas, Evan?

Ouço alguns compassos do fúnebre solo de trompete de Miles, e então Gillian se foi.

Fico sentado alguns minutos observando o tráfego passar. Jogo o telefone no banco ao lado e soco o volante. Por que agora? Continuo me perguntando. Por que agora?

Dou um pulo ao ouvir uma batida na minha janela. Olho e vejo um tira de motocicleta com capacete e óculos escuros espelhados, luvas na mão. Nem o vi chegar. Abaixo o vidro da janela e olho para ele. Inclina-se para dentro, uma mão no capô do Camaro.

— O senhor está bem?

— O quê? Ah, estou. Acabei de receber um telefonema – aponto para o celular. — Achei que seria melhor encostar.

— Devem ter sido más notícias – diz. — Eu o vi batendo no volante – e olha por cima do ombro para o tráfego, depois para mim, estudando meu rosto, decidindo que não sou nenhuma ameaça ao trânsito do sul da Califórnia. — Bom, vamos andando. Esse acostamento é para carros avariados.

— Ah, claro, desculpe.

Dou a partida. O policial volta para a moto, mas espera até que eu retorne ao tráfego. Eu o observo pelo espelho, enquanto ele me segue até que eu saia para o Washington Boulevard, e me pergunto o que o policial diria se eu lhe contasse que estava prestando ajuda ao FBI.

Estaciono na minha vaga, desligo o carro e fico sentado por um momento ouvindo o ruído do trânsito e as ondas distantes. Gillian já esteve no meu carro uma vez, por isso começo a procurar algo nele, mas hoje meu carro só passou pela casa de Jeff, por isso é uma busca sem muita convicção. Verifico a caixa de correio, olho debaixo do capacho, mas não há nada. Dentro de casa, jogo as chaves e o celular sobre a mesa. Nenhuma mensagem telefônica também.

Fico parado diante da geladeira durante dois minutos, tentando decidir se tenho fome ou não. Não há muita escolha, por isso pego um resto de atum e preparo um sanduíche. Abro uma cerveja e como metade do sanduíche antes que Andie apareça.

Ela chega carregando uma pasta de arquivo. Está vestindo uma saia pregueada curta, blusa branca e uma jaqueta leve.

— Gillian acabou de me ligar – digo. — Eu estava no carro. O repasse de ligações estava desligado.

Andie balança a cabeça e senta-se no sofá, ajeita a saia sobre as pernas. Parece aturdida, resignada, perturbada com alguma coisa.

— Ela tem o seu número. Como dissemos, é fácil clonar um telefone celular.

— Pode crer que ela tem.

Olhamos um para o outro e quase rimos, percebendo o que acabamos de dizer. Lembro-me da loura que passou por mim na *freeway*. Gillian podia ser aquela mulher ou qualquer uma em qualquer daqueles carros.

— Ela disse que eu ia receber alguma coisa hoje.

— O quê?

— Não sei. Só falamos por um minuto ou mais.

Sento-me à frente de Andie e tomo um gole da minha cerveja.

— Detesto isso, Andie, não consigo lidar com essa situação.

— Eu sei, mas você precisa, Evan – ela ergue a pasta. — Ouça, Wendell não sabe que fiz isso, mas quero que você veja com que tipo de coisa estamos lidando, porque vai ter de encarar isso também. Este não é o relatório oficial, mas eu resumi as coisas.

Acendo um cigarro e abro a pasta. São três páginas impressas presas por um clipe. Leio rapidamente, a náusea crescendo dentro de mim. O histórico das quatro vítimas, os relatórios da autópsia, o perfil de Gillian, nada daquilo parece real. Olho para Andie e vejo que ela está me observando. Olho de novo para a pasta.

— Que história é essa de amostras de sêmen?

Existem duas: uma para Cochise, outra para Ty Rodman.

— Acho que você estava certo em relação a Gillian. Os dois fizeram sexo antes de serem assassinados. Temos de supor que poderia ter sido com Gillian. Acho que ela *é* alguém que poderia se aproximar deles; talvez até os conhecesse.

Dou uma tragada, apago o cigarro e fico pensando. Meu Deus, como uma viúva-negra. Para todas as quatro vítimas, a causa da morte foi apontada como a mesma: punhaladas, e não facadas ou cortes, mas ferimentos claros e certeiros.

— Ela sabe o que está fazendo – diz Andie. — Os ferimentos foram precisos em todos os casos. Isso sugere algum conhecimento médico. Eu queria que você soubesse como ela age, o que você tem pela frente.

Olho para a pasta de novo. Ouvir que alguém foi apunhalado é uma coisa. Está no jornal e nos noticiários todo dia. Mas ver o troço em preto-e-branco, mesmo tendo visto o corpo de Rodman brevemente, é outra coisa, especialmente quando falei com a pessoa responsável por aquilo.

Ela olhou dentro dos olhos surpresos daqueles caras? Teria sorrido? Disse alguma coisa? Quais teriam sido as últimas palavras que eles ouviram?

Caminho até a janela e olho para a praia. O brilho do sol do fim de tarde atravessa o vidro como um refletor. Partículas de poeira dançam no ar.

Estou me virando para Andie quando ouço uma batida forte na porta. Tenho um sobressalto, mas Andie simplesmente se levanta e olha para mim.

— Natalie?

— Não, ela tem chave.

Vou até a porta e espio pelo olho mágico. Tem um homem de uniforme e boné, mascando chiclete e olhando para a praia. Ele faz uma bola com o chiclete. Abro a porta.

— Evan Horne?

— Eu.

O homem balança a cabeça e estoura a goma de mascar.

— Assine aqui, por favor.

Entrega-me uma prancheta e uma caneta. Eu assino e troco a prancheta por um envelope achatado de papelão do FedEx.

— Tenha um bom dia – diz ele, tocando a pala do boné com os dedos.

Fecho a porta e estendo o envelope para Andie.

— Deixa que eu abro.

Ela rasga a linha perfurada do envelope e então pára.

— Se Wendell perguntar, você recebeu isto e depois me chamou.

Olho para ela por um momento. Seu olhar cruza com o meu e percebo que nossa relação acabou de mudar. Ela aperta as duas bordas uma em direção da outra, o envelope se curva e ela olha dentro dele.

— Espere um minuto – diz.

Larga o envelope e remexe em sua bolsa, tirando tudo para fora e despejando sobre a mesa de café. A maioria das mulheres carrega na bolsa uma carteira, chaves, lenços de papel, batom. Andie leva todas essas coisas e mais uma arma e um pequeno pacote de luvas de látex.

— Provavelmente não vai haver digitais – diz ela, passando-me um par de luvas. — Mas, de qualquer maneira...

As luvas são difíceis de colocar. São justas e prendem quando me esforço para esticá-las sobre os dedos. Por um momento me lembro do julgamento de O.J. Simpson no tribunal, oferecendo o seu melhor desempenho para o júri. Andie coloca suas luvas em segundos e me ajuda a puxar a minha sobre o pulso.

Abre o envelope de novo e põe o conteúdo, uma folha datilografada de papel, sobre a mesa de café. Verifica dentro do envelope e puxa outra coisa, uma pena branca. Olha para mim e coloca-a de lado. A nota é endereçada a mim. No alto há outro poema.

> All blues and All hues
> Freddie Was a Freeloader
> So what?*

---

* Tudo blues, tudo matizes / Fredie era um descolador / E daí? (N.T.)

Andie se inclina para ver mais de perto.

— Quem é Freddie?

— É o Miles Davis. Era o que estava tocando quando ela telefonou hoje. Aqueles são todos títulos de temas de Miles: "All blues", "Freddie Freeloader" e "So what?".

— E o "All hues"?

— Alguém escreveu uma letra para "All blues", o cantor Mark Murphy, eu acho.

— Freddie era músico?

— Não, creio que não. Existe uma letra para "Freddie" também. Jon Hendricks gravou-a alguns anos atrás. A letra está nas notas de capa. Acho que Freddie era uma espécie de barman lendário na Filadélfia.

— Você tem o CD? – Andie pergunta.

— Tenho, está por aqui, em algum lugar.

— Muito bem, quero ouvir a música e ler a letra depois.

Concordo, e lemos o texto o bilhete.

Evan:

Meu irmão morreu. O nome dele era Greg Sims. Tocava saxofone. A polícia diz que foi suicídio. Não acredito nisso. Descubra a verdade. Vou ficar quieta. Lembre-se do nosso trato. Não fure comigo. *Gillian*

Andie e eu olhamos a página durante vários minutos sem falar. Não sei o que Andie está pensando, mas não posso me livrar da nuvem de descrença e apreensão que começa a me envolver.

— E o que devo fazer com isso?

Eu me recosto no sofá e fecho os olhos.

— É interessante – diz Andie.

— Interessante? Meu Deus, é sinistro.

— Não, veja. Essa é uma mulher que escreve haicais. A propósito, este ficou com sílabas a menos. E cuidadosamente seleciona a música que vai pôr quando telefona pra você. Agora ela escreve desse jeito, estas frases curtas.

Olho para Andie, pego a página e examino-a.

— Não estou sacando. E daí?

— Ela não só datilografou num papel que provavelmente pode ser encontrado em qualquer lugar como está disfarçando o seu estilo de escrever. Já ouviu falar em Greg Sims?

— Não, nunca.

Andie puxa seu celular e apanha o envelope do FedEx. Liga, identifica-se como sendo do FBI e pede que investiguem a remessa. Então dá o número de telefone e desliga.

— Isto vai ser um beco sem saída também, mas tenho de verificar até o fim.

Ela lê a página de novo e olha para mim.

— Mais alguma coisa em que possa pensar?

— Não.

Eu tiro as luvas e vou até a cozinha pegar uma garrafa de água na geladeira.

— Quer um pouco? – pergunto a Andie, segurando a garrafa.

— Claro, obrigada.

Trago duas garrafas. Tomamos um gole longo enquanto estudamos a página de novo.

— O que ela espera que eu faça com isso?

Andie coloca a garrafa sobre a mesa.

— Vai ter mais. Outra remessa, um telefonema. Ela vai dar maiores detalhes. Isso é só para que você saiba do que se trata.

— E para que eu tome conhecimento de que ela sabe onde moro.

Andie acena com a cabeça.

— Não me preocupo com isso. Ela sabe que colocaríamos o local sob vigilância, e de qualquer maneira quer sua ajuda. Já deixei isso de lado. Ela não quer fazer mal a você.

A não ser que eu não faça o que ela quer.

— Bom, isso certamente faz com que eu me sinta melhor.

Andie tira os sapatos e olha para mim.

— Posso?

Encolho os ombros.

— Fique à vontade.

Ela recosta-se e esfrega a testa, empurra os cabelos para trás.

— Meu Deus, eu estou tão cansada – diz, fechando os olhos e cruzando os braços sobre o corpo. — Vou levar isso para o escritório e fazer os exames de costume.

— Mas não vai encontrar nada, vai?

Seus olhos piscam e param abertos. Ela me pega observando-a, mas não se mexe.

— Provavelmente não, mas é mais uma peça no quebra-cabeças.

Fecha os olhos de novo. Um tumulto de emoções e pensamentos me percorre enquanto a observo. Este é o trabalho de Andie, exerce uma fascinação sobre ela; mas é objetivo, outro caso que vai parar no computador, para ser acessado no futuro.

Unidos pela necessidade, de certo modo nos ligamos de um jeito que ainda não entendo, algo além de Gillian, da urgência de fazê-la parar. Gillian sabe disso também? Mas está sob controle, e está em meu poder deixar que a coisa continue ou acabe. E, naturalmente, há Natalie, que sabe o que passei para voltar ao piano e quer me proteger de algo que ela não entende.

— E quanto àquele CD? Quer ouvir agora?

Andie abre os olhos de novo e apruma-se no sofá. Termina a água e aperta as mãos sobre os joelhos, repara nas luvas e tira-as.

— Quero. Desculpe, quase apaguei por um minuto.

— Tudo bem, uma breve lição de jazz.

Encontro o CD de Miles *Kind of blue*, e o de Jon Hendricks que tem "Freddie Freeloader", gravada 40 anos depois.

— Quer ouvir primeiro de onde veio a letra?

— Claro – diz Andie.

Coloco o CD de Miles.

— Isso foi o que Gillian tocou no telefone hoje.

Deixo tocar o solo de Wynton Kelly e a metade do de Miles antes de trocar de disco.

— Ok, tem ainda mais dois solos, de Cannonball Adderley e John Coltrane. O que Hendricks fez foi escrever uma letra, não só para a linha melódica, mas para os solos também, e teve alguma ajuda. Bobby McFerrin, George Benson, Al Jarreau.

— Estes eu conheço – diz Andie –, mas não Jon Hendricks.

— Tudo bem, todos eles ficaram bem comerciais, mas participaram dessa gravação em homenagem ao Jon, posso apostar. Tente ficar com o CD de Miles Davis na cabeça ao ouvir isso e acompanhe a letra.

Passo para ela a caixinha do CD. Andie desdobra as notas de capa.

— Está aqui, achei.

Coloco o CD de Hendricks e toco a faixa-título. Tinha esquecido de como é bom. As vozes se fundem bem na abertura, e então Bobby McFerrin canta o solo de Wynton Kelly; Al Jarreau, o de Miles. Hendricks captou todas as nuances dos solos originais, de tal maneira que a história de Freddie Freeloader é contada de quatro pontos de vista, e as vozes fazem uma combinação perfeita. Não admira que quase tenha ganhado um Grammy.

Observo Andie ouvir e acompanhar a letra. Ela ergue os olhos quando Jarreau termina, e George Benson é subitamente Cannonball Adderley.

— É impressionante – diz Andie. — Não entendo como Hendricks pôde fazer isso, como eles podem cantar tão rápido.

— Bem, você pegou a idéia geral.

Eu me levanto, paro o CD, mas ela ergue a mão.

— Não, espere. Quero ouvir tudo.

Ficamos escutando enquanto George Benson casa a letra de Hendricks com as frases mais intrincadas de Cannonball. Estamos no meio de Jon Hendricks, de certa forma conseguindo reconstituir perfeitamente o som de Coltrane, quando ouvimos uma chave na porta.

Natalie entra carregando um pequeno saco plástico de supermercado. Ela me vê primeiro.

— Oi, eu... – e se retesa ao ver Andie, os sapatos no chão, depois olha para o toca-CDs, escuta por um momento. — Ora, isso aqui está aconchegante.

Andie joga as notas de capa na mesa de café e se levanta.

— Olá, Natalie. Estamos apenas examinando alguns detalhes do caso.

— Sim, claro – diz Natalie.

— Natalie, eu... – mas não termino. Por alguns momentos nós três ficamos parados em silêncio. A tensão paira no ar.

— Ei, tudo bem – diz Natalie, mas sua voz está trêmula. — Não quero interromper nada.

Coloca distraidamente o saco de supermercado no chão, me lança um olhar inquisitivo, vira-se e vai embora, fechando a porta atrás de si.

Olho para Andie. Ela diz:

— Tudo bem – ela está de cabeça baixa.

Vou atrás de Natalie lá fora e a alcanço no seu carro. Está remexendo as chaves, tentando abrir a porta.

— Natalie, deixa disso.

Viro-a, seguro-a pelos ombros. Ela ergue o olhar para mim, engole em seco e volta a me encarar.

— Não sei o que está acontecendo, Evan. Você não me contou nada.

— Toda vez que tento você se tranca ou foge. Vamos conversar a respeito. Existe uma boa razão pra eu tentar manter você fora disso.

— É. Uma delas está sentada no seu apartamento, de saia curta, sem sapatos, ouvindo música. Isto é procedimento oficial do FBI?

— Escute, deixe-me ver quanto posso contar para você. Deixe-me checar com...

— Não. – diz Natalie. — Não quero que você cheque com ninguém. Não posso ficar assistindo você jogar fora essa segunda chance que tem. Não vou entrar nessa.

Ela toma fôlego.

— É difícil pra mim dizer isso, mas quer saber de uma coisa, Evan? Acho que você gosta disso. Trabalhar com a polícia, solucionar velhos crimes. Talvez tenha entrado nisso por acaso, mas acho que gosta. E agora é o FBI. Você entrou para o primeiro time.

— Gosto disso? – sacudo a cabeça, sentindo que vou ter um ataque. Gillian, o FBI, Natalie, ensaios nas brechas, é demais para mim. — Pelo amor de Deus, Natalie, pessoas estão sendo assassinadas. O que eu devo fazer?

Ouço minha voz ecoar pelo edifício. Uma velha senhora agarrada à sua bolsa pára, olha para mim e continua a andar apressada. Diminuo a voz até que é quase um sussurro.

— Você acha que gosto de ser usado pelo FBI?

Desvio o olhar e sacudo a cabeça, sentindo a raiva e a frustração ainda fervendo dentro de mim, mas é como se uma cortina tivesse baixado diante do rosto de Natalie.

— Acho que você nem mesmo sabe disso.

Ela joga a cabeça para trás e suspira.

— Não sei, talvez você tenha de fazer isso, mas nesse exato momento eu... eu acho que a gente devia deixar de se ver por uns tempos, pelo menos até isso acabar.

Ela entra no carro, abaixa a janela e liga o carro.

— De qualquer maneira, tem a agente especial Lawrence pra lhe fazer companhia.

Fecha a porta, pisa no acelerador e arranca rapidamente, me deixando na esquina. Quando volto, vejo Andie de pé junto ao balcão da cozinha. Colocou os sapatos, está com a bolsa a tiracolo, pendurada no seu telefone celular.

— Foi o FedEx – diz ela. — Pago em dinheiro. Não há nenhum jeito de localizar o remetente.

Observa-me por um momento quando não reajo.

— Encrenquei você com a Natalie, não foi?

— Não se preocupe com isso. Estamos simplesmente passando por uma fase de mudanças.

— Sinto-me responsável.

— Não sinta. Não foi nada que você fez.

Olho para ela e consigo esboçar um leve sorriso nada convincente. Andie apanha o saco de mantimentos que Natalie deixou no chão e coloca-o sobre o balcão. Olha dentro dele.

— Parece que ela ia preparar o jantar.

Fala em tom de interrogação.

— Seria uma pena desperdiçar isso.

— Andie, não acho...

— Me dê duas horas. Tenho de fazer algo.

Apanha uma caneta e um bloco na sua bolsa. Escreve rapidamente e arranca a folha do bloco.

— Este é o meu endereço – diz ela, passando para mim.

Eu apanho o papel.

— Não sei.

— Ei, se não vier eu vou entender. Gostaria de levar os dois CDs, se puder. Quero ouvi-los de novo e dar uma outra olhada nessa letra. Talvez haja alguma coisa aqui.

— Tudo bem.

Tiro o disco de Hendricks do toca-CDs, coloco-o de volta na caixa e entrego a ela, junto com o CD de Miles.

Ela enfia os dois na bolsa.

— Vejo você depois, espero.

Andie sai, e eu fico parado perto do balcão por alguns minutos, apertando os dedos, ouvindo o silêncio. Minha mão está perfeita. Agora é minha cabeça que tem problemas.

Deito-me por um tempo, mas meus olhos estão muito abertos. Tento respirar bem fundo, alongar e contrair meus músculos durante vários segundos, e depois relaxar. Funciona por cerca de

20 minutos. Olho para o relógio na mesa de cabeceira e desisto. Tomo um banho de chuveiro, faço a barba e coloco jeans, uma camisa de brim e mocassim.

Olho para o pedaço de papel com o endereço de Andie sobre o balcão. Fico de pé por um momento, pensando, então coloco o papel no bolso e me dirijo para a porta. Minha mão está na maçaneta quando o telefone me faz parar. Estou tentando me convencer de que é Andie, cancelando, ou Natalie que mudou de idéia, querendo conversar. Coop, simplesmente checando. Talvez até um número errado, ou alguém querendo me vender uma apólice de seguro. Mas sei que não é nada disso.

Aperto o botão de gravação e atendo no terceiro toque. Ouço Thelonious Monk, um disco que fez com Gerry Mulligan, *Undecided.*

— É Gillian, meu amor, complicada como Monk.

9.

ANDIE MORA PERTO DE WESTWOOD, não muito distante do seu escritório no Edifício Federal. É um grande complexo com estacionamento, uma piscina no centro e um bloco de caixas de correio junto ao escritório da administração. Paro numa vaga de visitante bem à frente e caminho ao longo da piscina até o apartamento do segundo andar.

Quando bato, ela abre a porta rapidamente, como se estivesse ali parada, à minha espera. Veste uma suéter desbotada de Berkeley que sobreviveu a muitas lavadas, jeans preto e sandálias. Seus cabelos parecem úmidos, e os cheiros de xampu e sabonete aromático competem entre si.

— Trouxe a fita cassete?

Tenho a fita na mão ao entrar e entrego a ela. Andie fecha a porta atrás de mim e vai direto até uma estante na parede onde há um pequeno sistema de som estéreo e uma grande coleção de livros de bolso e de capa dura. Há dois pôsteres emoldurados na parede, algumas plantas, um sofá para duas pessoas e uma televisão numa estante cheia de fitas de vídeo na prateleira de baixo, com duas cadeiras em frente. Junto a uma das janelas há uma escrivaninha com o tampo corrediço levantado e uma luminária acesa em cima. Posso ver um laptop e um monte de pastas de arquivo e papéis espalhados em volta.

— Sirva-se – diz ela. — Tem cerveja e vinho na geladeira.

Apanho uma garrafa de cerveja e sento numa cadeira enquanto ela põe a fita para tocar. Ajusta o volume e ouvimos a voz de Gillian com Thelonious Monk e o sax barítono de Gerry Mulligan acompanhando-o suavemente.

— É Gillian, meu amor, complicada como Monk.

Andie pega uma caneta e um bloco na escrivaninha e senta-se no sofá. Coloca o bloco sobre uma pequena mesa de vidro e ouve, a caneta suspensa sobre o bloco.

— Recebi sua remessa – ouço a minha voz. Ela soa estranhamente, como a voz de outra pessoa.

— Bom – diz Gillian. — Agora você está pronto para trabalhar.

— O que quer dizer?

— Lembra-se do nosso trato. Você continua falando comigo, eu fico quieta. Agora vamos ampliar isso um pouco.

— Como?

— Você vai investigar a morte do meu irmão. Greg Sims é seu nome verdadeiro, caso esteja em dúvida. Como Zoot, ele tocava tenor.

Observo Andie escrever "Zoot Sims" no bloco.

— Não sei o que quer que eu faça. Achei que você tinha dito que foi um suicídio.

— Eu disse que isso foi o que a polícia falou – e a voz dela fica mais aguda. Aquela qualidade lânguida some brevemente. Há uma pausa de alguns segundos e então: — Eu quero saber com certeza.

— Onde e quando ele morreu?

— Em São Francisco. Há quase um ano – e agora a voz é monótona, simplesmente enumera os fatos.

Andie escreve de novo no bloco e olha para mim.

— Pode começar por lá – diz Gillian. — Vamos ver se você é mesmo bom.

— Ei, não sou detetive profissional. Como espera que eu faça isso?

Tomo um gole de cerveja e sinto a nota de pânico em minha voz. Posso ouvir o som que ela faz ao soprar a fumaça do cigarro.

— Você se saiu bem com Wardell e Clifford Brown, e colocou Lonnie Cole na cadeia. Estou segura de que o FBI vai ajudá-lo.

Faz uma pausa, e então:

— Lawrence quer ajudá-lo, Evan.

Andie ergue os olhos do bloco e me encara por um momento.

— Tive sorte, foi tudo. Por que você não contrata um detetive de verdade?

— Porque quero você, Evan. Você entende a música. Vai saber o que realmente aconteceu com Greg e por quê.

— É tudo o que me dá? O nome e a cidade?

— Terá muito mais.

— Como? Outra remessa?

— Exatamente, mas diferente, da próxima vez.

— Diferente como?

— Não se preocupe, você vai saber. Greg era um músico sério. Estudou muito e com afinco até que não podia agüentar mais.

— Não podia mais agüentar o quê? Por que simplesmente não me conta? – ouço a mim mesmo suspirar, com frustração na voz. — Se quer realmente que eu investigue, preciso saber mais sobre o seu irmão.

Eu me levanto e caminho até a porta de correr envidraçada que abre para uma pequena sacada. Saio, deixo a porta aberta e acendo um cigarro. Daqui posso ouvir a fita.

— Eu disse que haveria mais. Quero manter isso interessante para você, Evan. Aguçar suas habilidades de investigação – ela ri baixinho. Está jogando de novo, desfrutando do controle que possui sobre mim. — Podíamos até nos encontrar, mas não me procure.

— Gillian, não posso fazer isso.

Há uma pausa na fita, e então Gillian volta.

— Você precisa, Evan. Vidas dependem disso.

A música aumenta de volume, Gerry Mulligan improvisando sobre "Straight no chaser", de Monk, que o acompanha como se estivesse tocando com as palmas das mãos, e então um silêncio abrupto. Andie se levanta e desliga o toca-fitas.

Jogo meu cigarro na garrafa de cerveja e volto para dentro do apartamento. Andie está inclinada para trás, olhando o bloco, agora coberto de anotações.

— Simplesmente não acredito nisso – diz finalmente. — Ela é tão... tão descarada, tão segura de si. Tão segura de você.

— É o que me preocupa. – Desabo numa das cadeiras. — Tenho de fazer isso, não é?

— É. Ela é muito séria, assustadora. Que voz!

— O que você quer dizer?

— Ela está na verdade dizendo que, se você não continuar falando com ela, se não investigar a morte do irmão dela, como ela deseja, Gillian vai matar de novo. Mas sua voz é tão macia, às vezes parece até meio sonhadora. É possível que fosse uma cantora? É como se estivesse falando com o amante.

Sinto um tremor percorrer meu corpo.

— Esse é um pensamento assustador.

— Sim, é – diz Andie. Levanta-se, tira a fita do aparelho e coloca sobre a escrivaninha. — Bom, pelo menos nós a temos em fita agora. Vou ouvir isso de novo, mandar que realcem o som, ver se podemos captar algum ruído de fundo que nos ajude a encontrá-la.

— Não creio que estivesse num carro desta vez.

— Não, nem eu. O som estava muito claro, não havia ruídos de tráfego, mas vamos ver o que os técnicos do laboratório dirão quando ouvirem a fita.

Andie fica parada, de pé, pensando um momento, as mãos nos quadris. Devolve o bloco e a caneta à escrivaninha e agora se inclina para fazer um círculo em torno de algo que escreveu.

— Ok – diz ela. Endireita-se. — Vamos comer. Tenho lasanha e uma salada, se está bem pra você – ela me estuda por um momento, inclina a cabeça para um lado. — Teria vindo mesmo sem a fita, se Gillian não tivesse ligado?

Paro um instante antes de responder, mas não há realmente necessidade.

— Eu estava na porta quando ela telefonou.

Durante todo o jantar Andie mantém o bloco de anotações sobre a mesa, recorrendo a ele entre mordidas de lasanha e goles de vinho. Ela pede detalhes, enquanto Miles Davis toca baixinho no CD.

— Fale-me de Zoot Sims.

— Seria mais fácil te mostrar. O extremo oposto de Coltrane, sem aquele som duro e áspero. Zoot saiu da escola de Lester Young, Stan Getz. Um som muito melódico e suave. Outro bom nome para acrescentar à sua coleção.

Andie balança a cabeça e faz mais algumas anotações.

— Aceita um café?

— Claro – eu a ajudo a limpar a mesa e depois vou até a sacada fumar um cigarro enquanto ela prepara o café. Posso ouvir alguém espadanando na piscina e, acima dos edifícios, as luzes de Westwood brilhando no céu. Andie junta-se a mim, equilibrando duas canecas de café, creme e açúcar numa bandeja.

— Não sei como você gosta, por isso trouxe tudo – e puxa duas cadeiras de plástico para perto. — Podemos nos sentar aqui se você quiser.

— Ótimo. – Preparo meu café e me sento. Andie segura sua caneca perto do rosto, beberica e olha por cima da borda do copo.

— Você nunca se cansa desse trabalho? – pergunto a ela.

— Claro. O tempo todo, mas esse caso é diferente. Nunca me envolvi pessoalmente antes – olha para mim e acrescenta rapidamente: — Quero dizer, da maneira como este caso evoluiu. Geralmente só tem gente do FBI ou da polícia local e...

— O quê?

— Nada. Ia dizer apenas: os sobreviventes das vítimas.

Sinto ela me estudando por um momento. Quando a olho, ela sustenta o meu olhar.

— Realmente sinto muito sobre o episódio desta tarde, com Natalie, quero dizer. Ela vai acabar voltando, não vai? – e desvia o olhar. — Lamento. Se é um assunto desagradável, não precisamos falar a respeito.

— Não, tudo bem. Não foi culpa sua. Sei lá. Natalie pode ser muito teimosa – termino meu café e acendo outro cigarro. — Ela acha que eu gosto disso.

Andie parece surpresa.

— Servir de intermediário entre uma assassina e o FBI?

— Não apenas isso, mas trabalhar com a polícia, investigar coisas.

— E você gosta?

Encolho os ombros. Boa pergunta.

— Eu não teria escolhido entrar nisso, mas sei que não posso fugir das coisas, simplesmente largá-las. Quando estava investigando a morte de Wardell Gray ou andava à caça de uma fita que eu achava que fosse de Clifford Brown, não sei, essas coisas pertenciam ao passado, mas não importava que tivessem acontecido há tanto tempo. Eu simplesmente precisava saber. Esse caso é diferente. Está acontecendo aqui e agora. Tenho um velho amigo, um ex-professor, Cal Hughes, que diz que eu sou exatamente a pessoa certa pra fazer isso, porque sou muito ligado à música. Ele disse que Wardell Gray e Clifford Brown estavam me chamando do além – solto uma risada. — Claro, Cal é um tanto excêntrico e tinha tomado umas e outras.

— E agora é Bird, Miles e Coltrane – diz Andie –, e Zoot Sims.

— Sim, mas não é a mesma coisa. Não tenho muita escolha agora. Se acreditarmos em Gillian, minha desistência seria responsável por outras mortes.

— Tenho certeza de que podemos acreditar nela. Quando ouvir aquela fita de novo, vou descobrir mais. Aposto em alguma desordem mental que podemos identificar.

— Desordem de verdade? Ok, isso é óbvio. Alguém que matou quatro pessoas por causa da música que elas tocam tem definitivamente algo mais que uma desordem.

— Claro. Quero dizer, algum distúrbio que possamos nomear. Da transcrição do primeiro telefonema, e ouvindo a voz dela, estou pensando em mudanças drásticas de humor. Maníaco-depressiva, talvez.

— E em que ajudará saber isso?

— Vai nos dar uma idéia melhor da situação com que estamos lidando. Eu apostaria que ela se submeteu a algum tipo de tratamento. Quando estudarmos o histórico do irmão, poderemos estabelecer uma conexão.

Ficamos quietos por um tempo, cada um perdido nos seus pensamentos. São quase 11 horas quando olho para o meu relógio.

— É melhor eu ir andando – digo.

Andie acena com a cabeça.

— É, amanhã será um longo dia pra mim, com tudo isso pra cuidar.

— E eu tenho uma apresentação amanhã à noite. Quer dar um pulo lá? Chadney's, no Valley.

— Vou ver, mas eu não gostaria...

— Não se preocupe. Não acho que Natalie vá pintar.

Os olhos de Andie piscam e escurecem.

— Mas deveria.

NATALIE NÃO ESTÁ LÁ quando eu chego ao Chadney's, mas uma porção de gente está. Paul Westbrook cuidou disso. De algum modo conseguiu chamadas de rádio na estação de jazz KLON, e o Chadney's vem fazendo uma programação jazzística há algum tempo. Várias pessoas erguem o olhar de seus drinques quando eu me sento ao piano e faço ele soar. Foi afinado recentemente, e o desempenho do teclado é bom. O baixo de Jeff está no chão do palco, ao lado do piano, e a bateria de Gene espremida no canto oposto. Localizo os dois no bar e fico sentado por um momento, absorvendo a ótima sensação que lava a minha alma.

Meu próprio trio de novo, um bom piano e uma casa quase cheia, pelo menos para o primeiro *set*. Olho para trás por cima do ombro e vejo um casal bem no meu cotovelo. O espaço é apertado aqui. Há várias mesas logo atrás de mim. Penso no que está por vir, alguns dos novos temas que poderemos tentar mais tarde, mas nos dois primeiros *sets* o território vai ser familiar.

Passei o dia sozinho, sem notícias de ninguém. Pratiquei piano durante duas horas, pensei nesse trabalho e depois caminhei pela praia. Nenhuma chamada, nenhuma mensagem, apenas um bendito tempo sozinho. Dei um telefonema para Natalie, para lembrá-la da apresentação, mas não houve resposta.

Andie, Ted Rollins e Wendell Cook, imaginei, teriam passado o dia procurando informações sobre Greg Sims e ouvindo a fita do telefonema de Gillian. A única coisa que poderia tornar esta noite melhor seria eles me comunicarem que tinham apanhado Gillian e que eu não teria mais com o que me preocupar. Enquanto isso, era hora de tocar.

Jeff e Gene se aproximam, drinques na mão.

— Ei, rapazes, tudo em cima?

Gene senta-se à bateria, deslocando ligeiramente a banqueta para poder me enxergar claramente. Jeff apanha seu baixo e passa uma toalha sobre as cordas, nós afinamos. Jeff faz sinal com a cabeça e Gene olha para mim na expectativa.

— "Solar"? – digo. Coloco minha luva, flexiono os dedos. Não somos anunciados nem apresentados aqui. Para muitos, o jazz é um som de fundo, algo para acompanhar os drinques e a conversa. Eu levanto vôo sobre o rumor da platéia e sinto que ele diminui imediatamente.

Chego ao terceiro *chorus*, desloco o banco do piano e recuo levemente, afastando-me um pouco do teclado. Posso sentir os olhos das pessoas na mesa atrás de mim enquanto desenvolvo gradualmente a improvisação, impulsionado pelas exuberantes notas do baixo de Jeff, pelo cintilante trabalho nos pratos de Gene. O público acaba se calando. Tudo o que ouço é o baixo, a bateria e minhas próprias notas, rolando de meus dedos ao longo de quatro *choruses*.

Ergo a cabeça, lanço um olhar para Gene, e ele explode no seu solo. Jeff ouve, a cabeça inclinada, o braço em torno do baixo. Quando Gene chega aos últimos oito compassos, Jeff e eu trocamos olhares. Ergo as sobrancelhas, e Gene, em vez de uma batida forte final, simplesmente acaricia a borda do prato para que ele reverbere pela primeira nota do solo de Jeff.

Eu o acompanho, plantando os acordes com suavidade, e dou uma olhada na sala, procurando inconscientemente alguém que pudesse ser Gillian, mas descartando imediatamente essa idéia. Seguramente ela não ousaria aparecer por aqui. Consigo ver Coop e Andie, meio escondidos atrás de uma garçonete que anota seus pedidos. Nem cheguei a vê-los entrar. Se há mais alguém do FBI aqui, não sei.

Jeff coloca as notas do baixo para caminhar nos últimos oito compassos e partimos para o encerramento do tema.

— É isso aí – diz Gene.

Jeff ajusta levemente seu amplificador e eu começo sozinho, em andamento deslocado, uma balada de Tadd Dameron, "If you could see me now". Criei uma nova seqüência de acordes para o tema, e Jeff estuda o teclado enquanto eu toco a introdução, e então decido na hora tocar um *chorus* sozinho. Aceno com a cabeça para começar o novo *chorus*, e Jeff entra comigo, uma nota longa e dolorida que estabelece o clima para a melodia envolvente. Gene raspa o cabo das escovinhas no prato e depois começa a esfregá-las em círculos no tambor.

Aí eu mergulho na canção, explorando suas profundezas, surpreendendo-me de vez em quando com as viradas e os desvios ao longo de dois *choruses*, e cedo a vez para Jeff resumir as coisas. Quando terminamos no acorde que Jeff me mostrou durante o ensaio, ele sorri para mim. Sinto o surto de adrenalina familiar. Há um momento de completo silêncio, como se o público não quisesse interferir, e então uma explosão de aplausos, e eu sei que nós o conquistamos.

No resto do *set* eu misturo as coisas, uma versão bossa-nova de "Old folks" e um tema de Monk, e encerro com "All blues", de Miles Davis. A valsa melancólica se ajusta ao trio tão bem quanto a luva à minha mão direita.

Levanto-me e caminho em volta do piano até o microfone.

— Muito obrigado – digo à platéia. — Vocês ouviram, na bateria, Gene Sherman; e no baixo, Jeff Lasorda. Eu sou Evan Horne. Voltaremos daqui há pouco.

Viro-me e olho para os companheiros.

— Vamos pegar a estrada – diz Gene, em pé diante da bateria. Ele está excitado.

— É isso aí, Evan – diz Jeff. — Meu Deus, o que é que vamos fazer no próximo *set*?

— Vamos tentar alguns destes – digo, batendo com os dedos nas partituras que estão sobre o piano.

Atravesso o labirinto de mesas até Coop e Andie. Estão entretidos na conversa quando eu chego. Coop chuta uma cadeira para mim e junto-me a eles.

— Foi maravilhoso – diz Andie.

Ela veste um suéter preto de gola rulê e calças brancas, com mais maquiagem do que jamais a vi usar. Toca no meu ombro, um gesto que não escapa à observação de Coop.

— Está de serviço? – pergunto a ele, olhando para o copo alto de refrigerante à sua frente. Ele está de jeans, camiseta e jaqueta do Metro Team.

— É, não posso ficar, meu velho. Temos que entregar alguns mandados.

— Bom, obrigado por ter aparecido.

Não preciso procurar Natalie. Estaria com Coop se tivesse vindo.

Olho para Andie.

— Novidades?

— Tenho, mas podemos falar sobre isso depois. Não quero quebrar o clima.

Vejo Coop recostando-se na cadeira, olhando para mim com um sorrisinho malicioso no rosto. Quando o fuzilo com o olhar, ele se ocupa em conferir o relógio.

— Me leve até lá fora, meu velho. Quero falar uma coisa com você.

— Claro – olho para Andie. — Volto num minuto.

Coop e eu forçamos caminho entre o público. Há mais pessoas no vestíbulo querendo entrar. Lá fora, o estacionamento com manobreiros está agitado. Acompanho Coop até seu carro. Sei do que se trata, mas deixo ele tocar no assunto. Coop destrava a porta do carro, e eu acendo um cigarro.

— Natalie me ligou hoje – diz ele. — Ela acha que você está dando em cima da adorável srta. Lawrence. Algo a ver? Ou é o inverso?

— Vamos lá, Coop. Tentei explicar pra Natalie, mas ela não quer saber. Apareceu ontem quando Andie e eu estávamos conversando.

— Eu soube – Coop observa a minha reação. Depois que lhe lanço apenas um longo olhar, ele encolhe os ombros, ergue as mãos. — Tudo bem, não é da minha conta, mas ela está muito perturbada.

— E o que eu devo fazer? Não posso trabalhar com Andie e não posso contar a Natalie o que está acontecendo. Lembra-se do acordo que Cook me fez assinar? Por que ela não veio esta noite?

— Vai ter de perguntar a ela – diz Coop. Abre a porta. — Enquanto isso, você tem de levar a agente especial Lawrence pra casa.

— O quê?

Coop sorri.

— Isso mesmo, ela veio comigo, mas fui convocado pra uma emergência, vou pegar uns bandidos. Nos vemos.

Ele arranca e me deixa plantado olhando para o carro. Estou ficando cansado das pessoas fazerem isso comigo.

Volto correndo para dentro e me encontro com Andie na saída.

— Não vai ficar?

— Gostaria – diz ela. — Apareceu algo sobre Greg Sims. Me ligue amanhã, tá?

— Tudo bem. Conversamos amanhã.

Jeff e Gene já estão à minha espera. Embaralho as partituras sobre o piano.

— Querem tentar uma dessas? – pergunto a eles. Encontro a que estou procurando e passo a parte do contrabaixo para Jeff. Ele dá uma olhada. — Em dois-por-quatro na primeira parte – digo a Gene. — E então siga em frente.

Olho a pilha de novo, procurando a minha parte, e finalmente a encontro.

— Lá vamos nós – eu digo, e então me sento, como se tivesse sido empurrado. Ao longo da parte inferior da partitura, na mesma caneta vermelha do panfleto, estão as palavras, "Não falhe comigo, Evan". Debaixo da partitura há um envelope pardo que eu não reconheço.

— Qual é o problema? – Jeff pergunta.

Olho para o envelope, dou um giro para trás, mas a mesa está vazia.

— O quê? Nada – empurro o envelope de lado. — Deixa pra lá – digo para Jeff e Gene. — Vamos tocar "All of me".

Olham um para o outro e encolhem os ombros. Vai ser um longo *set*.

ATRAVESSO O *SET* SEGUINTE de qualquer jeito, mas foi diferente. Minha concentração sumiu, e eu fiquei tocando no piloto automático. Os acordes de centenas de canções estavam na ponta dos meus dedos, mas o coração se foi. Não era nada que alguém na platéia pudesse notar, mas Jeff e Gene sabiam. Muitas vezes você desce do palco e ouve as pessoas dizerem "Cara, vocês foram fabulosos". E sei que é mentira.

Jeff e Gene estavam quietos quando a noite acabou e empacotamos nossas coisas para partir. Eu os decepcionara, tanto quanto a mim mesmo, e agora, parado diante da porta de Andie, às duas e meia da manhã, me pergunto o que estou fazendo aqui.

Bato duas vezes, ouço algum barulho lá dentro, e então uma sombra cruza o olho mágico quando ela espia. Há um ruído de travas se destrancando e a porta se abre.

— Evan, o que é?

Seus cabelos estão desalinhados e um roupão curto mal cobre suas pernas.

— Posso entrar?

Ela olha por cima do ombro e aperta o roupão contra o corpo.

— Pode, claro, entre — dá um passo para o lado, me deixa passar e fecha a porta. Olho para ela. Desejava estar aqui por outra razão. Ela vê o envelope na minha mão. — Gillian?

— É, ela esteve no Chadney's esta noite – e entrego o envelope para Andie. — Toma aqui. Leia isso.

Ela apanha o envelope, senta-se no sofá e acende uma lâmpada. Eu abro a porta da sacada e saio. Acendo um cigarro e encosto-me na balaustrada. Nem um som vem da piscina, não há luz em lugar algum a não ser nas lâmpadas externas do complexo. Olho para Andie. Ela nem me vê, inteiramente concentrada nos conteúdos do envelope, que detalham os relatos policiais do suicídio de Greg Sims. Pelo menos é a versão oficial.

Andie cruza as pernas enquanto examina as páginas com os olhos apertados. Viro-me de novo para a piscina, pensando que preciso sair daqui. Quando termina, ela vem para a sacada. Colocou um roupão comprido de toalha amarrado na cintura.

— Onde estava isso?

— Sobre o piano, misturado com algumas partituras. Descobri quando voltei do intervalo. Gillian estava lá, bem dentro do clube, pelo amor de Deus.

Andie fica silenciosa por um momento.

— Ela tem mais informação aqui do que tudo o que nós conseguimos. Peguei os dados no arquivo da polícia de São Francisco.

— Bom, era o irmão dela. Mas como foi que conseguiu tudo isso?

— Quem sabe? Eu ia contar. Foi quando eu disse que não queria quebrar o clima. Como foi o resto da noite?

— Não muito bem. Perdi um pouco do embalo.

— Não sei como consegue se concentrar.

Ela faz uma pausa, pensa em outra coisa, mas parece que está tentando se decidir.

— Por que me olhou de modo tão estranho quando deixei o Chadney's?

Espero um momento para responder, apenas encolho os ombros.

— Coop, de sacanagem, me disse que tinha levado você e que eu devia trazê-la de volta pra casa.

A irritação muda a expressão do seu rosto por um momento.

— E você não queria?

— Não é isso, é só que...

— Não, não precisa dizer nada.

Balanço a cabeça. Não há o que dizer.

10.

ACORDO COM O TELEFONE. Chego aos tropeços à cozinha antes do terceiro toque, aperto o botão de gravar e me preparo para Gillian.

— Evan, é Andie Lawrence. Precisamos de você aqui assim que puder.

— Tudo bem. Aconteceu alguma coisa?

— Queremos conversar com você e discutir alguns planos.

— Tudo bem. Daqui a uma hora?

— Ótimo, estaremos à sua espera. O tenente Cooper vai apanhá-lo.

Fico aliviado que não tenha sido Gillian, mas intrigado com a formalidade na voz de Andie. Cook ou Rollins provavelmente estavam por perto quando ela fez a ligação. Olho para o relógio, surpreso por ter dormido tanto.

Engulo um copo de suco de laranja e, mal terminei meu banho de chuveiro e acabei de me vestir, Coop já está batendo na porta.

— Vamos lá, meu velho – diz ao entrar. Deixou o carro parado em fila dupla na rua com o motor ligado.

Sigo-o até lá, entro e acendo meu primeiro cigarro do dia. Nesse ritmo, se eu retardasse o primeiro em uma hora a cada dia, poderia deixar de fumar.

— Achei que você já estaria lá – observo Coop dirigir, olhando direto para a frente, as duas mãos no volante, um de seus pequenos charutos preso entre os dentes. Segue para o norte na Main até Pico Boulevard, depois vira à direita e sobe a colina, passando pela escola secundária de Santa Mônica.

Nos dias de hoje tem uma cerca de arame em volta do campus e um segurança no portão. Quando Coop e eu freqüentamos Santa Mônica, jogando futebol e assediando as meninas, aquele era um campus aberto. Tempos diferentes, pessoas diferentes. Tudo muda.

— Andie me ligou esta manhã e me colocou a par – diz Coop. Ele vira para o norte em Lincoln e toma a direção da Freeway 10. — Estamos verificando com os manobreiros do Chadney's para ver se alguém se lembra de uma mulher sozinha num carro novo.

— Bom, acha que isso realmente vai funcionar? Sabe quantas mulheres costumam ir ao Chadney's sozinhas? O Valley é meio fora da sua jurisdição, não é?

Coop encolhe os ombros enquanto subimos a rampa da Santa Mônica Freeway.

— Wendell Cook determinou que estou temporariamente agregado à unidade do FBI, principalmente porque o assassinato de Rodman aconteceu em Santa Mônica, e você e eu somos amigos – olha para mim. — Para me dar mais latitude, como dizemos no jargão da lei.

— É, amigo. Legal o lance de ontem à noite, dizer que eu tinha de levar Andie em casa.

Coop sorri.

— É, foi legal, não foi? – ele pega a faixa da direita quando nos aproximamos do trevo de San Diego.

— Não encoraje Andie – eu digo. — Já estou tendo encrenca suficiente com Natalie.

— Caso não tenha notado, Andie não precisa de nenhum encorajamento. Mas deixa pra lá sua vida amorosa – sinto ele me olhar de relance. — Como é que está se segurando?

— Ótimo, sempre gostei de lidar com *serial killers*, vê-los assistindo aos meus shows, me telefonarem, me escreverem poemas.

Coop ignora meu sarcasmo.

— Meti você nessa, por isso estarei por perto, mas você ficará muito tempo por sua conta. É assim que Wendell quer jogar o jogo. Estão comprando essa história toda, e você terá que pelo menos aparentar que está investigando a morte do irmãozinho da maluca.

Entramos na 405 e imediatamente passamos a rodar lento no tráfego pesado.

— O suficiente pra mantê-la sob controle enquanto tentam localizá-la. É esse o plano? Ouço a voz dela na minha cabeça o tempo todo, Coop. É sinistro.

— Exatamente – diz Coop. — Foi a primeira vez que vi a palavra "quieta" ser empregada no sentido de não matar – ele pega a pista de saída para Wilshire.

— Eles vão conseguir encontrá-la?

— Existe uma chance – diz Coop. — Está ficando muito ousada. Talvez escorregue, dê pistas demais. Mais cedo ou mais tarde sempre fazem isso.

— Você não parece muito confiante.

— Não estou. Se alguém pegá-la, será por sua causa.

Coop vira para o leste em Wilshire e entra na garagem do estacionamento subterrâneo. Encontra uma vaga e desliga a máquina. Nenhum de nós fala por um momento, enquanto retardamos a inevitável subida de elevador até o 17º andar. Acendo outro cigarro e olho direto para frente.

— Não sei se posso fazer isso, Coop. Simplesmente não sei se posso lidar com isso.

— Acho que você pode. Terá muita ajuda.

Saio do carro, e Coop me acompanha. No andar do FBI Coop fala com a recepcionista atrás da janela de vidro, e, segundos depois, Andie sai. Veste um terninho escuro e um sapato de salto baixo. Lança para Coop um olhar irritado, que ele ignora, mal olha para mim e nos faz sinal para acompanhá-la, sem cumprimentar nenhum de nós dois. Estaria chateada comigo porque não aproveitei a chance que tive na noite passada? Não seria preciso muito para eu cruzar a fronteira.

Na sala de reunião, Wendell Cook e Ted Rollins já estão a postos, sentados à mesa grande. Têm pastas e papéis espalhados à sua frente. Ambos afrouxaram as gravatas e arregaçaram as mangas da camisa.

— Olá, Evan, Coop – diz Cook. — Sentem-se. Aceitam um café?

— Certamente – eu digo, enquanto Coop faz um aceno positivo com a cabeça.

Ted Rollins olha para mim por um segundo e então sai.

— Temos muita coisa pra examinar, por isso vamos começar logo – diz Cook. Com uma caneta de prata na mão, recosta-se na cadeira e me estuda. Parece que os botões da sua camisa vão estourar quando ele respira fundo.

— Tomamos algumas decisões, Evan, decisões que não deixaram nenhum de nós feliz. Estou seguro de que você não gostará delas também, mas realmente não tivemos escolha. Não sei quanto o tenente Cooper lhe informou, provavelmente mais do que deveria. Mas vamos aceitar as exigências de Gillian como genuínas. Examinamos a fita, a carta, os outros telefonemas, e Andie consubstanciou consideravelmente o perfil. Temos uma cópia pra você, e os relatórios da polícia sobre a morte do irmão dela também. Casam perfeitamente com aqueles que ela lhe mandou.

— Você achava que não iriam casar?

— Havia sempre essa chance – diz Ted Rollins. Ele entra trazendo dois copos plásticos de café, que põe na mesa na minha frente e na de Coop. Pousa o meu com rudeza, derramando um pouco do líquido.

— Desculpe – diz ele, e começa a falar, mas pára diante de um olhar de advertência de Wendell Cook.

— Primeiro queremos atualizá-lo com relação ao que pensamos a respeito de Gillian. Andie? Desejo enfatizar a palavra *pensamos*.

Andie apanha algumas cópias impressas em computador.

— Tenha em mente, Evan, que grande parte disso é especulação – diz ela. Sua voz ainda tem um tom formal que não entendo. — De qualquer maneira, foi o ponto a que chegamos. Gillian tem entre 35 e 40 anos de idade, dirige um automóvel de modelo do ano, talvez um carro esporte. Gosta de coisas caras e tem renda para comprá-las, o que indica que exerce algum tipo de profissão bem remunerada. Depois de analisar a fita, as características de sua fala, suas ações, achamos que talvez tenha se submetido a tratamento para algum tipo de desordem mental em alguma ocasião: oscilações bipolares de humor, personalidade maníaco-depressiva, essas são possibilidades. E se encontra provavelmente sob alguma forma de medicação, lítio, Prozac.

Começo a entender o distanciamento de Andie, sua formalidade. A maior parte disso ela já me contou, mas não quer que Cook ou Rollins saibam que nos encontramos fora do escritório. Seria para conquistar minha confiança, ou não passaria tudo de uma grande armação calculada para garantir minha cooperação?

— Gillian é fumante e tem um conhecimento amplo de jazz. Seu irmão morreu no ano passado, aparentemente se suicidou, saltou da ponte Golden Gate – faz uma pausa e olha para mim. — O corpo ainda não foi encontrado.

— Então como...

— Um amigo que estava com ele na ocasião o identificou positivamente, segundo a polícia de São Francisco.

— É uma pessoa com quem vocês deveriam falar, não é? – olho para Wendell Cook.

— Vamos chegar lá – diz ele.

Andie continua.

— Achamos que Gillian pode ter algum emprego relacionado à música, ou pelo menos tinha. É esperta no computador e tem algum conhecimento de procedimentos policiais em matéria de grampos telefônicos, pistas e provas de medicina legal.

— Deve ter – eu digo. — Vocês não foram capazes de localizá-la.

— Isso não é a TV, Horne – diz Rollins.

— Ele sabe disso, Rollins – Coop interrompe. Ele e Rollins se encaram por um momento.

— Além disso – continua Andie – não temos mais nada. Claro que estamos constantemente atualizando o perfil, à medida que chegam novas informações.

Wendell Cook inclina-se para frente, sobre a mesa.

— Obrigado, Andie.

— E onde é que eu entro nisso?

— Estou designando Andie para lhe esclarecer as coisas. Decidimos que é a melhor maneira de trabalhar. Temos de supor que Gillian vai acompanhar suas ações.

Olho para Andie, mas ela está examinando seus papéis. Não há surpresa na expressão dela. Logo, sabia disso o tempo todo.

— Você e Andie vão para São Francisco, conversarão com a polícia local e com o nosso escritório de lá. Andie vai cuidar desses detalhes todos. E farão qualquer coisa que se possa imaginar, mesmo que inventem, para convencer Gillian de que estão se esforçando.

— Inventar?

— Não sei – diz Cook. Abre as mãos. — Conversem com alguns músicos, visitem alguns clubes de jazz. Vamos deixar isso a critério de vocês.

Não gosto da idéia em si, porém Cook está certo. Gillian sem dúvida estará me vigiando, mas suspeito de que não gostará de ver Andie me acompanhar na empreitada.

— Não seria melhor se eu fizesse isso sozinho?

— Absolutamente fora de questão – diz Cook decididamente. — Esta é uma operação do FBI. É totalmente contra nossas diretrizes ter você envolvido nisto, mas certamente não vamos deixá-lo sozinho, sob sua própria responsabilidade. A agente especial Lawrence estará em contato conosco o tempo todo – ele acrescenta formalmente.

A mudança de tom de Cook é impressionante. Sempre que se trata de algo específico, Andie se torna a agente especial Lawrence. Talvez isso faça parte das diretrizes também.

— Tem outra coisa – diz Cook. Abre uma pasta de arquivo à sua frente. — Vou insistir nisso.

— E o que é isso?

— Você vem mantendo relação com uma certa Natalie Beamer há mais de dois anos. Sabemos que ela é ex-agente policial e agora estudante na Faculdade de Direito Loyola. Não queremos que divulgue nada a ela, e preferimos que não a veja até que a situação esteja resolvida.

Eu me viro na cadeira e olho duramente para Cook.

— Caso contrário...

O olhar de Cook não vacila.

— Você não quer ir lá, Evan – ele fecha a pasta e fica um pouco mais suave. — Ouça, é para a segurança dela também. Estou certo de que não quer colocar a srta. Beamer em qualquer situação de risco.

Não tenho de pensar para responder.

— Não, claro que não quero.

— Evan, entendemos que isso é muito duro para você, mas é para o bem de todos, acredite em mim.

Concordo em silêncio. Cook está certo, naturalmente, mas o que detesto é que isso tenha ido tão longe, com uma ficha do FBI sobre Natalie.

— Quando vamos pra São Francisco? Eu tenho alguns...

— Você e a agente especial Lawrence têm reservas para um vôo ao meio-dia. Deve fazer a mala para passar uns dois dias lá. O tenente Cooper vai levar vocês ao aeroporto.

Poderiam ter simplesmente me mandado um memorando. Já estava tudo decidido.

— E quanto à minha vida?

— Receio – diz Cook – que terá de colocá-la de molho por algum tempo.

A CERTA ALTURA DO TRAJETO até o aeroporto de Los Angeles algo muda dentro de mim. Enquanto Coop e Andie conversam banalidades no banco da frente, eu recosto no assento traseiro, pensando sobre as palavras de despedida de Wendell Cook.

Quero a voz de Gillian fora da minha cabeça. Quero ficar livre do FBI e quero minha vida de volta. Decido fazer o que for preciso. Sei que Coop está certo. Vou ter de colaborar, mas se Gillian for apanhada, será por minha causa.

Entramos no labirinto do aeroporto de Los Angeles e Coop nos deixa na calçada.

— Tome cuidado com os *clinches* – diz ele, quando Andie já não consegue mais ouvir.

Eu bato no capô do carro.

— Não se preocupe comigo.

— Não estou preocupado – diz Coop, e se manda.

Andie e eu pegamos uma ponte-aérea para São Francisco. Apenas um vôo rápido sobe-e-desce, o tempo para um pacote de amendoins e um refrigerante. Um jovem agente do escritório do FBI em São Francisco nos espera no portão e nos leva para fora. Veste o proverbial terno escuro, a camisa branca com gravata e os sapatos engraxados. Aperta minha mão rapidamente, mas está claro que não sabe o que estou fazendo aqui, e nem pergunta. Deve ser política do FBI, e ele a segue à risca.

— Phil Rogers – diz, e então age como se eu não estivesse ali.

Ele e Andie afastam-se alguns passos. Acendo um cigarro e vejo ele passar para ela um envelope pardo, que Andie enfia debaixo do braço. Falam por dois minutos, e então Rogers entra num outro carro parado junto ao meio-fio, com seu parceiro ao volante. Olha para mim com o seu melhor olhar FBI e parte com o companheiro.

— Ok – diz Andie. — Tudo certo.

Jogamos nossa bagagem no porta-malas e partimos para a cidade.

Por onde começar? Pensei muito nisso. O assassinato de Cochise aconteceu em São Francisco, talvez a homenagem de Gillian aos grandes clubes de jazz dos anos 1960, Jazz Workshop, Blackhawk, Basin St. West. Por isso seria uma área para se cobrir, mas o que aquilo tinha a ver com o irmão dela? Um saxofonista, ela disse. Greg Sims. Zoot seria óbvio demais, eu sabia pelo menos isso de Gillian agora. Por isso estou apostando que Greg era chegado ao estilo de Charlie Parker ou de John Coltrane, e isso deslanchou uma possibilidade.

— Vamos à igreja – eu digo a Andie. Ela dirige com uma mão, o outro cotovelo pousado no peitoril da janela. Põe a mão na cabeça quando entramos na Nineteenth Avenue e surgem as torres de São Francisco.

Andie olha para mim e sorri.

— Certo – diz ela. Exceto pela breve conversa com Rogers, no minuto em que embarcamos no aeroporto de Los Angeles, a formalidade sumiu de novo. Suspeito que sua conduta no Edifício Federal tinha mais a ver com Wendell Cook e Ted Rollins que comigo. Qualquer que seja o motivo, sinto-me aliviado de vê-la amigável de novo.

Abaixo a janela, acendo um cigarro e me viro ligeiramente no assento, meu braço para trás, de modo que posso vê-la melhor.

— Estou falando sério. É só um palpite, mas existe uma igreja John Coltrane aqui. Podia ser um bom lugar pra começar.

— Está brincando? – ela me olha de relance. — Está querendo gozar com a minha cara?

— Não, de jeito nenhum. Acho que fica no distrito de Fillmore.

Andie olha para mim de novo, vê que não estou brincando e aponta com a cabeça para o envelope pardo no chão.

— Veja onde vamos ficar – diz ela.

Abro o envelope e dou uma olhada.

— Travelodge, no Fisherman's Wharf. Acham que somos turistas?

— Não, acho que temos uma permuta com o Travelodge, apenas isso.

O trânsito está leve quando viramos em Lombard e subimos as ladeiras íngremes. Temos uma visão da baía quando alcançamos o topo de uma das colinas que fazem do ato de dirigir em São Francisco uma verdadeira aventura. Encostamos na entrada do Travelodge, e Andie desce para fazer nosso registro. Volta em poucos minutos, acenando com duas chaves, entra no carro e dá a volta por trás do hotel.

— Temos dois quartos vizinhos – diz ela, o mais casualmente possível. Simplesmente me pergunto o que a noite trará.

Ela estaciona e subimos para os quartos. Olhamos um para o outro quando paramos, colocando as chaves nas fechaduras.

— Quero dar uma refrescada – diz Andie. — Depois vamos almoçar alguma coisa.

— Ótimo – digo, e entro no meu quarto. É a decoração padronizada das redes de hotelaria, até mesmo no detalhes das gravuras acima da cama de casal. Jogo minha mala e apanho as páginas amarelas para procurar a igreja de Coltrane. Folheio as referências: Amigos, Evangélicos, Igrejas, Seitas Diversas, Testemunhas de Jeová. Nenhuma igreja de jazz, apenas duas com o nome de Saint John, mas nenhuma a ver com Coltrane.

Fecho o catálogo telefônico e vou até a janela. Abaixo de mim está Fisherman's Wharf e, à distância, Alcatraz e a baía. À esquerda, a ponte Golden Gate, ainda meio envolta pelo nevoeiro.

Busco informações, mas eles não têm nada do que eu quero na lista. Talvez eu me engane. Talvez a igreja não exista mais. Finalmente tento o *San Francisco Chronicle* e peço para falar com o redator ou o resenhista de jazz. A ligação é transferida várias vezes até que finalmente falo com um repórter.

— Provavelmente quer falar com Kevin Drake – diz. — Ele só chega logo mais. Posso ajudá-lo?

— Sei que vai achar isso estranho, mas estou tentando encontrar o número da igreja John Coltrane. Existe esse lugar?

— Ora, existe sim – diz o repórter. — Acho que Kevin fez uma matéria a respeito há poucos meses. Aguarde um momento. Deixa eu procurar nos arquivos de Kevin.

Espero alguns minutos, e ele volta.

— Aqui está – e me dá o telefone e o endereço.

— Ei, fico realmente muito agradecido. Valeu.

— De nada. Vai tentar reavivar o espírito?

— Veremos.

APANHO UM MAPA DE RUAS no balcão da recepção e encontro Andie no carro. Ela trocou de roupa e está de suéter, jeans e tênis de corrida.

— Caso a gente tenha de fazer alguma caminhada.

— Boa idéia.

— Aonde vamos?

— Fica no Divisdero, lá pelo quarteirão dos 300.

Quando fazemos a volta, verifico a placa da rua.

— Fica a uns 30 quarteirões.

Subimos e descemos várias colinas íngremes enquanto eu observo a numeração da rua. Finalmente chegamos a uma região comercial de lavadoras de carros, postos de gasolina, lojas e restaurantes.

— Ali – digo, apontando à minha direita. Andie acena com a cabeça e começa a procurar um espaço para estacionar. Acabamos dobrando a esquina e voltamos a pé para Divisdero.

Há uma grande placa verde com letras em dourado acima da porta:

SAINT JOHN COLTRANE
IGREJA AFRICANA ORTODOXA

Uma grande foto em preto-e-branco de Trane ocupa a janela, mas as cortinas estão fechadas, e o portão de ferro batido está trancado. Espio pela janela. Por uma brecha entre as cortinas posso ver outra foto de Coltrane em algum lugar ao fundo. Na outra janela tem um velho órgão Hammond.

— Bem legal, hein? – digo eu, recuando da entrada da porta para olhar a placa de novo.

— Olhe aqui – diz Andie. Ela está lendo um cartaz escrito a mão preso por fita adesiva no interior da outra janela.

Domingo: liturgia de John Coltrane, às 11h45
Servimos refeições vegetarianas das 13 às 15h
Culto – quartas-feiras, às 18h

— Dia certo, hora errada – diz Andie.

Olho pro meu relógio. Temos tempo para matar.

— Não estou a fim de comida vegetariana, de qualquer modo. Vamos comer alguma coisa e depois voltamos.

Olhamos ao nosso redor. O trânsito está normal, as pessoas caminham, fazem compras, jogam tempo fora. Perto da esquina vejo um café.

— Vamos tentar aquele ali.

— Topo – diz Andie.

Lá dentro poucas pessoas fazem hora diante de uma xícara de café, lendo o jornal. Um cara alto e esguio, de jeans, camiseta do Grateful Dead, um rabo-de-cavalo e vários brincos se espreguiça atrás do balcão. Pedimos sanduíches e café, e esperamos nossa comida numa mesa junto à janela.

— O que acha que vamos encontrar aqui? – pergunta Andie.

— Talvez nada. É apenas um chute, mas se Greg Sims veio alguma vez aqui, talvez alguém possa nos dar uma indicação. Pode ser que alguém o conhecesse. Não posso imaginar um saxofonista tenor deixando de visitar a igreja de John Coltrane. Mas, o que é mais importante, aposto que Gillian sabe sobre a igreja e espera que eu vá verificar. Vale uma tentativa, não acha?

— Acho que sim – diz Andie. Ela sorri para o magricelo que traz nossa comida. Ele a ignora e sorri para mim.

— Evan, eu não tinha a menor idéia – diz Andie. Ela abafa uma risada até que o cara fica fora do alcance da nossa voz.

— Nem eu. Ei, isso é São Francisco.

Terminamos o almoço e damos uma caminhada pelas redondezas. Trabalhadores, brancos, negros e asiáticos, a julgar pelo trânsito na rua. Damos uma olhada em algumas lojas. Às vinte para as seis quero voltar à igreja.

— Se há um culto às seis, provavelmente agora a igreja já estaria aberta.

Atravessamos a rua e voltamos à esquina, mas o portão ainda está trancado e não há sinal de vida lá dentro. Um sujeito de jeans sujo, cabelos compridos e barba cheia está encostado ao prédio, bebendo uma cerveja. Olha para nós, nos inspeciona, decide que somos forasteiros e volta à sua cerveja.

Andie toca a campainha, mas não há resposta. Às seis e dez ainda não tinha acontecido nada.

— O que acha? – pergunta Andie. — Talvez o culto tenha sido cancelado.

— Vamos dar mais alguns minutos. Já que viemos até aqui...

— Vão chegar – o cara de barba diz num tom quase reverente.

Andie move os olhos, eu acendo outro cigarro e vejo o tráfego passar.

Poucos minutos depois, uma negra grande dobra a esquina. Veste camiseta e calças pretas e uma bandana de cores vivas amarrada ao redor de um conjunto magnífico de *dreadlocks*. Seu sorriso é aberto e caloroso.

— Olá, desculpem o atraso – ela diz, como se tivéssemos um encontro marcado. Destranca o portão e nós a seguimos para dentro.

— Deixe que eu falo – sussurro para Andie. O sujeito barbudo joga a garrafa de cerveja numa lata de lixo e vem atrás de nós.

No interior, uma escrivaninha velha com pilhas de cartões postais aparecendo atrás de umas portas de vidro. A igreja em si é pequena; só alguns bancos em frente ao altar. Mas é uma igreja, mesmo assim. Há fotos de Coltrane por toda parte, e imagens imensas e coloridas do saxofonista segurando seu instrumento cobrem as paredes. Na parede esquerda há uma bateria completa, um piano de armário caindo aos pedaços e um grande pôster, de novo de Coltrane. Inclino-me bem perto para dar uma olhada na inscrição abaixo dele.

> *Minha meta é viver a existência verdadeiramente religiosa e exprimi-la na minha música. Minha música é a expressão espiritual daquilo que sou; minha fé, meu conhecimento, meu ser.*
>
> John Coltrane

A mulher negra está ocupada acendendo as luzes e ligando um toca-fitas. A sala subitamente se enche do sax soprano de Coltrane tocando "My favorite things". McCoy Tyner no piano, Jimmy Garrison no baixo e Elvin Jones na bateria promovem uma tempestade atrás dele. Elvin é como um furacão.

Vejo o sujeito barbudo olhando para o altar, os olhos vidrados.

— O espírito do jazz está aqui – ele fala.

— Legal – eu digo, deixando ele e Andie para dar um giro. Cruzo o olhar com a negra. Ela se aproxima de novo com um sorriso largo.

— Olá, sou irmã Deborah – diz. — Muito prazer em conhecê-lo. Não creio que tenha visto você antes aqui.

Ela tem uma voz suave e cadenciada que combina com o sorriso. Aperto a mão que me estende.

— Não. É a primeira vez. Estou apenas de visita.

Ela sorri de novo.

— Seja bem-vindo, então. Desculpe pelo atraso. Uma das irmãs não pôde vir. Receio que não haverá culto – ela joga a cabeça para trás e me examina com atenção, mas de uma maneira totalmente desprovida de ameaça.

— É músico, não é?

— Sou, mas não saxofonista. Toco piano.

Ela sorri de novo.

— Foi o que eu pensei. Seu espírito é muito forte. Deve voltar no domingo e dar uma canja. Temos um coral e uma banda da casa. Toda música é do irmão John.

— Obrigado – eu digo. — Não sei se vou ficar tanto tempo aqui.

— Bom, pelo menos assine nosso livro de presença. E a sua senhora também – ela indica Andie. Leva-me até a frente da sala, puxa um livro vermelho da escrivaninha e abre-o numa página já cheia de nomes e endereços. Passa-me um toco de lápis amarelo. — Qual é o nome da senhora?

— Andie – eu digo. — Diminutivo de Andrea – pego o lápis e examino a página aberta.

— Ah, bonito nome – diz irmã Deborah.

Levanto os olhos do livro de presença.

— Se importaria se eu desse uma olhada, pra ver se amigos meus já estiveram aqui?

— De modo algum – diz ela. — Somos todos irmãos e irmãs aqui. Vou conversar com a sua Andrea.

Vejo-a caminhar até Andie e apontar para algumas fotos de Coltrane em ação. Folheio rapidamente o livro de convidados, procurando datas. Vinte ou 30 páginas antes eu vejo "Greg Sims" em letra de forma clara.

— Ei – chamo Andie. — Veja só isso aqui.

Ela e irmã Deborah juntam-se a mim ao redor da escrivaninha.

— Greg esteve aqui, está lembrada dele? – coloco o dedo no nome e no endereço de Sims. Andie verifica e olha para mim.

— Um amigo seu? – irmã Deborah pergunta.

— Morava por aqui. Não o vejo há anos. Está lembrada dele? Greg Sims.

Pela primeira vez, irmã Deborah franze a testa.

— Receio que não – diz ela. — Recebemos tantos visitantes.

— Ele morreu.

Nós três nos viramos para o homem barbudo que se aproxima às nossas costas.

— Suicídio.

Irmã Deborah fecha os olhos por um momento em algum tipo de prece silenciosa.

— Sinto muito – diz para mim. — Eu não sabia.

Não respondo. Apenas esboço um gesto de concordância.

— Conhecia ele? – pergunto ao homem de barba. Ele veste uma camisa comprida que quase lhe chega aos joelhos. Os olhos dele ainda estão vidrados.

— Não, mas Greg era um crente. Vinha aqui com freqüência e tocou algumas vezes – faz uma pausa e olha para irmã Deborah. — Era muito perturbado. Eu podia sentir isso na sua maneira de tocar. Ansiava por alguma coisa.

Irmã Deborah, observando o homem mais de perto, assume uma expressão sombria.

— Sua alma elevou-se a um nível superior – diz ela.

O homem se afasta para olhar uma foto de Coltrane no Village Vanguard.

— Aquele é Robert – diz irmã Deborah. — Ele é perturbado também.

Ela lança um olhar de quem sabe das coisas e olha na direção de Robert por um instante. Vira-se para mim e sorri de novo.

— Por favor, volte – diz. — Vão ter de me desculpar agora. Tenho que trabalhar.

— Obrigado, irmã – eu digo. — Muito obrigado. Tentaremos voltar no domingo.

Ela se recolhe a uma sala dos fundos. "My favorite things" transformou-se em "Ascension" no toca-fitas.

Andie e eu deixamos Robert entregue a suas divagações e voltamos ao carro.

— Incrível – diz Andie, sacudindo a cabeça. — A igreja John Coltrane.

— Esta é uma igreja para a qual eu entraria.

11.

ATIRADO SOBRE A CAMA, com a seção de shows do *Chronicle* aberta diante de mim, disco o número de Natalie e espero que ela ou a secretária eletrônica atendam. Para São Francisco, a parte de jazz é surpreendentemente magra, mas um show me chama a atenção: o do Moose's, em North Beach. Boa comida e bom jazz, diz o anúncio. Pianista David McKenna.

No quarto toque a secretária de Natalie atende. "Oi, ninguém em casa agora. Por favor, deixe sua mensagem depois do sinal."

Aproximo o fone do gancho, mas decido dizer onde estou.

— Alô, você está aí? Estou em São Francisco e...

Outro sinal e ela atende.

— Evan? O que está fazendo em São Francisco?

— Convertendo-me à religião. Acabei de visitar a igreja John Coltrane.

— O quê? Espere aí, vamos devagar – não há hostilidade em sua voz, apenas curiosidade.

— É uma longa história. Só queria dar um alô, saber como você está.

— Eu estou muito bem – faz uma pausa, como se estivesse decidindo se vai me perguntar mais alguma coisa. — Deixe eu adivinhar. Você está aí com a gata do FBI e está se afundando.

— Calma lá, Natalie, não é nada disso.

— O que é então, Evan? – nós dois deixamos um longo momento de silêncio ressoando na linha.

— Não posso explicar agora – novo silêncio.

— Ótimo, então tudo bem, você já deu um alô. Não mudei de idéia, Evan.

— Eu sei. Podemos conversar quando eu voltar?

— Isso depende de você. Tchau, Evan.

Ouço o sinal da linha por um minuto e então desligo. Estaria terminado, Natalie e eu? Por um lado entendo e aprecio a preocupação dela. Mas em parte estou desapontado porque ela não confiou o suficiente em mim para segurar a barra. Quem está errado aqui? Caio de novo de costas na cama, olhando para o teto, mas não há respostas neste caso.

Levanto-me e ando pelo quarto, pego o jornal de novo. Olho para a porta de comunicação com o quarto de Andie por um instante, e então me aproximo e bato.

Ela destrava e abre a porta. A televisão está ligada, sintonizada na CNN. A tela de um laptop brilha na mesinha de cabeceira ao lado da cama.

— O que é que tá rolando? – diz ela. Está descalça, os cabelos desalinhados, como se estivesse passando os dedos por eles. Segura a porta com uma mão, apoiando-se levemente nela e olhando para mim com um ar de curiosidade e um sorriso quase afetado, como se eu fosse um velho namorado que não via há semanas.

— Que tal jantar e um pouco de jazz? – sugiro o mais naturalmente possível.

— Algo a ver com Greg Sims?

— Não, não creio. Um pianista. Achei que podia ser divertido, passaria o tempo. Temos de comer, certo?

Ela olha por cima do ombro para o computador.

— Bom, tenho algum trabalho pra fazer. Ia pedir alguma coisa pro serviço do hotel.

Encolho os ombros e sorrio.

— Tudo bem. Foi só uma idéia – começo a me afastar. Rejeitado por duas mulheres em poucos minutos.

— Não, espere, – diz ela. — Talvez possa ser divertido – deixa a mão sobre a porta, se endireita, olha para mim como se avaliasse minha reação e decide que é genuína. — Me dá meia hora, tá?

— Claro, não tem problema.

— Quem é esse pianista? Alguém que eu devesse conhecer?

— Dave McKenna. Você não o conhece, mas deveria.

O Moose's fica perto de North Beach, em Washington Square, um local grande, luminoso e movimentado, com grandes janelas de vidro laminado dando para a praça. A julgar pela multidão do lado de fora, foi bom eu ter telefonado fazendo a reserva.

Deixamos o carro com um manobrista e abrimos caminho até o balcão de reservas. Uma jovem atarantada está avisando a vários casais que há uma espera de pelo menos uma hora. Eu dou meu nome. Ela verifica a lista, traça uma linha sobre vários nomes, me diz que vai demorar cerca de 15 minutos e nos convida para esperar no bar lateral, na sala grande.

A sala de jantar é dividida por pilastras e um enorme piano de cauda. Nos fundos podemos ver um batalhão de *chefs* de chapelão, flambando, fritando, gritando uns com os outros. O nível de ruído é tão alto que quase tenho de gritar com o barman para conseguir nossos drinques. Há camadas triplas de pessoas diante do bar, e cada mesa da sala de jantar está ocupada.

— Como ele vai tocar com tudo isso? – pergunta Andie, olhando à sua volta. Um homenzarrão pesado a empurra, lutando por melhor posição no bar, e derruba um pouco do seu drinque. Ela o fuzila pelas costas com o olhar.

— Mostre-lhe seu distintivo – eu digo. — Você vai ver só.

Ocupamos a nossa mesa momentos antes de Dave McKenna se sentar ao banco do piano. Pedimos salmão grelhado especial com salada e decidimos beber o Chardonnay da casa.

— Veja só isso – digo para Andie.

McKenna olha ao redor da sala, aparentemente alheio ao ruído da multidão. Num terno escuro e de gravata, com os cabelos cinzentos cor de aço, penteados para trás, podia passar por um executivo de contabilidade que apareceu, tomou dois ou três drinques e decidiu sentar ao piano.

Leva apenas uns dois minutos, não mais do que meio *chorus* de "I may be wrong", e todo mundo se vira em direção ao piano e pára a conversa no meio.

Na maior parte da hora seguinte, garçons se debruçam sobre as pessoas para que os pedidos sejam sussurrados. Até mesmo o barulho do bar diminui um pouco enquanto McKenna passeia de um tema e de um estilo a outro, sem parar. Termina o *set* com uma interpretação entusiástica em estilo *stride* de uma canção de Fats Waller, e então se levanta para um breve agradecimento, enquanto o público dá vivas e aplaude. McKenna, que parece ligeiramente embaraçado com a demonstração, escapa pela porta da frente.

— Isso é o que se chama de domínio do instrumento – digo a Andie. — Uma história do piano de jazz em 55 minutos.

— Simplesmente não posso acreditar – diz Andie. — Ele não parou nem uma vez. Eu conhecia a metade daquelas canções, mas nunca as ouvi tocadas daquela maneira.

Levanto-me da mesa.

— Só vou dar um alô e fumar um cigarro. Volto já.

— Você conhece ele?

— Encontrei uma vez em Boston, mas duvido que se lembre de mim. Por que não pede café pra dois?

Vou até lá fora e vejo Dave parado num canto, longe da multidão, na área dos manobristas. Quando me aproximo, ele se lembra de mim.

— Ah, é – diz ele. — Você estava regendo a banda para Lonnie Cole. Ouvi dizer que ele estava na prisão. Que jeito chato de perder o emprego.

Felizmente não lembra de que eu ajudei a botar Cole no xadrez. Para minha surpresa, concorda que eu lhe ofereça um drinque. Quando voltamos à mesa, os olhos de Andie ficam arregalados.

— Andie, Dave McKenna.

Apertam as mãos e Dave se senta, pedindo conhaque a um garçom que aparece subitamente.

Na sala fortemente iluminada é fácil ver os círculos escuros debaixo de seus olhos, o ar cansado da estrada, conquistado ao longo de centenas de noitadas de trabalho. Por um momento vislumbro meu próprio futuro. McKenna responde às perguntas de Andie polidamente e aceita com modéstia os cumprimentos. As pessoas nas mesas próximas olham para nós e sussurram, mas McKenna não parece notar. Finalmente olha para o relógio.

— Bom, acho melhor ir lá encarar isso de novo. Nunca se cansa de tocar?

— Até agora não – respondo.

— É, acho que não. Você ainda é muito jovem. Bom, obrigado pelo drinque. Não deixe o rapaz pegar demais a estrada – diz a Andie. — Pode acabar desgastando ele.

Andie concorda com um gesto e olha para mim.

— Um cara simpático – diz ela.

— É mesmo. Acho que pensa que estamos juntos.

— Bom, de certa forma estamos. Isso incomoda você?

Quando não respondo, Andie pega a minha mão.

— Escute, sei que desejaria que eu fosse Natalie esta noite. Gostaria de poder fazer algo a esse respeito, mas não posso.

Recolho minha mão. Queria poder acender um cigarro. Mas posso pelo menos mudar de assunto.

— Bom, o que é que temos pra amanhã?

— Precisamos verificar o caso com a polícia de São Francisco, a não ser que tenha outras idéias.

— E então voltamos a Los Angeles, certo?

— É, não sei o que mais podemos fazer por aqui. Simplesmente temos de esperar que, se está nos acompanhando, Gillian fique satisfeita com essa viagem, que telefone de novo.

— Não estou realmente ansioso por isso – faço um sinal para o garçom pedindo a conta, mas Andie apanha-a quando ela chega.

— Todas as despesas são pagas pelo FBI – diz, ao tirar da bolsa um cartão de crédito.

Levanto as mãos em sinal de rendição.

— Não vou discutir com os federais.

— Gostaria de poder acreditar nisso.

Cruzo o olhar com Dave McKenna quando saímos e dou um aceno de despedida. Ele faz sinal com a cabeça e sorri para Andie enquanto continua a assombrar o público do Moose's com mais piano no estilo *stride*. O cara não precisa de uma seção rítmica. Consigo fumar um cigarro inteiro enquanto esperamos o carro. Percorremos o caminho de volta ao hotel sem falar muito, e mais uma vez nos encontramos de pé diante das portas de nossos quartos. O ar está gelado agora, e uma leve neblina rola para dentro da baía.

— Está a fim de conversar? – Andie pergunta. Ela já enfiou a chave na porta.

— Acho que não. Estou um pouco cansado.

Andie concorda com a cabeça.

— Ok, nos vemos pela manhã – ela entra no quarto e fecha a porta.

Fico parado do lado de fora por alguns minutos, fumando, olhando para o nevoeiro, as luzes de Fisherman's Wharf luzindo para mim. O ar gelado no meu rosto é revigorante.

Que diabos. Natalie e eu não somos casados. Não somos nem noivos. Quando entro no meu quarto, olho para a porta contígua do quarto de Andie, sabendo que não está trancada.

NO QUARTEL-GENERAL DA POLÍCIA de São Francisco, Andie e eu nos sentamos à mesa do inspetor Gene Parello. É um homem baixo e moreno, de quarenta e poucos anos, com cabelos crespos e olhos que piscam ao redor da sala da chefatura, como se ele estivesse esperando a chegada de alguém. Fala principalmente com Andie, mas já sacou muita coisa de mim.

— Não sei o que mais posso fazer por vocês – diz Parello, folheando a pasta de Greg Sims que Andie trouxe. — Foi uma coisa sem mistério. Homem pula da Golden Gate. Estas coisas acontecem. Era amigo de Sims?

Olho para Andie e pego a deixa. Se a interpretei corretamente, vamos desempenhar uma versão do tira bom e do tira mau com outro tira.

— Não, pra falar a verdade. Estou apenas acompanhando o caso para um membro da família.

— Claro – diz Parello —, e traz uma agente do FBI como acompanhante – ele olha para Andie. — Mais alguma coisa acontecendo por aqui que desejem me contar?

— Não tenho liberdade para falar – diz Andie. — Tudo o que posso dizer é que se trata de uma investigação em andamento.

— Falaram com alguém da família de Sims? – pergunto.

Parello faz que sim.

— Falei com uma mulher, disse que era irmã dele.

— Ela esteve aqui? Lembram da aparência dela?

Parello já está sacudindo negativamente a cabeça.

— Pelo telefone. Ela nunca apareceu por aqui e foi muito mandona. Insistia em perguntar como sabíamos que era o seu irmão, como sabíamos que era suicídio. Sem um corpo, não havia muito o que eu pudesse dizer. Tínhamos que aceitar a palavra do amigo dele. Não tínhamos nenhuma foto, e a irmã também não forneceu nenhuma.

Parello encolhe os ombros.

— Que amigo, hein? Amigos não deixam amigos mergulharem na baía. O cara era um pirado total, mas, claro, São Francisco está cheia deles.

Andie e eu nos entreolhamos, ambos pensando a mesma coisa. Parello devolve a pasta, e Andie parece que quer abri-la bem aqui.

— Tem um detalhe – diz Parello. — A irmã nunca resgatou o saxofone do irmão, e nós não sabíamos como entrar em contato com ela.

— O saxofone? – dou um pulo para a frente na cadeira.

— É, o sujeito que pulou da ponte era uma espécie de músico, eu acho. Não pude arrancar muito do amigo dele. Um estojo de fibra.

— Podemos vê-lo? – pergunto.

Parello faz uma pausa e olha para nós dois.

— Posso conseguir um mandado judicial – diz Andie.

Parello pesa suas alternativas por um momento. Depois fala:

— Estou seguro de que podem, e ainda posso pegar minha hora de almoço se não me enrolar com vocês dois. Vamos lá – e se levanta chutando a cadeira para baixo da mesa.

Parello nos leva escada abaixo até o porão. Depois que ele diz alguma coisa na sala das provas, um sargento alto e magro finalmente retira o saxofone de estantes cheias de estojos, malas e um arsenal de armas confiscadas, que vão de tacos de beisebol a espadas e rifles automáticos.

Não sei o que eu esperava encontrar. O estojo e o saxofone não são nada especiais: apenas um saxofone tenor num estojo de fibra. Mas há uma coisa. Eu tiro o instrumento e olho no pequeno compartimento das palhetas.

No fundo, encontro uma pena branca.

Ergo-a para mostrá-la a Andie e guardo-a no bolso.

— Vamos ter de levar isso – diz Andie, olhando para Parello e batendo no estojo do saxofone. — Se precisar...

— Eu sei – diz Parello. — Pode conseguir um mandado judicial.

Andie assina um formulário de retirada enquanto recoloco o instrumento no estojo. Quando vamos saindo, Parello pára, mãos na cintura, olhando para a gente.

— Ei, um dia eu gostaria de saber toda essa história direito.

Quando voltamos ao carro, Andie abre a pasta do arquivo e aponta para o nome.

— Robert Wiley. É o Robert da igreja? Nunca fiz esta ligação, e você?

— Gostaria de falar com ele de novo.

Tem alguma coisa que me incomoda nisso tudo. Se Gillian se preocupava com o irmão, por que não veio a São Francisco? Por que apenas telefonou? E por que não veio apanhar o saxofone? Talvez Robert tenha algumas respostas, algo para ser usado com Gillian da próxima vez que ela ligar.

— E então, voltamos à igreja? – Andie pergunta. — Acha que ele fica por ali?

— Talvez, mas quero fazer isso sozinho. Se eu o encontrar, não acho que vá falar com você por perto.

Surpreendentemente Andie não discute comigo.

— Tudo bem. Vou deixá-lo na igreja e ver se obtenho o endereço.

— Tente a Administração dos Veteranos. Robert tem um ar de veterano.

Andie concorda com a cabeça e dá a partida no carro. Refazemos nosso trajeto do dia anterior até o Divisdero. A meio quarteirão da igreja John Coltrane, vejo irmã Deborah trancando o portão da frente.

— Deixe eu descer – digo para Andie. — Vou ver se consigo o endereço também, me apanhe depois em frente à igreja.

Saio do carro e Andie segue em frente. Eu corro para irmã Deborah, que caminha até o seu carro. Ela me vê vindo em sua direção, pára e sorri.

— Olá, – diz – acho que só vamos abrir mais tarde. Tive de vir aqui só para apanhar uma coisa.

— Tudo bem – ficamos parados na esquina, o trânsito passando velozmente, pedestres esbarrando em nós. Recuamos para um canto e encostamos no prédio. — Eu queria entrar em contato com Robert, o sujeito que estava aqui ontem.

O rosto de irmã Deborah se anuvia.

— Robert é muito perturbado. Tem algo a ver com seu amigo, aquele que morreu?

— É. Gostaria de falar com Robert de novo.

Irmã Deborah me estuda por um momento.

— Robert não está metido em nenhuma encrenca, espero?

— Não, nada disso. Foi o último a ver meu amigo. Eu só queria...

— Bom, sinto muito. Não posso ajudá-lo – diz ela. — Robert vem muito à igreja, mas não sei onde mora.

— Sabe se ele trabalha? Se tem algum emprego?

Ela sacode a cabeça.

— Lamento, não sei. Às vezes ele aparece por causa das refeições que fazemos, mas, se tem emprego, não sei onde nem o que faz – ela sorri de novo. — Sinto muito não poder ajudar. Se o encontrar, vou dizer a Robert que está à sua procura.

— Não, tudo bem, não se dê ao trabalho. Obrigado pelo seu tempo, irmã.

Ela segue em direção ao carro. Caminho diante da igreja por alguns minutos, examinando a rua, me perguntando se Robert mora na vizinhança.

Andie encosta o carro. Inclina-se e abaixa a janela.

— E então? – pergunto.

— Entre – diz ela. — É só a alguns quarteirões daqui.

Andie deixa Divisdero na esquina seguinte. Poucas quadras depois, vira de novo e encosta perto de uma fileira de blocos de apartamentos decrépitos. Verifica o número num pedaço de papel e desliga o motor.

— Você tinha razão. Veterano do Vietnã. Recebe um cheque de invalidez todo mês da Administração dos Veteranos – ela diz. — Por isso acho que o endereço é correto. É o número oito.

— Ok, deixa comigo.

Saio do carro e caminho até o edifício. Há uma fileira de caixas de correio, mas nenhum nome ao lado do número oito. Subo pelas escadas até o terceiro andar e encontro o apartamento de

Robert. Bato várias vezes, mas não há resposta. Tento outras portas no mesmo andar, mas ninguém atende.

Volto ao carro. Andie encontrou um local melhor para estacionar do outro lado da rua, com uma visão clara da entrada do edifício. Entro no carro e acendo um cigarro.

— Não está em casa.

— Vamos esperar um pouco – ela se mexe no banco e fica encostada à porta, olhando enviesado para mim. — Estou quase tentada a aceitar um destes – diz, olhando para o meu cigarro.

— Incomoda você? – sopro a fumaça pela janela.

— Não, de verdade. Só é tentador.

Ficamos sentados durante alguns minutos, observando o tráfego e mantendo um olho no edifício.

Andie pega um chiclete na bolsa e se recosta de novo na porta, com um leve sorriso nos lábios.

— Sabe que eu quase bati à sua porta na noite passada? – pergunto.

— Por que não bateu?

— Não sei.

— Estou contente de que não tenha batido – diz ela. — Eu teria deixado você entrar.

Olho para ela por um momento.

— É tudo uma questão do tempo oportuno, não é?

— O tempo oportuno é o segredo.

Desvio o olhar de Andie, não muito preparado para entrar nisso, quando vejo um homem alto, talvez com uns trinta e tantos anos, entrar no edifício, mas não é Robert. Andie acompanha o meu olhar.

— Se o encontrarmos, o que vamos perguntar a ele? – murmura ela.

— Não sei, mas tem alguma coisa nessa história toda que não bate bem.

— Quer dizer, Gillian não ter vindo aqui?

— É isso aí, com toda a certeza.

— Talvez ela planejasse vir, mas não quisesse ser vista, e menos ainda pela polícia – ela se retesa bruscamente. — Olhe ali, não é ele?

Robert vem descendo a rua com a mesma roupa que vestia ontem. Jeans encardidos, o camisão frouxo para fora das calças. Pára a cada metro, olha as vitrines ou confere o trânsito. Finalmente vira na entrada do apartamento.

— Vamos dar-lhe alguns minutos – digo.

— Está seguro de que não quer que eu vá com você?

— Não, é melhor eu ir sozinho.

Saio do carro e caminho até o edifício. Ainda está tudo muito quieto quando subo as escadas. Bato de novo na porta de Robert, mas não há resposta. Encosto o ouvido na porta, bato de novo. Poucos momentos depois Robert responde.

— Quem é? – a voz dele é abafada, mas está perto da porta. Não há olho mágico, por isso sei que não pode estar me vendo.

— Robert? Estive na igreja ontem. Está lembrado? Sou amigo de Greg.

Nada. E então:

— O que você quer?

— Só quero falar com você – coloco a mão no bolso e toco a pena. — Tenho algo que quero lhe dar.

Novo silêncio enquanto Robert delibera, e então soa o clique da fechadura destrancando. Ele abre a porta alguns centímetros e espia. Tudo o que posso ver é a barba cerrada e os cabelos revoltos.

— Oi, Robert. Posso entrar? Só quero falar com você um minuto.

— Por quê? O que você quer? – ele olha por cima do meu ombro, querendo ver se há alguém comigo.

— Tenho uma coisa pra você. Pertencia a Greg.

A porta abre um pouco mais. Robert está cauteloso, seus olhos examinam meu rosto.

— O quê? Mostre.

Eu mostro a pena branca.

— Isso – digo. — Acho que era de Greg, não era?

Robert vira a cabeça para dentro, mas mantém as mãos solidamente na porta e então olha para mim. Seus olhos caem sobre a pena.

— Onde conseguiu isso? – pergunta. Seus olhos viajam entre mim e a pena.

— Podemos conversar por um minuto? Tenho o instrumento de Greg, também.

Os olhos de Robert arregalam ainda mais.

— Não quiseram dar pra mim – diz ele.

— Quem?

— A polícia. Não foram legais comigo – ele vira a cabeça para dentro de novo. Quase posso sentir alguém de pé atrás dele. Ele se coloca de lado, então, e a porta abre mais. O homem alto que vimos entrar no edifício está ali de pé.

— Tudo bem, Robert – diz ele. — Quem é você? – olha para pena, e um lampejo de reconhecimento passa por seus olhos.

— Evan Horne. Sou... era amigo de Greg. Estou apenas verificando as coisas para a família dele. Queria devolver o instrumento.

— Onde está o instrumento?

— No meu carro.

— Não conheço você – diz ele. — E você não conhecia Greg.

Ele suspira fundo. Sua cabeça pende para adiante. Ele a sacode de um lado para o outro. Abre a porta ainda mais.

Sinto um calafrio me percorrer. Quero dizer "desculpe incomodar", virar as costas, descer a escada e contar a Andie que aqui não há nada. Mas é tarde demais. Ele olha para mim, sabe que eu sei.

— Entre – ele diz. — Estava à sua espera.

Afasta-se para o lado para me deixar entrar.

— Eu sou Greg Sims.

12.

ENTRO NO APARTAMENTO. Greg Sims fecha a porta e me conduz pelo corredor até a cozinha. Passamos por um quarto de dormir e vejo duas camas gêmeas desarrumadas.

— Está tudo bem – diz ele, virando-se para Robert, que vem atrás de nós. — Por que não vai ver um pouco de TV?

Sims tem a fala mansa, educada mas firme, como se estivesse conversando com uma criança bem comportada. Robert acena com a cabeça, me lança mais um olhar cauteloso e então vai até a sala de estar. Segundos depois ouvimos a televisão berrar, sintonizada num programa esportivo.

— Desculpe – diz Sims. — A audição de Robert não é muito boa. Café? – ele enche uma chaleira e coloca para ferver, depois se vira. — Claro.

Estamos de frente um para o outro diante do fogão. Sims troca o peso do corpo de um pé para o outro, pega um pote de café e duas canecas no armário.

— Desculpe, só tenho café instantâneo.

— Está ótimo.

Não posso deixar de olhar para ele. Não é todo dia que você encontra alguém que julgava morto. Sinto-me como se tivesse tropeçado num sonho, desorientado por imagens nebulosas e desfocadas, por sentimentos confusos. A qualquer minuto espero Rod Serling aparecer e anunciar que estamos no limite da realidade.

Sims olha para mim.

— Está surpreso – diz.

— Estou desconcertado. Não esperava... Bom, você sabe.

Eu me viro e sento diante de uma mesa pequena, enquanto Sims espera que a água ferva. Ele suspira de novo.

— Acho que eu sabia que alguém ia acabar me encontrando. Na verdade, estou de certo modo aliviado. Eu simplesmente não queria que fosse... Gillian. Ela mandou você?

— Não, nunca me encontrei com Gillian.

— Quem, então? – pergunta Sims. Olha para mim de um jeito estranho, os olhos nublados de apreensão.

— Só falei com ela pelo telefone.

Ele sequer pergunta se aconteceu algo com a irmã.

— Não entendo.

— Há muita coisa pra contar. É uma longa história, Greg.

Ele coloca café nas canecas com uma colher. Sabe, mas ainda não quer ouvir.

— Você disse a Robert que está com o meu saxofone. É verdade?

— É, está comigo. Quer que eu vá buscá-lo?

— Quero, se você não se incomodar?

Vira-se para mim. Um brilho de interesse cintila em seus olhos.

— Volto já.

Robert ergue o olhar quando eu passo pela sala de estar. Saio e desço as escadas de dois em dois degraus, com um redemoinho de interrogações na cabeça. Esquivo-me de um ou dois carros e atravesso a rua até Andie. Ela está olhando bem para a frente e tem uma reação de surpresa ao me ver.

— Como foi? – diz ela. — Falou com Robert?

Eu pego o saxofone no banco traseiro.

— Sim, e também falei com Greg Sims. Ele está vivo.

— O quê? – Ela faz menção de pular para fora do carro, mas eu ponho a mão na porta.

— Não, ainda não. Fique aqui. Preciso falar com ele primeiro. Deixe-me ver como é que a coisa corre.

— Evan...

Atravesso a rua como uma flecha antes que Andie possa protestar. Robert abre a porta para mim. Olha o estojo do saxofone e volta para a sala de estar, com a televisão ainda aos berros.

— Aqui está – falo a Sims, entregando-lhe o instrumento. Ele olha para o estojo por um momento e então o pega da minha mão e coloca no balcão. Remexe nos fechos e abre o estojo lentamente. Estende uma mão para tocar no saxofone e então recua, inseguro. Sacode a cabeça e tira o instrumento do estojo como uma criança abrindo um presente na manhã de Natal.

— Achei que não ia vê-lo nunca mais – diz ele. A apreensão se dissolve num leve sorriso. — Robert tentou recuperá-lo para mim.

A água está fervendo. Ele segura o saxofone debaixo do braço, como todos os tenores fazem, coloca água nas canecas e me entrega uma já com a colher dentro. Mexo o meu café e vejo ele montar o saxofone.

Tira a proteção da boquilha, molha a palheta e experimenta soprar algumas notas. Ri do som que emite.

— Faz muito tempo mesmo – diz ele, olhando para mim.

Tenta de novo, alguns compassos de uma frase de blues. O som é áspero e truncado; a maioria das notas não sai. Ele pára e sacode a cabeça de novo. Seus olhos piscam para mim, e então ele sopra de novo, mas pára, ri em meio ao esforço e põe o saxofone no estojo aberto, olhando para ele por um momento.

Robert espia Greg de um canto da porta. Seus olhos correm de mim para Greg e de novo para mim. Greg sente sua presença e se vira.

— Tudo certo, Robert. Estou bem.

Robert balança a cabeça e vai embora.

Greg olha para o saxofone outra vez.

— Uau, faz muito tempo mesmo – diz de novo. Junta-se a mim na mesa, mexe seu café e toma um gole.

Lembro-me da pena, tiro-a do bolso e entrego a ele.

— Por que a pena?

Ele a apanha, gira de um lado para o outro entre os dedos e deixa-a cair sobre o saxofone. Ela fica presa numa das chaves.

— É uma espécie de amuleto. Você sabe. Bird, Charlie Parker – seus olhos ficam nublados enquanto rememora. — Você é músico, não é?

Não diz "também", porque deixou de ser músico.

— É, piano. Como é que sabia? Robert?

— Ouviu você falando sobre mim na igreja, quando irmã Deborah convidava você pra tocar. Por isso eu estava te esperando.

— Essa é a única razão?

Soube, no momento em que entrei, que ele iria me contar tudo, mas vai ser no seu próprio ritmo, do seu próprio jeito, um equilíbrio delicado que preciso tentar manter.

Vejo Andie sentada no carro diante do prédio. Verifica o tráfego, observa a entrada, a cada minuto mais irritada. Não quero que ela suba aqui furiosa, assustando Greg Sims.

— Se não é por Gillian, fico meio no escuro querendo saber por quê. Você e Gillian são...

— Não.

— Não, também achei que não – ele se vira e olha pela janela que dá para um pátio de fundos. Há algumas árvores e um pequeno retângulo de grama. A janela é como um espelho, limpa e reluzente como o resto da cozinha.

— Sabe o tempo que exige, e o trabalho. Mas por mais que você se entregue, por mais que ame a música, precisa ter talento também, muito talento – encolhe os ombros, sorri levemente. — Eu tinha um pouco, mas não o suficiente.

— Mas isso seria razão pra...

— Eu tinha também uma irmã exigente, mandona, obcecada: Gillian. É poucos anos mais velha que eu. Nossos pais se separaram quando éramos crianças, e nossa mãe morreu pouco depois. Nunca mais tive notícias do meu pai, mas ele deixou todos os seus discos. Uma coleção e tanto.

Sims sorri de novo ao recordar.

— Lester Young, Coleman Hawkins, grandes orquestras, Dizzy, Bird, tinha de tudo. Meu Deus, eu adorava aqueles discos. Eu os ouvia muito, me faziam sentir que tinha alguma ligação com meu pai.

Ele pronuncia as palavras suavemente, de maneira distanciada, como se estivesse falando de outra pessoa, mas parece derrotado, desgastado. Olha para mim.

— Isso é loucura?

— De modo algum.

— Obrigado – diz Sims. — Enfim, Gillian de certa forma me criou. Estava decidida a garantir que nós dois nos saíssemos bem, apesar do que havia acontecido.

— Gillian de quê? Qual é o sobrenome?

— Payne. Ela pegou o sobrenome do meu pai, *pain*,* e passou a usá-lo. Foi o nome que adotou. Sempre gostou de brincar com as palavras.

Ele não faz nenhuma pausa. É como se estivesse carregando tudo isso há muito tempo, desejando desabafar, e sou o primeiro a saber.

— Quando entrei pra banda do ginásio, Gillian decidiu na hora que eu ia ser músico. Foi divertido no começo, mas eu já sabia que não tinha aquele dom, aquele algo mais, mas ela nunca desistiu – suspira Sims. — Consegui uma bolsa para Berklee, mas desde o começo saquei que estava fora do primeiro time. Queria largar, fazer outra coisa, mas Gillian não admitia a idéia. Então simplesmente fui levando, vim pra cá, tentei desaparecer, mas ela me encontrou. É muito boa nisso. Insistia que eu precisava ter

---

* Em inglês, "dor", "sofrimento". (N.T.)

uma chance, culpava os negócios da música, as mudanças que o jazz havia sofrido.

— Greg, você conheceu um músico em Berklee chamado Bobby Ware, que se denominava Cochise?

— Claro – diz Greg. — Eu o conheci superficialmente em Berklee. Virou uma grande estrela. Mas não aprendeu aquela música em Berklee. Não é o meu tipo de jazz. Quando li a respeito, não pude acreditar que alguém que eu conhecia tinha sido assassinado – dá um riso nervoso. — Todo mundo me chamava de Zoot em Berklee, por causa do meu sobrenome, mas eu queria muito mais parecer com Trane.

Não toco no café. Empurro a caneca para o lado e me inclino para a frente.

— Greg, me escute. A assassina foi sua irmã, Gillian.

Ele olha para mim. Seus olhos dardejam de um lado para o outro, sua boca está meio aberta.

— O quê? O que você quer dizer? – e balança para trás na cadeira.

— Greg, houve três outros assassinatos. Entende o que estou lhe dizendo? – espero um momento, vejo a verdade formando-se em seus olhos.

— Gillian matou quatro pessoas, todas elas músicos.

Seus olhos estão arregalados agora, em pânico.

— Gilly? Oh, meu Deus, não, isso não é possível.

Mas percebo que ele sabe que é. Levanta-se da mesa e lentamente caminha ao redor da cozinha, como se a movimentação fosse aplacar o pânico.

— Como pode ter certeza?

— Com dois deles ela deixou uma pena branca. Escreveu "Viva Bird!" no espelho do camarim de Ty Rodman em Los Angeles. Foi Gillian. Ela tem me telefonado, pressionando pra que eu investigue o seu suicídio.

Ele recua alguns passos, como se tivesse sido empurrado.

— Não entendo. Por quê? Por que está aqui?

Traço-lhe um esboço da história, conto-lhe as ameaças dela, tão rápido quanto posso, até o momento em que o encontrei. Greg ouve, mas não diz uma palavra até que eu termine. Senta-se de novo, ainda sacudindo a cabeça.

— Vocês nunca vão apanhar ela. Nunca. É muito esperta.

— Precisamos, Greg. Você pode nos ajudar, você a conhece, temos que impedi-la de matar mais. Ela precisa de ajuda, Greg.

— Ah, não – diz ele, cruzando as mãos de um lado para outro à sua frente, como um árbitro assinalando o final da partida. — Não posso ver Gillian de novo. Ela acha que estou morto, e é assim que eu quero que fique. Não posso passar por tudo aquilo de novo.

Estendo a mão sobre a mesa e toco no seu braço. Mantenho a voz baixa e firme.

— Greg, sei que isso é difícil, mas você é o único capaz de fazê-la parar. Pense sobre isso. Não quer vê-la matando mais ninguém, quer?

— Não, claro que não, mas... é tão difícil acreditar.

Sei que ele está lutando com a idéia. Mas seu medo de Gillian é real.

— O que gostariam que eu fizesse? – pergunta, mas não quer saber.

— Ouça, sou apenas um intermediário nisso, Greg. O FBI está cuidando do caso, e uma de suas agentes está comigo. Está lá fora diante do prédio agora. Vamos conversar com ela, estudar a melhor maneira de conduzir as coisas, ok?

— O FBI? Eu... eu não sei.

— Ouça, Greg. Eles o protegerão de Gillian – respiro fundo, sopro o ar e pulo sobre os dois pés.

— Se não o fizerem, eu o farei.

Natalie estava certa o tempo todo. Eu afundo mais a cada minuto.

Não quero deixar Greg, mas sei que, se demorar mais um pouco, Andie virá aqui. Não sei se consegui convencê-la de que isso não é a coisa certa a fazer.

Quando termino de descer as escadas, ela está de pé ao lado do carro, furiosa.

— Deus do céu, Evan, nunca mais faça isso. O que houve? Você ficou meia hora lá em cima.

— Entre no carro, por favor.

Os olhos dela estão me fuzilando, mas ela entra, e nos vemos no banco dianteiro. Conto minha conversa com Greg Sims. Ela escuta até o fim sem me interromper.

— Não sei se quero ouvir o que tem em mente – diz Andie.

— Greg Sims está abalado. Ele tem muito medo de Gillian. Vai nos ajudar, eu acho, mas teremos que protegê-lo dela. Ele já sabe disso. Gillian pode estar aqui em São Francisco agora, nos observando. Se ela encontrar Greg antes que estejamos prontos, levará um susto.

Andie me olha desconfiada agora.

— O que você quer dizer com estarmos prontos?

— Eu quero dizer que nós temos que manter Greg em segredo por enquanto.

— Nós?

— Olhe, eu não sei nem quero saber como você vai fazer isso, mas a gente tem que manter Greg em segurança até o momento certo.

— E quando será isso? Meu Deus, o cara simulou o próprio suicídio.

— E daí, isso não é ilegal. Lembre-se do trato com Gillian. Eu não apenas o achei, eu o achei vivo. Isso deve ser o suficiente pra trazê-la até nós.

Andie fica sentada muito quieta por alguns momentos, olhando fixamente pelo pára-brisas, segurando o volante. Finalmente vira-se para mim.

— Wendell Cook nunca virá até aqui para isso.

— Tem que vir. Qual é, o que mais você tem?

Eu acendo um cigarro e olho Andie enquanto ela pensa na idéia e decide se deve confiar em mim. Continuo checando a entrada do apartamento, meio à espera que Greg Sims fuja.

— Tudo bem – Andie agarra o volante com ambas as mãos. — Mas eu quero um tempo com Sims antes de chamar alguém. Então nós vamos até lá.

— Fechado. Vamos levá-lo daqui pro nosso hotel.

— E Robert?

Eu já estou com a mão na maçaneta da porta.

— Robert ficará bem.

NO TRAVELODGE, GREG SENTA-SE afundado numa cadeira enquanto Andie conversa com ele de maneira suave, cuidadosa, tranqüilizadora, deixando tudo bem claro, enquanto faz anotações. Ela é boa e rapidamente estabeleceu uma relação com ele, mas foi firme ao mesmo tempo.

Eu escuto, mas realmente não sei o que fazer. Imagino que isso seja parecido com o procedimento de interrogar um fugitivo da facção inimiga num local seguro e secreto. Andie olha para mim de vez em quando até que finalmente tem algo a me dizer.

— Evan, por que não vai dar uma volta ou coisa parecida?

— É, talvez vá. Você está bem? – pergunto a Greg. Parece cansado. Fico pensando se ele sabe como sua vida vai ser diferente a partir de agora.

No apartamento, eu o vira despedir-se de Robert e pacientemente explicar que ia ter de se afastar por uns tempos. Apertaram-se as mãos solenemente, Greg colocou algumas coisas numa pequena sacola de viagem e foi até o carro. Virei-me uma vez e vi Robert nos observando enquanto descíamos as escadas.

— Tudo bem, volto daqui há pouco – e me dirijo para a porta.

— Aqui – Andie diz, jogando o telefone celular para mim. — Não se esqueça disso.

Apanho o telefone, coloco-o no bolso e saio, deixando Andie e Greg Sims terminarem o acerto.

Caminho a esmo pelo Fisherman's Wharf, evitando a multidão de turistas, e tento experimentar alguma sensação de realidade e otimismo no fato de termos encontrado Greg Sims. Até mesmo Gillian teria de considerar isso um sucesso, acharmos seu irmão vivo; mas, se estou certo, ela vai ficar com muita raiva de Greg quando descobrir que o suicídio foi forjado e o motivo que o levou a fazer isso. Vai se sentir traída, vai querer atingir alguém, e eu estarei à mão.

Ando até a beira do cais, encosto-me na amurada e olho para a água fria e cinzenta. O sol conseguiu aparecer, e a maior parte do nevoeiro que mais cedo envolvia a Golden Gate se dissipou. Excursionistas de todas as idades se amontoam ao meu redor. Observo um grupo de japoneses formar fila para embarcar no *ferry* para Alcatraz; estou sentindo o ímpeto de me juntar a eles quando o celular toca.

Uma menininha de oito ou nove anos me vê agarrar o fone.

— Veja, mamãe, aquele homem tem um telefone no bolso.

Sua mãe a pega pela mão e a puxa para longe.

Afasto-me da amurada e caminho até o meio do estacionamento.

— Onde está você, meu amor? – diz Gillian. Ouço um clique, e então o trompete de Chet Baker embarca em "The very thought of you", frágil, delicado, o ar quase antes das notas.

— Não sabe?

— Não brinque comigo, Evan. Estive ocupada e espero que você também esteja.

Olho para o céu acima. Se ela soubesse onde eu estava, faria com que eu soubesse disso; Gillian ainda deve estar em Los Angeles.

— É, como você disse, trabalhando no caso.

— Trabalhando na agente Lawrence também – há um riso na voz dela.

— O que você quer dizer?

— Ora, sabe exatamente o que quero dizer, Evan. Está curioso em relação a ela, não está? Natalie está infernizando sua vida? Deixa pra lá, tudo bem, não me importo que brinque um pouco, contanto que continue ligado.

— Não estou curioso em relação a ela. É uma agente do FBI.

— Claro que está curioso, Evan. É uma mulher atraente. Acha realmente que foi por acaso que a designaram para trabalhar com você? Ela foi vê-lo no Chadney's, e sua Natalie não foi. Quando duas pessoas são jogadas uma sobre a outra assim, tudo pode acontecer.

Chet Baker insinua-se gentilmente na frase seguinte. Um colar de notas pungentes, quase *blue notes*, unidas pelos acordes de sua vida.

— Nada acontecerá com Andie.

Gillian ri.

— Oh, é Andie, não é? Talvez não, mas você tem pensado nisso, não tem, Evan? Pensado em como ela seria.

— Preciso ir, Gillian. Você quer que eu continue neste caso, não quer?

— Divirta-se, Evan. É melhor que tenha alguma coisa pra mim em breve.

Ela desaparece então, no mesmo instante em que Chet Baker termina o solo e deixa o pianista sozinho.

NO AEROPORTO DE SÃO FRANCISCO, Andie exibe seu distintivo do FBI enquanto passamos para trás três pessoas, a fim de pegar o vôo. Deixam-nos até embarcar na frente. Greg Sims continua quieto e ausente. Assim que levantamos vôo, ele se acomoda no banco ao meu lado e adormece. Andie está do outro lado do corredor estreito, lendo as anotações que fez sobre Greg. Ainda não lhe contei sobre o último telefonema de Gillian, e me pergunto se deveria.

Não houve nada na chamada que tivesse a ver com o caso, mas eu não estava preparado para o efeito que as palavras de Gillian exerceriam sobre mim. Ela está certa, naturalmente. Estou muito curioso em relação a Andie Lawrence, sinto-me muito atraído por ela e agora estou muito confuso quanto à minha relação com Natalie. O que realmente me incomoda é a insinuação de Gillian de que Andie não foi designada para trabalhar comigo por acaso. Será que Cook armou o lance? Será que Andie lutou pela oportunidade?

Olho para Andie. Seu cotovelo está sobre o braço da cadeira, o queixo na mão. Inclino-me para ela, a voz abafada pelo zunido dos motores e pela conversa à nossa volta.

— Por que você?

— Por que eu o quê? – ela ergue o olhar de suas anotações.

— Por que Cook a designou pra mim, em vez de Ted Rollins?

— Rollins? – Andie ri. — Vocês dois não foram com a cara um do outro de saída.

Continuo olhando para ela. Sei que a porta destrancada entre nossos quartos vizinhos no Travelodge ainda está rolando na cabeça de nós dois.

— Tudo bem – ela fecha a caderneta de anotações e toma um gole de refrigerante. Optei por uísque quando a comissária de bordo anotou nossos pedidos.

— Isso foi apenas parte da história. Acho que eu queria ver se a coisa tomaria algum rumo – eu não desvio o olhar. — Quer uma explicação mais franca? – ela se aproxima de mim. — Ok, no primeiro dia que você apareceu, senti que estava interessada. Você me pegou a partir do alô. Que tal?

— E quanto a Natalie?

— Quanto a ela? Vocês não são casados, nem estão noivos, não chegam sequer a viver juntos. Ela não está exatamente apoiando você nisso, está?

Desvio o olhar. Andie está certa só pela metade. Talvez eu esteja esperando demais de Natalie. Não posso dizer-lhe tudo, e ela tem pouco para levar em consideração, exceto que estou passando muito tempo com outra mulher, ainda que seja uma agente do FBI.

Andie estende a mão pelo corredor e toca o meu braço.

— Desculpe, isso não foi legal – ela sorri. — Lembra do que eu lhe disse antes? A noção de tempo oportuno é tudo. Não preciso dizer isso a um músico.

Termino meu drinque. A comissária vem com um saco plástico recolhendo copos, com o ar de quem preferia estar em qualquer outro lugar que não a nove mil metros de altitude. Ela me lembra Cindy Fuller, também comissária de bordo, e a parte da minha vida que ela ocupou durante um tempo, quando era minha vizinha. Recosto no banco e fecho os olhos. Mas duas vezes, quando os abro, pego Andie erguendo o olhar de suas anotações e me observando. Não acredito que esteja realmente trabalhando.

Atingimos uma turbulência e o piloto anuncia a descida para Los Angeles. Greg Sims não chega a se mexer. Quando taxiamos até o portão, tenho de acordá-lo e pegar nossas sacolas no compartimento acima dos bancos.

Andie seguiu na frente. Entre a multidão de amigos e parentes à espera no desembarque, no aeroporto de Los Angeles, temos nosso próprio comitê de boas-vindas. Esticando o pescoço para uma primeira olhada, Wendell Cook e Ted Rollins bem que podiam estar usando agasalhos do FBI, em vez dos ternos escuros. Cook está caminhando, examinando a área da sala de espera, e Rollins fala no celular. Pergunto-me um minuto se ele vai ligar para Andie.

O único que tenho satisfação de ver é Coop. Está afastado num canto, descontraído como só Coop sabe ser, como se estivesse na fila de espera de um vôo.

Cook acena com a cabeça para mim, aperta a mão de Greg e então, com um braço em volta do seu ombro, leva ele para uma área deserta, onde se sentam. Cook não tira nunca os olhos do rosto de Greg. Andie e Coop vêm a seguir e ficam parados a alguns metros de distância, conversando. Estou indo na direção deles quando Rollins me chama de lado.

— Então aquele é o irmão da maluca, hein? – diz para mim. — Parece um pouco biruta também. Talvez seja mal de família. Como sabemos que ele não está de conchavo com ela? – enquanto fala comigo, Rollins examina os rostos das pessoas. Aposto que teve prazer em exibir seu distintivo para a segurança.

— Claro, Rollins, foi por isso que ele forjou seu suicídio.

— Bom, possivelmente ele infringiu a lei.

— Verdade? O que ele ganhou? Desde quando é ilegal desaparecer?

— Teremos de estudar a questão. Qualquer acordo que vocês tenham feito com ele está sujeito à aprovação do FBI.

— Não aceitaria a coisa de outra maneira, Ted.

Estou cansado. Só quero escapar daqui, de todo mundo.

Rollins me lança um olhar intrigado.

— Tenho de admitir, foi um belo trabalho, Horne. Sabe, estive pensando, talvez você e eu pudéssemos virar uma nova página, já que estamos trabalhando juntos.

— Uma nova página? Rollins, você teria de replantar a floresta inteira.

Os músculos dos olhos de Rollins repuxam e pulsam. Ele apenas rosna um “Foda-se, Horne”, antes que Wendell Cook se aproxime.

— Foi uma beleza, Evan – diz Cook. — Pode ser a oportunidade que procurávamos.

— Ted estava justamente me dizendo isso, não é, Ted?

Cook olha para nós dois e decide que não vale a pena entrar nessa.

— Vamos tomar conta de Sims, colocá-lo em algum lugar seguro.

— Só não o apertem demais – digo. — Pode não parecer, mas ele passou por muita coisa.

— Posso ver isso.

O rosto grande e redondo de Cook parece confortador. Estou seguro de que Greg vai ficar bem com ele. Coop à parte, se existe alguém em quem confio é Wendell Cook.

— Ok, vamos indo então. Coop o levará em casa e vamos querer vê-lo amanhã. Gillian vai esperar que você continue com as atividades, portanto faça o que achar melhor – e vira-se para Rollins. — Ted, venha conosco.

Faz um sinal para Andie, e os quatro iniciam a longa jornada até a rua.

Cruzo o olhar com Greg e faço um sinal para ele com o polegar levantado. Já lhe dei meu telefone. Andie sorri para mim, bate no bolso do casaco e aponta na minha direção. Não entendo o gesto.

— Bom, o filho pródigo à casa torna – diz Coop. — Você conseguiu colocar o FBI em polvorosa.

— Ei, Coop, me diga alguma coisa boa.

— Vou dizer... Quando estivermos a caminho.

— Aonde vamos?

— Tem alguém que deseja vê-lo.

13.

Quando chegamos à rua, olho ao redor em busca do carro de Coop, mas só vejo táxis, ônibus e viajantes cansados colocando bagagens em caminhonetes e veículos utilitários.

— Está no estacionamento da garagem – diz ele.

— Achei que ia deixá-lo encostado no meio-fio com o pisca-alerta ligado.

— Não, você me conhece, nunca tiro vantagem da minha posição de agente da lei. Deixo isso para Ted Rollins.

— É, ele é um tremendo mala, sempre na minha cola.

Um segurança do aeroporto está parado no meio da faixa de travessia de pedestres, sinalizando para atravessarmos. Abrimos caminho na contramão das pessoas que não vêem a hora de sair de Los Angeles.

— É, pode crer, deixe sua garota em paz – Coop sorri maliciosamente enquanto caminhamos para a garagem.

— Andie? Está brincando?

— Não estou. Ted me contou. Mas ela não dá muita chance a ele. Prefere músicos, ao que parece.

Lembro-me do gesto de Andie no portão e verifico o bolso do meu paletó. Puxo um pedacinho de papel com "Me ligue" rabiscado com a letra dela. Isso basta. Vamos ter muito o que conversar.

Quando deixamos o aeroporto, Coop vira para o norte em Lincoln. Abaixo a janela e acendo um cigarro.

— E aí, alguma novidade?

Coop sacode a cabeça e fulmina um Toyota que tenta fechá-lo.

— Um manobrista do Chadney's lembra-se vagamente de uma dona sozinha num Lexus, mas não é nada que possamos levar em conta. Fora isso, nada. Já disse que, se existe alguém para pegar essa maluca, este alguém é você. Encontrar o irmão dela vivo foi uma ótima. Vão começar a buscar informações sobre Gillian nos computadores, pela documentação dele. Mais telefonemas dela?

— Teve um, enquanto Andie sabatinava Greg Sims.

Coop olha para mim ao pegar a pista da direita e virar para leste em Wilshire.

— E?

— Este foi diferente. Falou sobre mim e Andie, queria saber se eu estava interessado. Mexeu com a minha cabeça.

— Aposto que não contou a Andie sobre esse telefonema.

— Não, não contei. Onde estamos indo, afinal?

— Alguém quer falar com você.

Coop encosta o carro diante de um café onde Natalie e eu estivemos muitas vezes. Quando não desliga o motor, olho para ele. Aponta com a cabeça para as mesas do pátio. Natalie está sentada numa delas. Ela olha para o carro e acena.

— Se tudo correr bem, Natalie vai levá-lo em casa. Se não, pode me ligar – diz Coop.

— Ela sabe disso?

— Você vai descobrir muito em breve – diz Coop. Saio do carro e fecho a porta. Coop inclina-se para mim. — Conte a Andie sobre aquele telefonema, ou então eu vou contar.

— Sempre com alma de tira.

— É assim que eu sou – diz Coop, e vai embora.

Caminho até onde Natalie está sentada.

— Oi – eu digo.

— Oi pra você – ela tenta sorrir, mas não consegue. Parece cansada e mais magra. Há uma xícara de café pela metade à sua frente.

— Quer outro?

— Não. Peça algo pra você.

Vou lá dentro, pego um café grande e trago para a mesa. Sento-me e acendo um cigarro.

— Por que o sigilo?

Natalie encolhe o ombro.

— Coop achou que era melhor. Ele me contou um pouco da história.

— O quê? O que foi que ele lhe contou? – tomo um gole de café, mantendo os olhos sobre o rosto dela.

Natalie desvia o olhar.

— Contou que você está ajudando o FBI a pegar uma *serial killer*, que você é o contato, que ela tem lhe telefonado e que você fez uma espécie de acordo com ela.

— É tudo? Ele contou qual o tipo de acordo?

— Não, mas isso não é o suficiente? Por Deus, Evan, o que está fazendo consigo mesmo? Como deixou isso acontecer? Quanto tempo vai durar essa coisa?

— Não deixei nada, simplesmente aconteceu. Já lhe disse antes, não posso tirar o corpo fora.

— Não, você nunca pode – ela aperta a jaqueta em volta do corpo e olha para o café. Mais calma, pergunta: — Como foi em São Francisco?

— Ótimo. Talvez a gente tenha conseguido um grande progresso.

— A gente? Você e Andie Lawrence, certo? Ela estava com você?

— Você sabe que estava.

— Dormiu com ela?

Desvio o olhar e deixo a coisa em suspense por uns minutos.

— Vamos lá, Natalie – esmago o cigarro e inclino-me para a frente, com os braços sobre a mesa. — Tive a oportunidade, mas não, não dormi. Vai ter de confiar na minha palavra.

Observo Natalie. Não é muito, mas vejo uma centelha de alívio roçar o seu rosto, suavizar os seus olhos. Qualquer outra resposta, e tudo teria terminado aqui, nós dois sentados em cadeiras de metal duras num café de Wilshire.

Relembro nossos primeiros dias juntos, quando nos conhecemos em Las Vegas, como atravessamos o deserto de carro voltando para Los Angeles. E depois os nossos encontros neste mesmo café, que começaram como momentos roubados e se transformaram em longas conversas, falando de tudo. Nunca sonhei então que estaríamos tendo este papo.

— Bom, já é alguma coisa – diz ela. Toma o café e põe a xícara cuidadosamente sobre a mesa, mas não olha para mim. É como se estivesse ensaiando, e agora está pronta para uma primeira apresentação.

— Tive muito tempo para pensar, Evan. Não sei o que está acontecendo conosco, mas acho que precisamos dar um tempo, pelo menos até que isso, seja lá o que for, esteja acabado.

— Você falou a mesma coisa outro dia.

— Estava zangada. Ao ver Andie na sua casa, ouvindo música...

— Eu expliquei aquilo. Nada tinha a ver com Andie e comigo. É parte do caso.

— Eu sei, mas agora que tive mais tempo pra pensar, ela não tem importância. Mas continuo sentindo a mesma coisa. Não sei o que é, Evan, porém sempre houve uma parte em você onde não consegui chegar. Talvez ninguém consiga. Sempre parece ocultar algo, e isso me fez pensar ainda mais sobre nós.

Não tenho resposta. Está provavelmente certa. Não há muitas pessoas que consigam ir até o fim comigo. Natalie foi quem chegou mais perto.

— Sabe quanto tempo mais vai durar isso?

— Não.

— E quanto à gravação? O trio?

— Por que não foi ao Chadney's? Podia ter ouvido.

— Ela estava lá?

— Estava, mas isso também fazia parte do caso. Eu não podia fazer nada a respeito – sinto minha raiva crescendo. É um território muito repisado.

— Claro. De qualquer maneira, eu decidi.

Natalie olha para mim agora.

— Acho que você precisa decidir algumas coisas também, e isso a gente tem de fazer sozinho.

— Então é isso?

— Por enquanto, é.

Um garoto de avental branco está limpando as mesas, endireitando as cadeiras. Ele me vê e se aproxima.

— Estamos fechando. Posso levar estas? – e aponta para as xícaras.

Olho para Natalie. Ela acena ligeiramente com a cabeça.

— Pode, já terminamos.

Espero até o rapaz voltar para dentro do bar.

— Natalie, não deixe isso pendente na minha cabeça. Seria legal saber que você está aí firme também. Se não estiver, preciso decidir o que vou fazer a respeito.

— É, você precisa – sua voz é firme, mas tão baixa que quase não a escuto. Levanta-se então. — Vamos ver como nos saímos sozinhos, ok? Quero que você tenha certeza.

— Se é assim que deseja...

— Não é assim que desejo, Evan. É assim que as coisas são.

Ela toca no meu ombro, me dá outro meio sorriso e então se vira e vai embora, lentamente no início; depois, mais rapidamente, enquanto a observo caminhar de cabeça baixa, ombros curvados, apertando os braços em torno do próprio corpo, até o carro. Espero para ver se vai se virar, mas não se vira, e não vou atrás dela.

Fico sentado ali um longo tempo pensando, fumando, muito depois que as luzes se apagaram, imerso na escuridão.

E então telefono para Coop.

ESTÁ CHOVENDO E ESCURO quando acordo. Cai uma garoa fina, leve o bastante para deixar um brilho oleoso nas ruas, refletindo os faróis dos carros e as luzes néon, e tornando o ato de dirigir um exercício de tensão. Fico deitado quieto durante vários minutos, ouvindo a chuva, à escuta do telefone, à escuta das batidas do meu coração.

Pouco mais de uma semana atrás eu estava a caminho de um retorno artístico, com um contrato de gravação à vista, minha mão melhor do que nunca. Agora estou ajudando o FBI, recebendo telefonemas de uma *serial killer* psicótica, e Natalie, se já não foi embora totalmente, está saindo rapidamente da minha vida.

Talvez ela estivesse certa. Precisamos de um tempo separados, tempo para que eu decida o que quero. Talvez eu precise realmente ver o que existe em Andie Lawrence. Gillian tinha razão? Até que ponto estou interessado? O suficiente para cruzar aquela fronteira? Como deixei Gillian entrar na minha cabeça? Não haverá retorno se eu seguir em frente, não com Natalie. Continue levando tudo como de costume, Wendell Cook disse. Nem sei mais ao certo o que isso significa.

Levanto-me, preparo café e telefono para Jeff Lasorda.

— Ei – diz Jeff. — Tudo legal?

— Algumas complicações, mas fora isso nenhum problema.

Jeff fica em silêncio por um momento, sem saber o que dizer.

— Alguma chance de nos reunirmos esta tarde?

Eu preciso tocar, manter alguma aparência de normalidade até o próximo telefonema de Gillian.

— Claro, por mim tudo bem – diz Jeff. — Quer que ligue pro Gene e veja se ele pode também?

— Quero, vamos fazer assim. Obrigado, Jeff. Na sua casa?

— Estou aqui.

Em seguida ligo para Andie Lawrence.

— Como vai indo a coisa?

— Não vai. Ela é um fantasma. Gillian Sims, Gillian Payne, não existe nada sobre ela em lugar nenhum, mas ainda estamos procurando.

Suspiro. Como pode alguém escapar ao FBI desta maneira?

— E como está o Greg?

— Está ótimo, não se preocupe com ele.

Penso em outra coisa então.

— Ele chegou a tocar o saxofone?

— Tirou do estojo, começou a mexer nele. Mas parece embaraçado. Por que quer saber se ele tem tocado?

— Tenho uma idéia pra levar a coisa adiante.

— Que idéia?

— Quando Gillian ligar, vou dizer que resgatei o saxofone de Greg, ver se ela vai se encontrar comigo.

Há um longo silêncio da parte de Andie.

— Não sei, não. Ela nunca cairia nessa, nem Wendell toparia a idéia.

— Andie, quero acabar com isso. Vale uma tentativa, não vale?

— Tudo bem, vou levar a idéia a Wendell. Evan, eu quero ver você.

— Eu também quero te ver. Vou ensaiar esta tarde. Ligo depois.

— Faça isso – e ela desliga.

A sorte foi jogada.

Gene acaba não podendo ir ao ensaio, mas, na casa de Jeff, ele e eu repassamos vários temas, reescrevemos algumas seqüências de acordes e esboçamos alguns arranjos para a gravação.

Por algum motivo estou mais relaxado, como se de alguma forma tivesse virado uma esquina. Jeff nota isso e fica à altura da ocasião, literalmente lendo meu pensamento. O elo musical entre nós se fortalece à medida que a tarde avança.

— Você está tocando em alfa, cara – diz Jeff, depois de uma hora. — Especialmente em "The very thought of you". O que o fez pensar nessa canção?

Encolho os ombros.

— Não sei. Eu a ouvi recentemente – olho para o relógio. — Preciso ir. Obrigado, Jeff. Foi uma boa seção. Eu ligo pra você.

Ele coloca o baixo no chão e me acompanha até o carro.

— Meu convite está de pé, você sabe, se as coisas ficarem sinistras demais.

— Obrigado. Não se preocupe. As coisas não são mais o que eram, mas vão acabar melhorando.

— Bom título pra uma canção – diz Jeff.

Quando pego a Ventura Freeway, telefono para Andie.

— Vou demorar um pouco.

A chuva parou, mas a mistura escorregadia de óleo e água deixa o tráfego lento. Dou a volta ao redor de dois carros que amassaram os pára-choques antes de entrar na San Diego Freeway.

— Ok – diz Andie. — Estou deixando o escritório agora. Que tal se eu comprar uma comida chinesa?

— Está legal pra mim. Nos vemos, então.

Desligo e rastejo debaixo do viaduto de Sepulveda atrás de um emaranhado de luzes traseiras de freios piscando, tudo espremido em cinco pistas. Consigo escapulir, pego a saída de Sunset e chego ao apartamento de Andie sem acidentes ou telefonemas.

Ela abre a porta de jeans, com um suéter branco macio de gola rulê, deixando um rastro de perfume atrás de si. Vejo caixas de papelão com arroz e uma variedade de pratos sobre a mesa. Carmen McRae está cantando Monk no toca-CDs.

— Achei que podíamos dividir – diz Andie.

Penduro meu casaco nas costas de uma cadeira, sinto o peso do celular, que agora nunca deixo de levar comigo.

— Maravilha. Estou faminto.

Ela traz duas garrafas de Henry Weinhard e pratos até a mesa e mergulhamos nas caixas com os pauzinhos de plástico. Comemos, ouvimos Carmen McRae e trocamos olhares como relativos estranhos, cercando, investigando. Nada foi dito, mas as coisas mudaram agora, e nós dois sabemos disso.

— Está diferente esta noite, de certo modo – diz Andie.

— Estou? – empurro o prato para o lado e acabo minha cerveja.

Ela acena com a cabeça e bebe também.

— Ensaiar deve fazer bem a você. Como foi?

— Ótimo, as coisas estão engrenando muito bem. E você?

Andie suspira e coloca a garrafa sobre a mesa, girando-a.

— Não tivemos nenhuma sorte com Gillian, mas eu não esperava nada – ela prende o meu olhar por um momento. — Wendell não gostou muito da sua idéia de encontrar-se com ela.

— Mas?

— Está fraquejando. Que diabo, ele está desesperado. Não temos mais nada. Está seguro de que quer fazer isso?

— Não acho que a gente tenha muita escolha. Eu já disse, Andie, quero acabar logo com essa história.

Ela desvia o olhar.

— Eu sei, eu sei. Mas existem tantos poréns. Gillian tem de ligar de novo, tem de topar, e não sei como vamos lidar com a situação.

— Que quer dizer? Lidar com a situação? – pego meus cigarros. — Venha aqui fora comigo.

Saio para a varanda. Andie junta-se a mim e traz outra cerveja. Encosto-me no parapeito, sinto Andie roçar em mim ao me passar a garrafa.

— Quero dizer que não podemos deixá-lo ir sozinho. Gillian é muito imprevisível. Ela detectaria uma vigilância a mais de um quilômetro. É muito esperta. Não teríamos nenhum controle sobre a situação.

Dou uma tragada funda no cigarro e olho para a piscina.

— Vamos ter de pensar em algo, não é?

— E você pensou em algo com relação a Natalie?

Viro-me e olho para ela.

— Uau, isso foi uma associação e tanto.

— Desculpe, é o que estava na minha cabeça. Se não quiser falar a respeito...

— Não, tudo bem. Nos encontramos na noite passada pra discutir as coisas. Ela acha que precisamos de um tempo longe um do outro.

— E você, o que acha? – Andie se afasta, em vez de se aproximar.

— Acho que ela está certa.

— E por isso veio aqui?

Antes que eu possa responder, ouvimos uma campainha de telefone abafada.

— É o meu.

Vou para dentro, tiro o telefone do casaco e aperto o botão. Andie desliga o som e fica de pé no meio da sala.

É Charlie Parker, com cordas desta vez, "Embraceable you". Aceno com a cabeça para Andie e sento-me no sofá. Andie senta-se ao meu lado, à esquerda. Posso sentir o calor de sua perna na minha.

— Alô, amor – diz a voz grave e lânguida de Gillian. — Andou ocupado neste dia chuvoso?

— Muito.

— Me conte – o volume do saxofone de Bird diminui. Seguro o fone ligeiramente afastado da cabeça e Andie se inclina mais para perto a fim de escutar também.

— Voltei de São Francisco e estou com o saxofone do seu irmão.

Aperto o telefone com força contra a cabeça. Durante vários momentos não há nada além dos vertiginosos improvisos de Charlie Parker sobre os acordes. Então um clique, o isqueiro de Gillian, e o sopro da sua exalação.

— E quanto a Greg? – ela pergunta. Não há mais brincadeira no seu tom agora. Andie puxa meu braço, faz sinal para eu inclinar o telefone, para que ela possa ouvir.

— Estive com a polícia de São Francisco, com o inspetor Parello. Não arranquei nada mais deles além do que já tinham contado a você.

Gillian fica quieta de novo por um momento.

— Achei que ia querer o saxofone.

— Deixe-me adivinhar. Nos encontramos em algum lugar cheio de agentes do FBI, sou capturada, você é um herói.

— Não precisa ser assim. Não quero ser um herói, Gillian. Você pode me ligar no último minuto, indicar o local. Não haverá tempo para que eles cheguem lá.

Os olhos de Andie se arregalam. Está sacudindo a cabeça negativamente.

— Como posso saber que vai fazer isso?

— Vai ter de confiar em mim.

Andie agarra meu braço com força, enfiando as unhas nele. O volume do som aumenta de novo enquanto as cordas se esforçam para acompanhar Bird.

— Vou ligar pra você – diz Gillian. — Não vai saber quando, mas esteja preparado.

Ela desliga. Largo o telefone, tiro os dedos de Andie do meu braço e recosto-me no sofá. Ela se levanta e começa a andar pela sala. Subitamente pára, olha para mim.

— Ok, há um esquema que pode funcionar. Um carro, talvez dois no máximo, distantes o bastante de você, mas perto o suficiente para que possamos intervir.

Eu me levanto, volto à sacada, acendo outro cigarro. Andie me segue. — É assim que vai ter de ser, Evan.

Viro-me, encosto-me na balaustrada.

— O que você disser, mas preciso daquele saxofone agora. Não haverá tempo depois. Você ouviu Gillian. Ela pode ligar a qualquer momento.

— É, o saxofone – o sangue lhe sobe à cabeça, ela cora. — Muito bem, vamos lá agora.

— Mais uma coisa.

— O quê?

— Houve outro telefonema em São Francisco – Andie fica parada. — Enquanto você conversava com Greg.

— E?

— Não lhe contei então. Foi principalmente sobre você e eu, uma espécie de telefonema pra mexer com as minhas idéias.

— Daí aquela conversa no avião, não foi? Todas aquelas perguntas sobre por que fui designada pra trabalhar com você?

— É.

— Ela pegou você, não foi?

— Isso muda alguma coisa?

— Não, eu ainda teria dado as mesmas respostas.

Viro-me para a piscina, sinto Andie abrindo os braços.

— Vai ficar esta noite?

— Não sei. Vamos pegar o saxofone. Onde está Greg?

Ela hesita apenas por um segundo.

— Rollins está com ele. Não é longe daqui.

Seguimos no meu carro até um motel no Santa Mônica Boulevard, perto do templo mórmon.

— Espere aqui – diz Andie, saindo do carro.

Eu a observo atravessar o estacionamento, olhar ao redor e então parar diante de uma das portas do primeiro andar. Posso apenas divisar Rollins de pé contra o facho de luz que vem de dentro. Tira a corrente da porta, abre, e Andie entra. Ela volta poucos minutos depois, trazendo o estojo do saxofone. Rollins a observa caminhar até o meu carro e então fecha a porta. Andie entra, enfia o estojo no assento traseiro.

— Vamos – diz ela.

Dou a partida e sigo de volta ao seu apartamento.

— Como está Greg?

— Estava dormindo. Rollins é que é o problema. Queria saber o que está acontecendo.

— Contou a ele?

— Disse que conversaríamos amanhã.

Olho para Andie. Ela está olhando direto para a frente. Quando chego ao estacionamento, não desligo o motor.

— Não vai subir?

— Não esta noite.

Ela acena com a cabeça e então se inclina e me beija levemente nos lábios, toca minha nuca com os dedos. Sai do carro e caminha até o seu apartamento. Vira-se e olha para mim uma vez, sorri.

Fico sentado por um momento, sabendo que tudo o que tenho a fazer é desligar o motor e subir. Não preciso nem bater. Sua porta estará destrancada, pelo menos por algum tempo.

ESTOU A MEIO CAMINHO de casa, parado num sinal vermelho, quando Gillian telefona.

— Onde está você? – não há música, apenas a voz dela.

— Wilshire com Lincoln, em Santa Mônica.

— Vire na Sétima e desça o Santa Mônica Canyon. Quando chegar à praia, pare no estacionamento do outro lado da rodovia e espere.

O sinal fica verde. Atravesso o cruzamento e encosto junto ao meio-fio.

— E depois?

— Vou ligar pra você. É melhor que seja só eu e você, amor – e então ela desliga.

Viro para o norte na Sétima, atravesso San Vicente e desço pelo canyon sinuoso com um olho no espelho retrovisor. Na Pacific Coast Highway viro à direita, entro num estacionamento da praia e paro perto da areia. Desligo o motor, desço a janela, acendo um cigarro e espero. As ondas parecem mais ruidosas na escuridão.

Há dois outros carros e um espaço imenso entre eles. Provavelmente garotos de ginásio. Pelo retrovisor o tráfego vai rolando, mas nenhum carro entra no estacionamento ou diminui a marcha na entrada.

Talvez ela não venha. Talvez seja um teste para ver se havia uma armadilha. Não há como prever Gillian Payne a esta altura.

Jogo meu cigarro fora e dou um pulo quando o telefone toca.

— O píer de Santa Mônica – diz Gillian. — Caminhe até o final do píer olhando sempre para a água. Não se vire.

— Espere, eu...

— Simplesmente faça isso. Tem 15 minutos.

Largo o telefone, dou partida e saio roncando do estacionamento, virando para o sul na Pacific Coast Highway.

Quinze minutos. Não há tempo para colocar ninguém em posição, nem Andie, nem a polícia, apenas eu. Vou costurando, entrando e saindo de vielas, pisando fundo. No Califórnia Incline há uma luz forte. Hesito por um momento e então pego o telefone e digito alguns números. São quatro toques até que ouço uma voz.

— Coop. No píer de Santa Mônica agora mesmo. Ela está vindo.

Desligo e subo o Incline para a Ocean Avenue. Viro para o píer, o nariz apontando para baixo na íngreme descida, passando pelo carrossel até onde posso ir, e estaciono.

Um ou dois restaurantes estão abertos, com pouca gente. Pego o estojo do saxofone, saio do carro e caminho para o final do píer, estudando os rostos. Na extremidade, olho ao meu redor uma vez mais, coloco o estojo no chão ao meu lado e encosto-me na amurada.

Posso ouvir a água batendo contra as pilastras e sentir o cheiro do oceano, e me pergunto se Coop vai chegar aqui rápido o suficiente. Fechando as mãos em concha em torno da chama, acendo um cigarro e espero, esforçando-me por ouvir passos atrás de mim, mas não há nada, só o murmúrio distante do trânsito.

— Não se vire. Não quero machucá-lo, Evan – sua voz é ainda mais grave do que no telefone, e ela chegou na hora exata.

— Gillian? – minha voz se perde no ar.

— Deslize pela amurada para a esquerda.

Desloco-me por vários metros, sinto-a atrás de mim. Agarro o parapeito com as duas mãos. Se for preciso, salto naquela água negra e fria.

Gillian arrasta o estojo para trás. Uma mão está ocupada. O que haverá na outra? Uma arma? A faca que usou para matar quatro pessoas? Onde está Coop?

Ouço o estalido do fecho do estojo quando ela o abre. Imagino-a de joelhos, olhando dentro da caixa. Então o estojo se fecha, as lingüetas se encaixam nos fechos, e ela o arrasta. Vamos, Coop, onde está você? Preciso segurá-la por aqui.

— Obrigada, Evan.

— Espere. Tem mais, Gillian.

— Mais? O que você quer?

Quero virar-me, ver o seu rosto.

— Seu irmão está vivo. Falei com ele, encontrei-me com ele.

Gillian ri, como fez ao telefone.

— Esperava mais de você, Evan. Por favor, não me diga que estou cercada ou que a polícia está a caminho.

— É verdade, falei com Greg. Nós o trouxemos para Los Angeles.

— Está mentindo. Eles mandaram você me dizer isso?

— Não, é verdade. Ele me contou tudo, sobre o seu pai, a coleção de discos – aguardo um momento, mas não há reação. — Ele simulou suicídio, Gillian. Pra ficar livre de você.

— Não, isso não é possível – sua voz vacila ligeiramente.

— Você o pressionou demais, Gillian. Ele precisou se afastar de você. Não é mais capaz de tocar este saxofone agora. Eu o ouvi.

— Seu desgraçado – ela cospe as palavras. Posso senti-la aproximando-se. Agarro a amurada com mais força, preparo-me para saltar.

— Fique parada aí – soa outra voz calma, dura. É Coop em algum lugar atrás de Gillian. — Não se mova.

Viro-me então, mas é muito rápido. Só um vislumbre de Gillian. Por trás, um borrão num casaco de chuva leve, cabelos escuros e compridos. Ela investe contra Coop, agachado atrás dela, segurando a arma com as duas mãos. Algo brilha e lampeja sob a luz quando ela retalha o braço de Coop. Ele cai para trás, tropeça no estojo do saxofone.

Gillian se vira, olha brevemente para mim e então corre ao longo do píer. Vou até Coop. Ele está apoiado sobre um joelho, segurando o braço, o sangue escorre por entre os dedos, pingando no pavimento.

— A piranha filha da puta me cortou – diz ele. Tenta se levantar, mas não consegue. — Vamos pegá-la.

Olho para a outra extremidade do píer e vejo duas viaturas preto-e-branco, as luzes vermelhas piscando, bloqueando a rua no topo do ladeira, na entrada do píer.

Ajoelho-me ao lado de Coop. O sangue jorra do seu ombro. Rasgo minha jaqueta, enrolo-a ao redor do braço dele, perto do ombro. Mesmo na luz fraca posso ver seu rosto perdendo a cor enquanto ele entra em choque. Pego meu telefone e disco 911.

— No final do píer de Santa Mônica – grito no fone. — Preciso de uma ambulância, avisem os carros no alto do píer. Rápido.

Meu casaco está ensopado com o sangue de Coop. Fico sentado com ele, falando, abraçando-o.

— Vamos lá, cara, se segura.

São apenas minutos, mas parece uma eternidade até que ouço as sirenes, vejo a ambulância. Dois paramédicos me afastam de Coop e o colocam numa maca.

Antes que eu salte para dentro da ambulância, um dos tiras uniformizados vê o sangue em mim e pergunta se estou bem.

— Onde está a mulher?

— Que mulher? Não vimos ninguém.

14.

Coisas ruins acontecem em hospitais. Sempre me deixaram inquieto, mesmo como visitante. Com o acidente e a fisioterapia, me fartei do cheiro enjoativo do antisséptico, da atitude casual das enfermeiras, dos olhos assombrados dos pacientes aguardando seu destino e dos rostos sombrios dos amigos e parentes à espera de notícias.

Agora sou um destes rostos sombrios, sofrendo por Coop, pulando de susto toda vez que a porta da sala de emergência se abre, me perguntando se há tempo de ir lá fora fumar um cigarro, aguardando as primeiras notícias. Quando o médico finalmente sai, estudo sua fisionomia em busca de um sinal de que desta vez está tudo ok.

Apesar do corte profundo e da perda de sangue, ele me assegura que Coop vai ficar bom. Minha jaqueta impediu uma perda maior de sangue.

— O que foi aquilo, um bisturi? – ele quer saber. — Meu Deus, foi fundo mesmo.

Fica parado, olhando por cima do meu ombro enquanto alguém é trazido numa maca sobre rodas. Desloca o peso do corpo de um pé para o outro, impaciente para passar ao desastre seguinte e parecendo jovem demais para ser médico. Seu jaleco verde claro, o estetoscópio em volta do pescoço e os olhos cansados são suas credenciais

— Não sei o que foi. Tem certeza de que ele está bem?

— Cortou um pouco do músculo. Está fraco, mas está bem – diz ele num tom banal exasperante. — Já vi piores. Dê-nos alguns minutos para instalá-lo num quarto e poderá vê-lo.

— Obrigado, muito obrigado.

— De nada – diz, por cima do ombro.

Disco para Andie de um telefone público, mas, antes do segundo toque, ela, Ted Rollins e Wendell Cook são despejados para fora do elevador. Rollins vem à frente, exibindo o distintivo para dois guardas uniformizados, exigindo uma explicação. Olha para mim, não pergunta sequer pelo sangue em minhas roupas.

— Não devia estar com Sims? – pergunto.

— Não se preocupe com o irmão da maluca. Um substituto está tomando conta dele. Você tem de dar algumas explicações, companheiro.

Andie coloca a mão na boca quando vê o sangue na minha camisa, mas consegue não me agarrar. Wendell simplesmente olha feio e vai verificar com o médico o estado de Coop.

Andie e eu caminhamos pelo corredor para fugir de Rollins.

— O que aconteceu?

— Gillian telefonou logo depois que deixei você – e ponho-a a par de tudo. — Só pude pensar em ligar para Coop.

Vejo a raiva faiscar em seus olhos por um instante.

— Como foi que a perderam? O píer estava bloqueado – ainda não posso acreditar que ela escapou.

Andie sacode a cabeça e encolhe os ombros.

— Existem algumas escadas na lateral do píer. Aparentemente ela veio de barco e escapou do mesmo jeito – Andie pára, toca em meu braço. — Escute, seremos muito criticados por causa disso. Wendell quer um relatório completo. Depende de você o quanto deseja que ele saiba.

Balanço a cabeça, sabendo o que ela quer dizer. Voltamos para a sala de espera, onde Wendell e Rollins aguardam.

— O médico diz que pode vê-lo agora – Wendell Cook fala para mim. — Quarto 360.

Começo a me afastar, mas ele me impede, segura meu braço.

— Quero falar com ele também, se estiver em condições. Depois preciso ter uma conversa com você.

Balanço a cabeça e sigo em frente. O quarto de Coop está fracamente iluminado, a cama um pouco inclinada. Seu braço e ombro esquerdos estão enfaixados. Caminho até a cama. Ele pisca para mim.

— Ei, meu velho. Como vai? Estou viajando. Me deram umas drogas das boas. Tudo bem com você? – repara na minha camisa.

— Este sangue é seu. Você me deve uma jaqueta.

Consegue dar um leve sorriso.

— Assim que eu sair daqui. Algo de Abercrombie & Fitch? Ei, obrigado, cara.

Olho para Coop deitado ali, penso como a coisa passou perto e mordo o lábio.

— Não, Coop, eu fiz merda.

— Não havia nada que pudesse fazer. Eu devia ter estourado com ela, e tudo isso teria acabado. Não queria atingir você – fecha os olhos por um momento. — Wendell está lá fora? Preciso falar com ele.

— Está, vou chamá-lo. Vá devagar, ok? Vejo você amanhã.

— Não faça planos de ir a lugar algum.

Eu saio, encontro Wendell à espera no corredor, diante da porta.

— Vá em frente, as drogas estão fazendo efeito.

— Espere aqui – diz Wendell antes de entrar.

Eu espero, encosto-me à parede e dou um grande suspiro de alívio por Coop. Na área da recepção, vejo Andie e Rollins numa discussão acalorada. Posso imaginar do que se trata, o quanto Rollins está capitalizando em cima do meu erro.

Andie olha na minha direção, acena e desaparece no elevador. Wendell Cook sai.

— Tudo bem, deixe eu me livrar de Rollins e levo você de volta no meu carro.

Ignoro a cara feia de Rollins e acompanho Wendell até o estacionamento. Não diz nada até que estamos dentro do carro.

— Não sei se Coop está te acobertando, mas ele diz que não havia nada que ele ou você pudessem ter feito de diferente – Wendell suspira e dá a partida no carro. — Pelo menos temos uma descrição parcial.

— Eu podia ter deixado de me encontrar com ela, mas não havia tempo pra fazer outra coisa.

Quando paramos num sinal, Cook dá um tapa no volante.

— Uma porra de um barco. Quem poderia ter pensado nisso?

Lembro-me agora. Passei muito tempo no píer quando era garoto. Havia escadas de madeira que rangiam, desembarcadouros para pequenos botes de ambos os lados do píer. Nunca mais tinha pensado naquilo, até agora.

Cook desce a íngreme ladeira até o píer e encosta ao lado do meu carro. Olha para mim.

— Sabe, Horne, isso realmente está fora de controle. Coop é retalhado, Gillian escapa, e tudo o que temos é você e aquele estúpido saxofone.

— É, mas ela queria ele. E vai voltar pra buscá-lo.

JÁ EM CASA, TIRO AS ROUPAS e jogo na lixeira. Tomo um demorado banho de chuveiro, preparo um drinque e espero que o telefone toque. Gillian vai telefonar, eu sei disso. Coloco um pouco de música, escolhendo um disco de Keith Jarrett que inclui "Moon and sand". Estou pronto para ela; posso jogar o seu jogo. Quando o telefone toca, aumento o volume, aperto o botão de gravar na máquina acoplada ao aparelho. Deixo que ela ouça por um momento antes de falar alguma coisa.

— Você mentiu pra mim, Evan. Rompeu nosso acordo.

Não há nada de lânguido na voz dela agora. É cheia de amargura e traição. Este é o lado maníaco de que Andie falava.

— Não menti em relação a Greg. Não podia saber as coisas que lhe disse se não tivesse falado com ele. Você sabe disso.

— Não me importo com isso. Você mentiu pra mim. Tente descobrir quem é o próximo.

— Estarei à sua espera, Gillian. Venha me pegar – bato o telefone e sinto meu coração bater.

O telefone toca de novo, mas não atendo. Ouço minha própria voz na secretária eletrônica, mas não há música, não há mensagem alguma. Gillian já recebeu minha mensagem.

Termino meu drinque, ouço um pouco mais de Keith Jarrett e então caio na cama e durmo bem como não fazia há dias.

— É ASSIM QUE A COISA VAI ROLAR – diz Wendell Cook. — Ouvimos a fita da noite passada. Você a pressionou demais, por isso achamos que ela vai voltar à ativa.

Estou no escritório de Cook com Andie e Ted Rollins. A ausência de Coop me faz ficar ainda mais desamparado, mas quando verifiquei no hospital esta manhã, me disseram que ele estava descansando confortavelmente, seja lá o que for isso.

— É, fui longe demais, eu acho. Estava pensando em Coop.

— Devia ter pensado nisso antes de ligar pra ele. Foi um lance realmente burro – diz Rollins. Lança um olhar desafiador para Cook, mas ele não reage.

— A questão é – diz Cook — que você podia ter feito a coisa certa.

— O que quer dizer? – passei a manhã inteira me arrependendo de minhas ações, mas na ocasião tudo o que podia pensar era em Coop caído no píer, sangrando até a morte.

— Ela está raivosa – diz Andie –, e é aqui que vai cometer um erro. Esteve no controle da situação até agora, mas sabe que isso mudou. Vai começar a ficar descuidada. Nunca teria se mostrado se não fosse pelo saxofone de Greg. Agora ela diz que o acordo está rompido – Andie examina suas anotações. — "Tente descobrir quem é o próximo." É o que está na fita.

— E em que isso nos ajuda?

— Julgamos que sabemos quem poderia ser. Temos rastreado apresentações em concertos de grupos que podem se encaixar no perfil do alvo – Andie faz uma pausa e olha para Cook. — Conhece um grupo chamado Moontrane?

— Já ouvi falar, às vezes não dá pra evitá-los no rádio.

Andie olha para Cook, passando a bola para ele. Parece constrangida. Ambos sabem de algo que eu não sei e não estão a fim de me dizer o que é.

— Já alertamos o líder – diz Cook –, dando a opção de cancelar sem explicar muita coisa, mas ele se mostrou intransigente e vai continuar. Portanto... – coça a cabeça e depois continua. — Gillian quer você também. Se ela está pensando no Moontrane, você vai ser uma espécie de brinde.

— Não entendo.

— Queremos escalar você com o Moontrane para aquele concerto. Estarei lá, Ted também, com um monte dos nossos homens. Teremos a coisa bem coberta se Gillian aparecer.

— E o que o líder diz sobre isso?

Cook sorri.

— Bom, parece que ele conhece você, disse que gostaria de tê-lo junto ao grupo, mesmo sob tais circunstâncias.

— Ele me conhece? Quem é?

— Um cara chamado Nicky Drew.

Não digo nada por um momento, só desvio o olhar. Tocar com o Moontrane vai ser uma roubada. Mas Nicky Drew? Minha sorte continua piorando.

— Você o conhece, certo? – Cook pergunta. — Há algum problema nisso?

— É, eu o conheci. Escutem, não sei se isso vai funcionar.

Drew e eu nunca nos demos bem. Freqüentamos Berklee, tocamos juntos num grupo, e...

— Então qual é o problema? – Rollins quer saber. — Seu amigo está deitado numa cama de hospital e você preocupado com isso.

Ele levanta, caminha na minha direção, inclina-se sobre a mesa. Ergo o olhar para ele.

— Não preciso de você pra me lembrar disso, Rollins.

— Bom, talvez gostasse mais se a coisa partisse de Andie.

Olho para ela. Andie fica levemente ruborizada, mas não olha para Rollins. Cook olha para todos nós, varrendo nossos rostos, e finalmente pousando sobre o meu.

— Não sei o que está acontecendo aqui – diz ele –, mas a essa altura também estou me lixando. Temos muito a fazer até sábado, portanto, mãos à obra – e olha para Andie agora. — Você equaciona isso com Evan, marca um encontro com Nicky Drew, e partimos daí. Conto com sua cooperação nisso, Evan?

— Claro. Estou nessa. Onde é o concerto?

— Las Vegas.

No hospital, Coop está sentado na cama, sorrindo. Assiste à TV e fala com Natalie. Há um momento congelado em que ela me vê entrar com Andie. Nós três ficamos de pé, parados, nos entreolhando. Só Coop acha divertido e faz o melhor que pode para romper a tensão.

— Bom, provavelmente vocês estão todos se perguntando por que os convoquei aqui hoje – diz ele.

Andie e Natalie se fitam por um momento.

— Vou esperar do lado de fora – diz Andie, e sai antes que eu possa falar qualquer coisa.

Espero até que a porta se feche e então me aproximo da cama.

— Como vai indo, cara?

Excetuando a bandagem e o soro intravenoso, Coop parece quase o sujeito de sempre.

— Tudo em ordem, meu velho, estão me tratando bem. Tenho essa dorzinha no ombro, só isso. Não posso imaginar o que poderia ter acontecido.

— Ele teve muita sorte – diz Natalie. Seu olhar é acusador. Ela o sustenta por um tempo e depois se vira.

Coop rola os olhos.

— Ei, Nat, obrigado por ter vindo. Preciso falar com esse tocador de piano por um minuto, ok?

— Claro – diz Natalie. — Você melhora rápido.

Ela se inclina sobre a cama e beija Coop. Vai saindo do quarto, mas eu a intercepto.

— Pode esperar por mim alguns minutos?

— Acho que não – diz Natalie. — Você parece muito ocupado – e vai embora sem olhar para trás.

— Estou sentindo uma pequena tensão entre vocês dois? – Coop se mexe na cama e coloca a mão direita atrás da cabeça.

— É, pode chamar assim. Nossa conversinha não foi muito bem na outra noite. Ela acha que precisamos de algum tempo separados.

Coop ergue as sobrancelhas.

— Gostaria de poder contar a ela a história toda. Vamos, me atualize. Qual é a próxima jogada?

— Andie vem rastreando a lista das vítimas potenciais. Uma banda chamada Moontrane vai fazer um concerto em Las Vegas no sábado. Parece o alvo mais provável. Querem que eu me junte à banda e pegue a assassina.

— Não é o seu tipo de música?

— É pior do que isso. O líder é um babaca que conheci em Berklee.

— Tem de pagar algum tributo. Sábado, hein? Bom, eu já devo estar fora daqui. Há algum tempo não vou a Las Vegas – começa a ver que vou protestar. — Nem pense nisso. Quero estar nessa, ainda que seja pra ver como é que as coisas vão sair. Acha que ela vai aparecer?

— Ah, vai, ela vai aparecer. Ficou puta da vida comigo – olho para o meu relógio. — Bom, preciso ir andando, Coop. Se cuide.

— Você também.

No corredor, vejo Andie encostada à parede, de braços cruzados.

— Natalie passou por aqui?

— Passou – diz Andie. Os cantos de sua boca se curvam num leve sorriso.

— Disse alguma coisa?

— Disse. "Ele é todo seu".

NO TRAJETO ATÉ MALIBU, Andie lê um *press release* sobre Nicky Drew e o Moontrane. A chuva parou tão rápido quanto chegou, e agora a linha da costa parece um cartão postal.

— "Há mais em Nicky Drew e Moontrane do que discos de ouro" – lê Andie –, "e este próximo concerto em Las Vegas é um bom exemplo. Drew, um dos artistas de primeira grandeza do jazz, voltou a se dedicar à música que lhe trouxe fama e fortuna. 'Será um presente para os verdadeiros fãs do jazz', disse Drew em recente entrevista por telefone. 'Vamos fazer mais música acústica. Estou voltando às raízes, em busca de um som mais orgânico, em que o sax aparece em sua plena glória.'"

Andie olha para mim.

— Devo continuar?

— Quer dizer que vai piorar ainda mais?

— Receio que sim – diz Andie, prosseguindo. — "Sinto sinceramente que esse som me descobriu, e para provar isso vou levar meu velho amigo Evan Horne, dos tempos de Berklee, um pianista realmente sensacional, para o concerto de Las Vegas."

— Um som orgânico? Quem escreveu isso?

— Drew escreveu a maior parte. Ele insistiu – diz Andie enquanto passamos pelo píer de Malibu. — Siga em frente, é depois de Zuma, em Broad Beach Road.

Subimos a ladeira depois da Pepperdine University, à nossa direita, o Pacífico reluzente e azul à esquerda. Baixo a janela e respiro o ar marinho.

— Me conte um pouco sobre essa diferença entre você e Drew.

Encolho os ombros.

— Não há muito a contar, na verdade. Tivemos algumas aulas juntos, tocamos em um ou dois grupos. Ele já era abusado na época. Achava que era o sucessor de Cannonball Adderley. Organizou um grupo, conseguiu alguns trabalhos em Boston e arredores, e ficou puto comigo porque eu me recusava a tocar piano elétrico. Depois disso, cada um seguiu o seu próprio caminho.

Andie olha pela janela quando a estrada mergulha mais para perto do oceano.

— Você nunca faz concessões, não é?

— Isso é tão ruim assim? Escute, o que faço nada tem a ver com Nicky. Ele fez a sua escolha, eu fiz a minha. Eu não conseguiria fazer o que ele faz.

Ficamos ambos em silêncio por um tempo, até que chegamos ao sinal em Trancas Canyon.

— Ali está Broad Beach, lá embaixo – diz Andie, apontando para a esquerda.

Saio da rodovia costeira e pego a rua estreita da praia, passando por casas multimilionárias que, vistas dos fundos, não parecem mais que estacionamentos, garagens e caixas de correio sobre pedestais.

— Vá mais devagar – diz Andie. — É bem por aqui – verifica os números e aponta. — Lá, aquela ali.

A casa é toda branca, num estilo meio *art déco*. Estaria mais apropriada em Miami Beach. Viro o carro, desço a íngreme entrada que faz uma curva para a esquerda no final, e estaciono ao lado de um Dodge Viper e de um Porsche.

Desligo o motor e agarro o volante. Não estou muito a fim deste encontro. Saímos, caminhamos até a imensa porta ornada com entalhes e tocamos a campainha.

Nicky Drew, de short e com um suéter de malha de grife com as mangas cortadas, abre ele mesmo a porta, uma garrafa de cerveja na mão. Com a outra escova para trás os longos cabelos louros.

— Evan Horne – sorri para mim, e sei que vai se divertir com isso. — Cara, você não mudou nem um pouco.

— Nem você, Nicky.

Apertamos as mãos brevemente, mas seus olhos já caíram sobre Andie.

— Por favor, me diga quem é ela.

Andie assume uma postura oficial. Saca a carteira fina e mostra a identidade.

— Agente especial Andrea Lawrence, sr. Drew. Podemos entrar?

— Uau – diz Drew. Sorri para ela e coloca as mãos sobre a cabeça. — Não fui eu, eu juro – pisca e recua. — Vamos entrando.

Descemos dois degraus até a sala de estar. A parede oposta é quase toda de vidro e oferece uma vista espetacular da praia e do oceano mais além. Drew gesticula para um enorme sofá de couro branco de frente para a janela. Desaba numa espreguiçadeira de couro preto. Aperta um botão no braço da cadeira até que ela fica quase na horizontal.

— Ei, querem uma cerveja ou alguma outra coisa?

— Cerveja é uma boa.

— E você? – Nicky pergunta a Andie. — Vou ter de chamá-la de agente especial Lawrence?

— Andrea está bem. Só uma Coca pra mim.

— Ah, não tenho Coca, de verdade – Nicky diz isso e então ri às gargalhadas. Quando se recupera, fala: — Desculpe, você se referiu à versão líqüida.

Gira na cadeira e grita para a outra sala.

— Ei, gatinha, traga para o meu amigo Evan uma cerveja e uma Coca para a agente especial Andrea.

Momentos depois, entra na sala uma morena alta, os cabelos amarrados na nuca num rabo-de-cavalo, vestindo um biquíni, sandálias moles e uma camisa masculina de brim desabotoada. Não deve ter mais que 19 ou 20 anos. Coloca a cerveja e a Coca sobre a mesinha de vidro à nossa frente e olha para Andie.

— Nicky me falou que vocês – diz ela. — Você trabalha realmente no FBI?

— É isso mesmo, gatinha – diz Nicky. — Dê um alô a Evan Horne e Andrea Lawrence.

— Sou Karen – diz ela, e aperta nossas mãos. — Nicky diz que você é um grande pianista e vai encarar o lance de Las Vegas com ele.

— Acho que é verdade – digo.

— Não brinca! – diz Karen. — Nunca estive em Vegas. Mal posso esperar.

— É, bom, vamos ver – diz Nicky. Karen não o vê piscar os olhos para mim.

Andie se inclina para frente no sofá e toma um gole da sua Coca.

— Sr. Drew, Nicky, precisamos conversar – ela olha para Karen e sorri, depois olha para Nicky. Ele leva um momento para perceber.

— Certo. Temos de tratar de negócios, gatinha – diz a Karen. — Por que não vai até a praia e capricha no seu bronzeado?

Karen faz um beicinho durante três segundos e depois se levanta.

— Foi legal conhecer vocês dois – diz ela. Suas unhas foram pintadas em esmalte vermelho. Agita um dedo para Nicky. — Falo com o senhor depois, sr. Moontrane.

— Tudo bem, gatinha – diz Nicky, e então espera que ela saia da sala. — É uma das balizas da torcida do Laker. Consegue cadeiras de pista pra mim, bem perto do Jack Nicholson. Precisam vir comigo um dia.

— Sr. Drew – diz Andie –, quero deixar bem claro que isso é sério, o concerto de Las Vegas. Não queremos interferir com sua música, mas estamos lidando com uma pessoa muito perigosa, e o esquema de segurança será muito rigoroso.

Nicky olha para mim e depois para Andie.

— Ei, o FBI tem minha plena cooperação, não se preocupe. Contanto que os seus caras não fiquem zanzando pelo palco em ternos pretos com fones de ouvido ou coisa parecida.

Andie se permite um leve sorriso.

— Achamos que podíamos colocar algum pessoal ajudando sua equipe técnica, vestindo as mesmas roupas, ajudando a descarregar e a instalar equipamentos, esse tipo de coisa.

— Tudo bem, isso pode funcionar – diz Nicky. — Mas nada de *plexiglass* à prova de bala. Meus fãs querem me ver.

Andie encara Drew por um momento.

— Ela não usa arma de fogo, sr. Drew. Usa uma faca de algum tipo. Estou segura de que leu sobre as outras vítimas.

— É claro, eu li – responde Nicky. — Não posso acreditar. Ty Rodman e Cochise, os dois assassinados.

Sacode a cabeça. Sua expressão melancólica parece quase genuína, mas se recupera rapidamente.

— Claro que vou ter meu amigo aqui, Evan, bem ao meu lado.

— Evan é um chamariz, sr. Drew. Nada mais.

Nicky começa a tomar sua cerveja e então pára com a garrafa suspensa no ar.

— Acham realmente que essa mulher, que, segundo vocês, seria a assassina, vai aparecer?

Não há medo em seus olhos, mas Nicky Drew não estava no píer de Santa Mônica com Gillian. Para ele tudo não passa de uma notícia de jornal muito distante. É uma espécie de excitação extra para ele. Acho que gosta da idéia de cruzar com o perigo.

— Esperamos que sim – diz Andie.

Nicky toma um grande gole de cerveja e vira-se para mim.

— Tudo certo, então. Tenho uma fita que você precisa ouvir, cara, pra ter uma idéia do que estamos fazendo. Não creio que esteja familiarizado com o Moontrane, está?

— Nem uma nota – digo.

Nicky sorri e sacode a cabeça.

— Evan, o purista. Não, cara, você não mudou nada.

Andie fica de pé.

— Bom, vou deixar vocês com a música. Acho que vou caminhar até a praia e conversar com Karen.

— Legal – diz Nicky. — É só atravessar as portas de correr e sair da toca. Você vai vê-la. Vamos lá, cara – diz pra mim. — Vamos ouvir um pouco de música.

Nicky me leva para uma sala no nível inferior da casa. Está cheia de equipamentos de gravação, e as estantes nas paredes estão repletas de CDs. Há um pequeno bar completo, com uma geladeirinha, e na parede atrás do bar, emoldurados em vidro fumê, os CDs de Nicky. Uma coleção de fotos de Nicky em ação durante concertos adorna a outra parede. Num canto, dois saxofones altos repousam em seus suportes.

— Outra cerveja? – Nicky pergunta. Vai para trás do bar e pega uma para ele mesmo.

— Não, obrigado. Se importa se eu fumar?

— Não, acabei de largar, mas se quiser dar uns tapinhas... – ele desliza um cinzeiro redondo de vidro pelo tampo do bar, com a etiqueta de um de seus CDs impressa no fundo. Abre a cerveja e inclina-se sobre o bar. — E então, como é que tem passado, cara? Faz muito tempo desde Berklee?

— É, um tempão. Você parece que está indo muito bem.

— Sua mão está legal e tudo mais? Li a respeito. Que roubada.

— Estou ótimo, tenho um trio, um novo contrato de gravação com a Quarter Tone Records.

Nicky sacode a cabeça.

— Nunca ouvi falar. Gravadora pequena, não é?

— É, mas muita liberdade pra fazer o que eu quiser.

— E o que é isso? – Nicky quase dá um sorriso irônico. — Continuar correndo atrás de Bill Evans, Keith Jarrett?

— É o que eu toco, Nicky. Talvez um dia eu chegue lá.

— Mas por quê, cara? Porra, deixa crescer o cabelo um pouco mais, entra no funk, e eu poderia ajudá-lo a descolar uma boa grana – gesticula para mim com a garrafa de cerveja na mão. — Está vendo, você simplesmente não sacou. O bebop está morto. O lance é o jazz suave. Está no rádio, nas lojas da Tower Records. Cara, vou gravar um comercial de TV na semana que vem. A maioria das pessoas que compra CDs não sabe nem quem é Cannonball, muito menos Bird.

— São todas boas razões pra manter vivo o bebop. Este é o problema, muita gente acha que o jazz começou com você e com Kenny G, com Ty Rodman e Cochise. Você não está tocando jazz, Nicky, você está é *trocando* o jazz.

Ouço minhas próprias palavras e subitamente percebo como estou me parecendo com Gillian.

— Tudo bem, mas espere até ver e ouvir aquela multidão em Las Vegas. Ela poderá mudar o seu som.

Com as duas mãos sobre o bar, eu me inclino para adiante. Nick recua ligeiramente, mas o esgar nervoso ainda aparece em seu rosto. Disfarça passando os dedos por entre os cabelos.

— E então?

— Escute, Nicky. Não fosse pelo FBI, eu não chegaria a 20 quilômetros de você e do Moontrane. A propósito, usar este nome é um insulto a Woody Shaw. Quatro pessoas morreram até agora, e meu amigo foi gravemente ferido na outra noite. Entende isso? Quatro pessoas. Agora, se tocar com você ajudar a parar com isso, então é o que eu vou fazer. É o único motivo por que estou aqui. Estamos entendidos em relação a isso?

O rosto de Nicky fica cinzento por um momento.

— Claro.

— Ótimo, vamos cuidar da música então – Nicky me observa enquanto esmago o cigarro no cinzeiro-CD.

— Vamos nessa – diz Nicky. Ele vai até o sistema de som. — Este é o mix final do meu novo disco. Vou tocar um ou dois destes temas no sábado. Principalmente frases de blues ou algumas baladas sexies. Tudo o que você tem a fazer é tocar os acordes pra mim.

Aperta o play e ouvimos uma voz dizer:

— "Blue you", tomada sete.

Olho para Nicky. Ele encolhe os ombros.

— Ei, houve um problema técnico.

É principalmente o sax de Nicky acima de bateria, baixo, guitarra e dois teclados. Uma batida pesada, um pouco de guitarra *wah-wah*, alguns solos breves do pianista. Deixa a fita tocar ao longo de três faixas antes que eu o interrompa.

— É tudo igual assim? Este é o seu som orgânico?

Nicky sorri.

— É isso aí, hein? Dá um bom título, não acha? "Organic drew"? "Organic drew's blues"?

— Do cacete. Me diga só as tonalidades e vamos nessa.

Ele puxa meia dúzia de CDs de uma das estantes e passa para mim.

— Talvez queira dar uma ouvida nestes também.

Olho para o de cima. *The essential Nicky Drew* é o título.

Subimos de volta à sala de estar. Lá fora, na praia, vejo Andie conversando com Karen. Nicky acompanha meu olhar.

— E então, que tal é transar com uma agente do FBI?

Viro-me e fuzilo Nicky com o olhar.

— Não tenho a menor idéia.

— Ok, cara, fique frio. Se não foi nessa ainda, legal, mas ela está afinzona de você, cara. Qualquer um pode ver isso. Sei que alguma coisa está rolando.

Deixo passar.

— Vou viajar com vocês no mesmo avião, eu acho, sábado de manhã, pra que pareça tudo nos conformes.

— Claro, aeroporto de L.A. às nove. Diga à sua agente especial que pode colocar dois dos seus caras junto da equipe de som. Ninguém vai notar. Nunca conseguem acertar a porra do som, de qualquer maneira.

— Vou dizer a ela.

— Quando for pra casa esta noite, pro seu pequeno apartamento ou seja lá onde for que você more, pense no lugar onde eu moro, no que eu tenho. Poderia mudar de opinião quanto à minha proposta.

— Já pensei sobre isso, Nicky. No minuto em que entrei aqui.

15.

Em casa encontro uma mensagem de Paul Westbrook. É uma daquelas que quase não desejo responder.

— Evan – diz Westbrook –, tenho tempo de estúdio reservado para as próximas terça e quarta-feira. Vocês estão prontos? Posso adiar, se quiserem, mas aí vai demorar meses.

Mentalmente dou um suspiro de alívio.

— Não, estou pronto, estamos prontos. Vamos só fazer mais um ensaio.

— Tudo bem – diz Westbrook. — Estou ansioso pra ouvir.

Alguns momentos de silêncio.

— Tudo em ordem?

— Tudo, nada com o que se preocupar.

— Ok, então vejo vocês na terça-feira.

Ligo para Jeff Lasorda e combino o ensaio.

— Amanhã ou depois – digo a Jeff. — Estarei fora da cidade no fim de semana.

— Não tem problema – diz Jeff. — E toda aquela história já se resolveu?

— Que história?

Jeff espera um momento para que eu elabore.

— Ok, não vou entrar nisso – diz Jeff, o eterno diplomata.

— Está tudo certo, Jeff. Tudo o que quero é que se preocupe com a música.

— Eu sei, cara, pode ser realmente uma grande chance. Amanhã à tarde será legal pra ensaiar. Ligo pra você de novo.

— Obrigado, Jeff – desligo e desejo que a música fosse tudo

com o que eu tivesse que me preocupar, mas dois envelopes de correio me lembram que há mais.

O cartão postal não está assinado, mas é de Gillian. Na frente há uma foto de Charlie Parker, uma das centenas tiradas ao longo dos anos. No verso há outro dos poemas dela.

Fables of Faubus
Better Git It in Your Soul
Good-bye Porkpie Hat*

Não preciso de Ace para me dizer o que é o chapéu no formato da empada de porco, com copa lisa e abas reviradas. Era a marca registrada de Lester Young, assim como seu jeito de segurar o tenor inclinado em ângulo. Os três versos do haicai são todos títulos de temas de Mingus, todos do álbum *Mingus Ah Um*. Mas Lester Young, o Prez, tocava tenor; Mingus era contrabaixista. Qual a ligação? Talvez Moontrane e Nicky Drew não sejam o alvo de Gillian.

Procuro na minha coleção, encontro o álbum e examino os títulos. Um dos tributos de Mingus a Parker, "Bird calls", abre o segundo lado, mas isso não parece o bastante. O que seria então? Algo no título das canções? "Git it in your soul" é quase uma peça *gospel*. "Porkpie hat", para Prez, é uma balada pungente. "Fables of Faubus" é tão complexa quanto o movimento dos direitos civis para o qual foi composta. Coloco o álbum e escuto os dois lados, mas nada me ocorre, apenas respeito renovado por Mingus como compositor e pelo nível dos músicos.

Talvez eu esteja forçando demais. Tem outra coisa que me importuna, algo que vi nos últimos dois dias, mas não posso detectar.

---

* Literalmente, "Fábulas de Faubus / Melhor Sacar na Sua Alma /Adeus Chapéu de Copa Lisa". (N.T.)

Saio e caminho pelo calçadão da praia, talvez agora pela última vez. A outra carta é uma notificação de despejo. Os incorporadores que andavam atrás da minha vizinhança finalmente venceram. Deram-me um aviso de 30 dias para deixar o apartamento. É tudo muito polido e comercial, mas a conseqüência é que tenho de me mudar. De certo modo, isto não tem o impacto que eu esperava.

Sigo para o norte, tentando equacionar a coisa, sabendo que cada comunicação de Gillian me leva mais perto de Andie Lawrence. Será isso a única coisa que me empurra para ela? Sinto como se não soubesse de mais nada, exceto o quanto desejo que esse caso esteja terminado.

Volto depois de uns dois quilômetros, decidindo que quero conversar com Cal Hughes sobre o disco. Ele está em casa e me cumprimenta com pouca surpresa. Para variar, não está lendo. Está assistindo a um filme antigo, *Janela indiscreta*, de Hitchcock.

— Não me deixe interrompê-lo, digo, enquanto vejo Jimmy Stewart apontar sua câmera para as janelas em frente.

— Não está interrompendo. Eu sei o final do filme – diz Cal. — É assim que o FBI funciona, entrando na vida das pessoas sem que elas saibam até que seja tarde demais.

— Que quer dizer?

— Como está se saindo com o governo?

— Do que está falando?

— Vi aquela agente, como se chama? Lawrence? Vocês dois são uma parceria agora?

— Não somos, mas podíamos ser.

Cal pára a fita quando Jimmy Stewart dá um *zoom* sobre Raymond Burr.

— Só tome cuidado. Eles sabem muita coisa sobre você agora.

— Andie Lawrence jogou limpo comigo.

— Jogou? Está se esquecendo de que muito antes de o trazerem para o caso passaram um pente fino na sua vida e na de todo mundo com quem você está ligado. Se há uma coisa que eles são é detalhistas.

Olho para Cal e subitamente sei do que ele está falando.

— Entraram em contato com você?

Cal encolhe os ombros.

— Não precisaram, a não ser para atualizar minha ficha. Tenho uma velha relação com eles. Ah, não se preocupe, não foi nada subversivo, a não ser que você considere oferecer aulas de piano em Watts uma atividade anti-americana – Cal acende um cigarro. — Me deram um sufoco; acharam que o que eu fazia era recrutamento de Panteras Negras, um cara branco trabalhando com garotos negros em Watts. Alguns dos meus compromissos foram cancelados, e no início eu não saquei. Então amigos me ligaram, disseram que tinham sido interrogados, queriam conhecer minhas motivações. Que diabo, eu achava que estava fazendo uma coisa boa. De qualquer maneira, entrou para a história, aconteceu muito antes da sua época – Cal me estuda por um momento. — Você não sabia, eu acho.

— Não, eu não sabia. E como sabe que verificaram você de novo?

— O mesmo amigo me ligou, me avisou: "Estão observando você de novo, Cal."

— Lamento, Cal. Posso falar com ela se for um problema pra você.

— Não se preocupe, não há nada que possam fazer contra mim agora. Não faça nenhum acordo com eles em relação a mim – Cal se levanta e vai até a cozinha.

Andie me deve algumas explicações. Quero saber até que ponto ela encenou no seu relacionamento profissional comigo. Cal volta com um drinque para nós dois.

— Estão perto de pegar a maluca?

— Muito. Talvez neste fim de semana. Estou indo pra Las Vegas, tocar com um grupo chamado Moontrane. Acham que ela pode tentar alguma coisa lá.

— Nunca ouvi falar nesse grupo. Claro, estou ligeiramente em descompasso com a América de hoje.

— Cal, tem um favor que eu gostaria de lhe pedir.

— Peça.

— A gravação ainda está de pé. Gostaria que estivesse lá quando fôssemos gravar.

Abaixa a mão e esfrega a cabeça de Milton.

— Não estou saindo muito de casa esses dias.

— Eu me sentiria melhor se você estivesse lá, me ajudasse a escolher as tomadas, aquele tipo de coisa. Conhece meu jeito de tocar melhor do que ninguém.

— Não precisa de mim, Evan. Simplesmente confie no seu instinto.

— É, mas eu gostaria, mesmo assim.

Cal acende outro cigarro e larga o drinque.

— Deixe eu pensar a respeito.

— Por favor.

— Isso está realmente mexendo com você, não é?

— Acho que sim.

— Clareie o seu pensamento antes de entrar naquele estúdio.

Aceno com a cabeça.

— Eu sei, tenho de fazer isso.

Paro no apartamento de Andie a caminho de casa. Ela abre a porta, sorri e não parece surpresa.

— Entre. Estou trabalhando com uma papelada.

Eu a acompanho para dentro, entrego-lhe o cartão postal de Gillian.

— Chegou hoje.

Ela apanha, olha para a foto de Bird e vira para ler o poema.

— Ela voltou à forma do haicai. Cinco, sete e cinco sílabas.

— São títulos de composições de Mingus. Dei uma escutada no álbum, mas não pude encontrar nada que se ligasse com Nicky Drew.

Andie mantém os olhos sobre o cartão postal.

— Tem cerveja na geladeira, se quiser.

— Na verdade, prefiro café.

— Claro, vou fazer um pouco de café – vai à cozinha e enche a cafeteira. — Talvez a gente esteja indo longe demais. Talvez não seja a mensagem, mas o haicai, as sílabas.

— Não estou te acompanhando.

— O número 17, ou sete mais um: oito. Um aniversário, algo assim. Um código de área, um código postal?

— Não, acho que estamos viajando. Deve ser algo com o título daquelas canções. De qualquer maneira, vamos ficar sabendo no sábado.

Andie serve duas canecas de café e traz para a mesa. Eu a observo beber e estudar o cartão um pouco mais.

— Me fale de Cal Hughes, Andie.

— Cal Hughes? – ela ergue os olhos, mas não rapidamente o bastante para eu ver a mudança em sua expressão.

— É, um velho amigo meu, pianista, um dos melhores da sua época.

Ela pousa a caneca e olha para mim.

— Evan... Ok, eu li a ficha dele. Foi feita há muito tempo.

— Mas você teve de verificar de novo, não foi?

— Evan, não é o que você pensa.

— Não é? E quanto à minha ficha, Andie? Não tenho uma ficha também?

— Você sabe que tem. Da primeira vez que esteve no Edifício Federal, Wendell lhe falou algumas coisas, coisas sobre você e Natalie. Deve ter adivinhado.

— E lembre da primeira vez que jantamos na praia. Você perguntou tudo sobre mim, como se estivéssemos apenas nos conhecendo num primeiro encontro, mas já sabia as respostas. Perguntou sobre minha família e quando não respondi você disse, "Ok, não vamos entrar nisso". Está lembrada?

Ela olha para baixo.

— Claro que me lembro. Mas eu não sabia então que nós... que o que aconteceu entre nós iria acontecer.

— Gostaria de acreditar nisso, Andie, realmente gostaria.

— Acredite, Evan. Quando você entrou naquele escritório eu não sabia o que esperar, certamente não que eu fosse...

Levanto-me e vou até a varanda fumar um cigarro. Andie vem atrás de mim.

— Estávamos pedindo que nos ajudasse. Eu precisava saber o máximo possível sobre você. É a política do FBI. Não vou pedir desculpas por isso.

— Não, acho que você não precisaria.

— Tínhamos de contar com a sua confiança também – ela continua.

— E Ted Rollins não se encaixava muito bem no esquema, não é?

— Não – ela ri. — Sinto muito.

— O quê?

— Estou tentando imaginar você e Rollins jantando juntos.

— Bom, é difícil imaginar.

— Então está repensando a nosso respeito?

— Estou repensando uma porção de coisas, Andie.

— Vai me dizer quando tiver chegado às suas conclusões?

— Você será a primeira a saber.

NO AEROPORTO DE LOS ANGELES, a visão mais bem-vinda é a do baixista esparramado num dos bancos diante do portão da United. Um pacote de salgadinhos de tortilla, uma Coca e seu baixo elétrico, todos ao alcance da mão. Ainda esguio e alto, Buster Browne não ganhou um grama apesar da dieta de lanchonete e outras porcarias. Usa fones de ouvido e sua cabeça balança levemente acompanhando a música do toca-CDs portátil enquanto se concentra num livro à sua frente.

Dou um tapinha no seu ombro. Ergue os olhos, sorri e tira os fones de ouvido.

— Ei, cara, acabei de saber que estava nesse show – diz Buster. — Mas não sei por quê. Soube que arrasou na Bakery.

— Olá, Buster – olho para o livro, um romance de Thomàs Pynchon. — Coisa pesada, Buster.

— É, ler Pynchon é como ouvir Ornette Coleman. E então, o que é que está fazendo realmente aqui?

— É uma longa história. Conto a você no vôo – coloco minha sacola de viagem no chão e me instalo num assento a seu lado.

— Legal – Buster diz, mas seu sorriso se dissolve. — Nada de muito esperto rolando neste show, não é? Quero saber minhas deixas com você.

— Não se preocupe, vou avisá-lo. Está com Nicky há muito tempo?

— Uns dois meses. Muita grana, mas muita cobrança também. Você vai ver. Ficamos brincando com as notas durante 20 minutos, às vezes, enquanto ele dança pelo palco. É como um Kenny G ligado em anfetaminas. O baterista vai acabar com você. Toca uma batida chapada tão forte como se estivesse marretando cravos em trilhos de trem. Espero que tenha tampões de ouvido.

— Mal posso esperar.

— Está vendo o cara louro ali? – Buster aponta para um homem alto e magro com cabelo crespo cor de palha. — Adivinhe o nome dele.

— Louro?

— Acertou. Intitula-se nosso coordenador de blues – Buster olha por cima do meu ombro. — Sujou – diz ele. — Aí vem o homem.

Nicky Drew se aproxima, vestido para a estrada, todo de preto. Um relógio Rolex desponta de baixo dos punhos da camisa, mas por um momento é o seu chapéu que me chama a atenção. Agora eu entendi a conexão.

— Estou vendo que se conhecem – diz ele. — Tudo bem, Evan? – ele nota meu olhar. — Gostou do chapéu, hein?

— Tudo é legal. Tem muito estilo – olho para Buster. — Tem sorte de contar com o Buster aqui no baixo.

— Verdade? Achei que era ele que tinha sorte de estar comigo. Onde está o seu pessoal, os agentes especiais?

— Não se preocupe, vão chegar.

— Assim que nos registrarmos no hotel, vamos até o parque para uma passagem de som.

Nicky afunda o chapéu de novo na cabeça e sai para falar com Karen, o foco de todos os olhares masculinos na área. Uma mini-saia de couro preta e blusa em ouro vivo com os botões de cima abertos é o seu uniforme do dia.

— Que sujeito, hein? Pelo menos não é John Tesh – diz Buster. — O que ele quer dizer com agentes especiais? Estamos falando do FBI?

— Apenas uma segurança extra pro concerto. Tem lido os jornais?

— Quer dizer Cochise e Ty Rodman? Claro – Buster me estuda por um momento. — É por isso que está aqui, não é?

— Não se preocupe com isso, Buster.

— É, aposto que foi o que disseram ao contrabaixista do *Titanic* – olha para mim de novo. — Bom, acho que é tudo o que quero saber – põe os fones de ouvido de novo e pega seus salgadinhos e seu livro.

Vejo Andie emergindo da multidão, mas está sozinha. Caminho na sua direção e intercepto-a.

— Onde está todo mundo?

Ela tem um ar elegante e oficial de terno escuro e calças.

— Pegaram um vôo mais cedo – diz ela. E Coop convenceu-os a levarem-no também. Diz que conhece o cara da polícia local e que vai ajudar na interface. O tenente John Trask. Você o conhece?

— Ótimo. Vai ficar contente em me ver. Já nos cruzamos antes, no ano passado, no caso do assassinato do colecionador de discos.

Andie sorri.

— Você circula, não é?

— É, sou assim, o detetive viajante.

— Preciso falar com Drew. Quer vir comigo?

— Acho que não. Quanto mais distância eu der a ele, melhor. Mas preste atenção no chapéu dele.

— Chapéu? – ela olha pelo saguão e localiza Drew. — Meu Deus, um chapéu *porkpie*.

— Lembro de ter visto umas fotos na sua casa no outro dia. Não dei muita atenção na hora.

Deixo Andie com Nicky Drew e apresento minha carteira de motorista no *check-in*.

— Tenha uma boa viagem, sr. Horne – diz a comissária ao me dar o cartão de embarque de primeira classe. Eu devia saber. Embarcamos poucos minutos depois, apenas com um pequeno atraso, enquanto Nicky dá autógrafos para as comissárias de vôo. Ele e Karen ocupam os dois primeiros assentos; eu me sento com Andie. Buster e o resto da banda estão na classe econômica. Buster tinha razão. Que cara.

Aperto meu cinto de segurança e fecho os olhos durante a decolagem, perdendo-me no zunido dos motores, contente em fugir, ainda que por uma hora. Desde terça-feira eu conseguira fazer mais um ensaio com Jeff e Gene, e acabara de detalhar a seção de gravação com Paul Westbrook. Escolhemos uma lista de temas, e o trio está tão pronto quanto possível. Se eu sobreviver a esse concerto, se Gillian aparecer, se Gillian for capturada. Se, se, se.

Quando abro os olhos e me viro para Andie, ela está me observando. — Pensei que estivesse dormindo – diz.

— Não, apenas pensando.

— Está quase no fim, Evan – ela estende o braço e aperta minha mão.

— Realmente acha que Gillian vai dar as caras?

— Se aparecer, estaremos prontos pra ela.

— Vai contar a Drew sobre o chapéu?

— Não. Adiantaria alguma coisa?

— Provavelmente não.

Tomamos café e quase antes de o avião nivelar, sinto o início da descida gradual para Las Vegas. Minha única vez na primeira classe, e não durou muito.

Coop está à nossa espera com Wendell Cook, no portão, ao lado de John Trask, que me dá um rápido olhar e então me ignora completamente. Talvez pense que estou apenas com a banda.

O único sinal de que Coop foi ferido é a grossa bandagem no seu braço, que não entra na manga do paletó. Ele ergue-a com a outra mão e acena para mim.

— Ei, meu velho. Viajando em alto estilo agora, não?

— É bom ver você na área, e esperto, Coop.

Percorremos a longa distância até a área das bagagens, passando pelos caça-níqueis, e pegamos a esteira rolante, onde anúncios sussurrados das estrelas nos dizem para ficarmos à direita.

Do lado de fora uma limusine branca comprida espera por Nicky e Karen, um caminhão aguarda pelos instrumentos e o resto do equipamento.

— Ao meio-dia, rapazes – diz Nicky Drew. — No parque.

Andie segue com Cook durante o breve trajeto de carro até nosso hotel. Dois dos homens de Trask entram na limusine com Nicky e Karen. Buster e o resto da banda se amontoam em táxis. Coop e eu pegamos um dos nossos carros.

Estamos num hotel de uma cadeia pouco além do Strip. Tenho tempo apenas de explorar um pouco o quarto quando o telefone toca.

— Evan, Ace. Me diga que não é verdade.

— Receio que sim. Fique de fora, Ace. Isso não é pra você. Eu ligo depois.

— Que merda – diz Ace. — Vai realmente fazer isso, não? Transformaram você numa isca.

— Não sei do que está falando, Ace.

— Nada mais o faria tocar com uma banda como Moontrane – pára por um momento. — Bom, espero não o ver no noticiário das seis horas. Boa sorte.

— Obrigado, Ace. Ligo pra você depois.

Desço. A limusine de Nicky já partiu, mas há dois carros para nos levarem até o parque. Agarro Buster.

— Vamos, venha com a gente – entramos num dos carros com Coop, e eu apresento Buster.

— Ah, então este é Buster Browne – diz Coop, lembrando-se do caso de Lonnie Cole.

— O que aconteceu com o seu braço? – Buster pergunta.

Coop pisca para mim.

— Um agressor desconhecido. Cruzei o caminho com uma faca.

Buster olha para mim.

— Meu Deus, eu devia ter ido com John Tesh.

Seguimos para leste depois do Tropicana, passando o New York, New York, um dos hotéis mais novos, e entramos na I-15, passando além dos hotéis do Strip. À luz do dia, existe uma qualidade surreal em Las Vegas. No trevo 95 seguimos para o norte e logo chegamos ao Summerlin Parkway e à entrada para Hills Park.

Os carros encostam ao lado da limusine de Nicky e de um trailer que servirá de camarim portátil. O parque em si é grande, ladeado por uma escola primária e por um campo de beisebol. O público se senta no gramado diante do palco circular de cimento. Um dossel branco cobre o alto e os fundos. O palco é um foco de atividade, com técnicos de som puxando cabos, instalando microfones. Pessoas demais, aberto demais, eu acho. Gillian nunca chegará perto disso.

Vejo Ted Rollins numa jaqueta amarela com "Segurança" escrito nas costas, dando instruções a um grupo vestido de maneira semelhante. Espalham-se em leque pelo terreno. Um deles mostra para nós o trailer estacionado atrás do palco, e eu tenho um vislumbre do camarim de Ty Rodman no Santa Mônica Civic. Há dois guardas do lado de fora, examinando todo mundo que se aproxima.

Caminho até os fundos do palco, onde o piano eletrônico está sendo instalado.

— Quer experimentar? — o técnico pergunta.

— Não, pra falar a verdade.

Sento-me e ligo a coisa. Estamos flanqueados por alto-falantes de dois metros de altura e grandes monitores à frente. Tento alguns acordes, mas parece esquisito. O toque não conta nada nestes teclados. Por mais forte ou mais leve que você toque nas teclas, o som é o mesmo. A ação é fácil demais.

Olho para o baterista enquanto ele senta atrás de um equipamento imenso, sendo rapidamente escondido por meia dúzia de pratos. Um técnico com um fone de ouvido fala num microfone e olha para o centro do parque, onde fica o painel do controle de som. Ele passa o braço por cima do meu ombro e toca numa tecla.

— Vamos o ver o que temos – diz para mim.

Toco alguns acordes, tentando me acostumar à resposta do teclado. O som volta para mim em eco pelos alto-falantes dos monitores. Vejo o alto da cabeça do baterista acenar para mim. Ele me espia por baixo de um prato e sorri. Buster se junta a nós, liga seu baixo na tomada de um imenso amplificador e checamos cada instrumento durante 20 minutos aproximadamente. Só então Nicky aparece, de jeans e camiseta, seu sax alto pendendo da correia ao redor do pescoço.

Caminha até o microfone da frente e sopra uma rajada de notas ao estilo de Bird, principalmente em minha homenagem, acena para a cabine de som e então se vira para nos encarar.

— Ok, vamos tocar uma música – diz. — "New blues".

Bate o pé para marcar o andamento, e sou quase ensurdecido pelo som do baixo de Buster. Rebate e ressoa pelo palco e vem pousar no meu estômago. Buster olha para mim e se desculpa com mímica.

O baterista parte com tudo, enquanto as luzes do palco se acendem e produzem o brilho dos seus pratos, oscilando precariamente nos suportes. Louro, o guitarrista, aponta o braço da sua guitarra na direção de Nicky e então se vira para trás e pisa no pedal *wah-wah*, enquanto suas cordas gritam pela vida. Bem-vindo à *fusion*.

Nicky caminha pelo palco, soprando descontraidamente, parando junto a cada um de nós para ouvir. Quando chega perto de mim, pára e se debruça.

— Legal, cara. Vai gostar de tocar esta merda.

Passeia pelo palco e então volta ao microfone e sopra dois *choruses* antes de partir para cima da gente como um jogador de basquete, erguendo a mão para parar. Subitamente a cacofonia cessa, mas o eco permanece por um momento.

Nicky dá um passo à frente e empurra os óculos escuros sobre a cabeça.

— Ei, não disse a vocês, esse cara sabe tocar.

Deixa o saxofone pender solto e bate palmas.

— Grande, Evan, grande. Vamos arrasar com essa galera.

Olho para Nicky por um momento e depois para Buster.

— Não fiz nada, Nicky. Não conseguia nem ouvir o que estava tocando.

Nicky consegue manter o sorriso no lugar.

— Legal, cara, realmente legal. O cara nem sabe o quanto é bom – olha para o Rolex. — Ok, rapazes, temos uma hora. Relaxem, voltamos às três.

Nicky pára e fala baixinho comigo.

— Foi mal, Evan. Não pode ficar sentado ali curvado sobre o piano como se fosse Bill Evans na porra do Village Vanguard. Tem de encarar esta merda, cara.

— Algum problema? – estou me levantando do banco do piano e nenhum de nós dois viu Andie chegar por trás.

— Nenhum problema – digo.

Nicky se vira e fuzila Andie com o olhar.

— Não me importa se você é do FBI ou não – diz ele. — Ninguém vai foder com o meu concerto. Todo mundo tem de estar no clima, ou não funciona.

Todos no palco gelam um momento ao som da voz de Nicky.

— Não se preocupe, Nicky. Vou dar um jeito de fazer a coisa legal.

— E entenda uma coisa, Nicky – diz Andie. — Vamos cancelar o seu concerto, se necessário. Estamos aqui por dois motivos. Para protegê-lo e fazer a coisa parecer tão normal quanto possível.

— É, tudo bem – diz Nicky. Vira-se e se afasta. — Bom, o que é que todo mundo está olhando? – grita.

— Encantador – diz Andie. — Vai conseguir levar isso até o fim?

— Vou, se encontrar um jeito de dominar esta coisa – eu digo, apontando para o piano. — Se não pode vencê-los, junte-se a eles. Neste caso será legítima defesa.

— Quer dar uma caminhada?

— Certamente. Preciso clarear a cabeça.

Descemos os degraus até o gramado. Uma área bem em frente ao palco está cercada por cordas, e Rollins e várias outras pessoas da segurança conversam. Alguns espectadores que chegaram cedo já estão espalhados por ali, olhando para o céu escuro e nublado, mantas espalhadas, lanches preparados, talvez não saibam que serão detonados pelos alto-falantes. Ou talvez não se importem.

Andie e eu caminhamos até a extremidade do parque.

— Espere um minuto – eu corro até a cabine de som, que hoje é um painel sobre uma mesa, numa área de piquenique tomada pelo Moontrane para o concerto. Tem um sujeito com uma jaqueta de segurança e dois caras de jeans e camiseta junto ao painel. Um deles escuta algo nos fones de ouvido. O guarda de segurança se levanta quando me aproximo.

— Sou o tecladista – digo, erguendo a mão. — Vocês podiam me dar um pouco mais de monitor?

O primeiro cara dá um tapinha no que está com os fones de ouvido. Ele tira os fones e olha para mim.

— Ele quer mais monitor de retorno, Steve.

— Vou tentar – diz Steve. — Mas o *feedback* vai atravessar se forçarmos muito. Soa bem daqui. Dá uma ouvida.

Ele me passa os fones de ouvido e eu os coloco. São os blues que tocamos durante a passagem de som. O alto de Nicky domina, é claro, mas o teclado se faz ouvir claramente, num mix quase profissional.

— Estou impressionado. É que lá eu tenho dificuldades de ouvir.

— Vai se acostumar – diz Steve. — Se o problema continuar, faça um sinal para aumentar o volume.

— Obrigado.

Quando volto até Andie, ela está falando no celular.

— Certo, ficaremos de olho nele por aqui – diz e desliga.

— Quem era?

— Um dos caras do hotel. Greg Sims se perdeu. Ele estava com Coop.

— Greg? Ele está aqui? Por quê?

Andie encolhe os ombros.

— Wendell achou que poderia ser útil se Gillian aparecesse – Andie percebe minha apreensão. — Não se preocupe, está tudo sob controle. Estarei nos bastidores e em comunicação com Wendell o tempo todo. Rollins e o seu pessoal estarão bem na frente do palco. Temos pessoas em todas as entradas. Ninguém vai conseguir atravessar.

— E o...

— O trailer? Já temos dois homens nele.

— Me avise se Greg aparecer aqui. Gostaria de falar com ele.

— Está bem – diz Andie. — Vou checar a entrada principal.

— Ok – eu caminho de volta para a área do palco e contorno até o trailer. O parque está se enchendo rapidamente. Parece que a lotação foi esgotada; Nicky deve estar feliz. Encontro Buster Browne encostado à parede de camisa e calças pretas.

— Para que a fantasia de Zorro?

Buster sorri.

— Bem-vindo ao rock'n' roll. Tem uma dessas pra você também.

— Está brincando.

— O público tem de saber. Nicky é o mocinho. Vai se vestir de branco. Ei, isso passa logo – diz Buster.

— É, como uma obturação de canal.

Deixo Buster e vou ao camarim. Minha fantasia preta está pendurada na porta com meu nome preso por um alfinete. Nicky pensou em tudo. Visto a roupa, dou uma olhada no espelho e sacudo a cabeça. Como é que vou superar esse vexame?

A caminho do palco, encontro com Nicky. Buster tinha razão. Ele está todo de branco, numa espécie de macacão.

— Ei, Evan – diz ele –, estou indo pra limusine por um minuto. Quer dar uma cheiradinha?

— Não, obrigado.

— Você é quem sabe. Faltam poucos minutos, cara, e vou estar fazendo história mais uma vez.

Vejo Nicky sair e ouço por um minuto música gravada em fita tocada pelos alto-falantes. Lá fora posso ver que o parque agora está quase cheio. Algumas pessoas estão de pé e dançam, esquentando para o concerto. Nos bastidores, um sujeito com uma camiseta da Rádio KUNV está sorrindo, balançando a cabeça ao som da música, uma das gravações de Nicky.

Ele me vê chegar e estende a mão.

— Oi – diz. — Don Gordon. Sou o apresentador hoje. Vocês são fenomenais, sabia?

Quase chega a soar verdadeiro.

— Obrigado.

Buster, o baterista e o guitarrista aproximam-se por trás.

— É isso aí, vamos nessa – diz Buster.

Caminhamos até o palco e assumimos nossos lugares. Procuro por Gillian. Buster liga o amplificador.

— Nós brincamos um pouco até ele entrar – diz. — Pode demorar um pouco.

— Mal posso esperar – digo, sentando-me ao piano. Não há mais música com que me preocupar, então procuro Gillian.

16.

— Está pronta, Las Vegas? – grita o apresentador. Ele caminha de um lado para o outro na frente do palco, com um microfone sem fio, olhando para nós para ter certeza de que estamos prontos.

— Estaaaamos – a multidão responde. Está escuro, ameaça chover, mas isso não impediu que as pessoas viessem. Os refletores do palco me impedem de ver muito longe, mas, pelo som, o parque provavelmente está cheio.

— Muito bem, então, Las Vegas, sua saudação para Nicky Drew e o Moontrane, aqui e agora!

Buster bate o pé marcando o tempo e lá vamos nós. Vejo minhas mãos no teclado, mas, entre o ruído da multidão e o rugido dos amplificadores e dos alto-falantes, não consigo ouvir uma nota. A guitarra uiva estourando os tímpanos, a bateria martela e o zumbido do baixo de Buster ressoa e fustiga o dossel de plástico que cobre o palco. Uma improvisação básica sobre três acordes é tudo o que temos de tocar enquanto o guitarrista entorta as cordas e convulsiona seu corpo durante quase cinco minutos.

O teclado está disposto em ângulo, de modo que posso ver Andie do outro lado, de pé nos bastidores, uma mão segurando o transmissor de rádio, a outra cobrindo o ouvido. Coop está logo atrás dela. Abre os braços e encolhe os ombros, dando a entender que não há sinal de Greg Sims, e, pelo menos por enquanto, Gillian também não apareceu.

Louro arrasta os pés até mim, apontando o braço da guitarra como uma espingarda, e então gira-a ferozmente para o fundo do palco e misericordiosamente libera as duas mãos sob o rugido da multidão. Minha vez de solar?

Buster e o baterista olham para mim, Buster como se estivesse querendo saber o que eu vou fazer e esperando que não seja nada que ele venha a lamentar. Levanto a cabeça e então corto o ar com meu braço, isolando-os e continuando sozinho. Deixando o volume cair para um sussurro, vou encontrando o meu caminho no improviso, brincando em cima dos três acordes. Lanço um olhar para Louro, que está me olhando apatetado, os pés plantados, as mãos nos quadris. Ele gira, olha para as laterais do palco em busca de Nicky. Isso não faz parte do plano, mas Nicky não está lá.

Eu o ignoro e tiro do fundo do baú cada clichê do funk que já ouvi na vida, aumentando gradualmente o volume, e então dou outro sinal com o braço, a palma da mão achatada, para que Buster e o baterista se juntem a mim, mas com leveza. Vislumbro um sorriso do batera. Buster dedilha suas frases de baixo e acena ligeiramente com a cabeça, enquanto nós três embarcamos num clima e o exploramos. Sustento o lance até que ouço o público se dar conta do que estamos fazendo. Quando voltamos quase ao pleno volume, Louro salta em cena e se junta a nós. Nos bastidores, posso ver Nicky Drew agora, conversando com Andie, o sax alto pendurado ao pescoço, seu corpo balançando, apontando para mim.

Tira a proteção da boquilha do saxofone, balançando mais agora, seus olhos colando nos meus por um momento, e então começa a se arrastar para dentro do palco. Vem direto para mim. Uma equipe de TV o acompanha no palco, um câmera e uma loura oxigenada de cabelos curtos e óculos escuros guiando os cabos atrás dele. Algumas pessoas enxergam Nicky, e o rugido do público aumenta.

No centro do palco, Nicky rodopia para a esquerda e passeia até o microfone da frente, o chapéu *porkpie* inclinado para trás na cabeça, o instrumento estendido à frente do corpo, soprando em cima dos três acordes. Quando ele chega diante do microfone, a multidão já está de pé, cantando "Moontrane, Moontrane" quase no mesmo compasso da música.

Nicky, balançando para frente e para trás, vai rasgando cada frase da improvisação rítmica; então, ao sustentar uma nota longa, ergue o punho para o ar. Joga a mão para o lado, cortando todos nós. Por um momento, a última nota ecoa no silêncio ao redor do palco. Buster e o baterista enxugam o rosto com toalhas. Buster inclina-se para mim e diz: "Grandes acordes chegando."

A cadência de Nicky provavelmente inclui tudo o que ele aprendeu em Berklee, cada macete que já ouviu. Finalmente ele fica sem gás e vira-se parcialmente para nós. Pula no ar e nós atacamos três acordes toda vez que seus pés batem no palco. A única coisa que ele não faz é cair de joelhos e se curvar para trás, mas talvez isso venha depois.

Nicky recua no palco, curva a cintura, acena com uma mão na nossa direção e banha-se durante quase um minuto na ovação da multidão. É um desempenho cuidadosamente coreografado, e isso é apenas o número de abertura.

— Obrigado, obrigado a vocês, muito obrigado – Nicky diz à platéia. — Tudo bem, Las Vegas, já estamos nos divertindo? – coloca a mão no ouvido, como se não conseguisse ouvir, para obter a previsível reação do público. Enquanto a multidão se organiza, ele se vira para nós e grita "Flowers".

É um número latino rápido, quase um samba. Buster indica o ritmo enquanto o baterista marca a batida na campana do prato como um ferreiro numa bigorna. Toco os acordes de base enquanto Nicky dança numa paródia da ginga do samba, Louro pairando sobre ele. Depois de três *choruses* ele fica de lado, acena para a multidão e aponta para mim. O público sossega durante meu solo, e então Nicky volta a se juntar a nós e arremata o tema.

Fazemos mais dois números. Nicky leva a platéia a um frenesi e depois a acalma com o tipo de blues lamentoso e lento em cima do qual David Sanborn construiu uma carreira. Ainda tenho dificuldades de ouvir qualquer coisa além do sax de Nicky, o bate-estacas do baterista e o baixo pulsante de Buster. Quando terminamos o blues, Nicky se aproxima do microfone e apresenta Buster, Louro e o baterista.

— Deixei este tecladista por último – Nicky diz à multidão. — Esta é uma noite especial pra mim, por ter um velho amigo tocando comigo de novo. Las Vegas, vamos aplaudir um dos maiores tecladistas do jazz, Evan Horne.

Nicky vira-se e bate palmas, depois volta à frente do palco.

— Estou tão excitado que vou deixar as coisas com Evan enquanto me refresco um pouco – dá alguns passos na minha direção. — O que você quiser, cara.

Aceno com a cabeça, adivinhando que ele ia fazer isso. Acima do barulho da multidão eu fecho as mãos em concha sobre a boca e grito "Mercy, Mercy" para Buster. Como poderia errar com Cannonball Adderley? Buster concorda com a cabeça e avisa ao baterista. Começo com a introdução de Joe Zawinul. Buster se incorpora e o baterista junta-se a nós até que entramos em perfeita sincronia.

Olho para Andie, que sacode a cabeça negativamente. Nicky foi para a lateral do palco, onde fica ouvindo, dedilhando o instrumento. Esta seria a ocasião ideal para alguém agarrá-lo, mas não vejo ninguém ou nada fora do normal.

Toco mais dois *choruses* com o câmera ajoelhado do meu lado, apontando a lente para o meu rosto. Pelo canto do olho posso ver a garota loura, seus olhos sobre mim, agachada atrás dele, manejando os cabos enquanto faz o passo do ganso ao redor do teclado. Ela parece estar prestando mais atenção em mim do que na câmera.

Nicky entra em cena e oferece suas impressões à Cannonball por mais dois *choruses*, e então subitamente, dos bastidores, ouvimos outro saxofone. Está vindo por trás de mim, forte, mas desafinado. Olho para Andie e Coop. Ambos se inclinam, apontando. Olho por cima do ombro. Greg Sims está vindo dos bastidores, soprando o seu tenor. Ele esbarra com a garota da televisão que segura os cabos. Ela escorrega, cai para trás e olha para ele.

Nicky ouve o saxofone de Greg também e olha atrás de si. Seus olhos se arregalam ao ver Greg, que agora está do seu lado, soprando com força, tentando desesperadamente improvisar sobre os acordes, mas sem conseguir. Nicky o empurra para o lado com o ombro e finaliza o tema. O público aplaude, mas está tão confuso quanto nós. Rollins e três guardas de segurança já estão sobre o palco, escoltando Greg para fora, passando do meu lado.

Buster olha para mim.

— Quem foi este?

Nicky se recupera e faz outro breve anúncio.

— Bom, isto é jazz. Nunca se sabe quem vai aparecer. Agora eu sei por que amo tanto Las Vegas – diz ele. — Mas, pessoal, vamos ter de fazer um rápido intervalo. Estiquem as pernas, tomem alguma coisa, que logo estaremos de volta.

A multidão aplaude e dá vivas de novo enquanto o apresentador corre para o palco e lembra à platéia o que ela estava ouvindo e começa um anúncio de sorteios de CDs.

Quando me levanto do banco do piano, Louro despluga sua guitarra e corre para mim.

— Cara, foi um troço tão legal o que você fez na abertura. Como foi que pensou naquilo, cara? – seus olhos estão vidrados e os cabelos louros compridos caem sobre o rosto.

— Acho que foi apenas sorte – passo por ele e caminho até Andie. Nicky chega lá ao mesmo tempo e está lívido.

— Quem foi aquele? Horne, se você tem alguma coisa a ver com isso...

— Cala a boca, Nicky – Andie está se comunicando pelo rádio de mão. — Ok, ok – ela diz ao aparelho. — Bom, sabemos onde Greg está.

— Quem é esse porra de Greg? – Nicky grita. — Que merda, alguém pode me explicar?

Coop dá um passo à frente e leva Nicky embora. Ele desvencilha o braço da mão de Coop e segue em frente.

De novo algo me incomoda, mas não consigo localizar. Olho novamente para o palco. O câmera da televisão colocou seu equipamento no chão. Está falando com um dos técnicos de som, mas sua assistente desapareceu.

Andie me vê olhando para o câmera.

— O quê? – diz ela.

— A garota loura com o câmera – empurro de lado alguns técnicos de som para falar com o câmera. — Onde está a garota dos cabos?

Ele olha ao redor.

— Não sei, estava aqui um minuto atrás. É uma estagiária e...

Começo a correr para os bastidores, para o trailer, sabendo que vou chegar tarde demais. A porta está fechada, mas não trancada. Escuto por um momento e então a abro lentamente.

Ela tem Nicky numa cadeira, o braço em volta do pescoço dele, uma lâmina reluzente encostada na sua garganta. Seus olhos queimam nos meus.

— Saia daqui, Evan – diz ela.

— Gillian, não faça isso – fecho a porta atrás de mim e tento apertar o botão da tranca.

Greg fica de lado, olhando para Gillian. Seu saxofone está sobre o balcão. Nicky Drew, de olhos apertados, quase fechados, o corpo rígido, faz caretas de terror. Tenta dizer alguma coisa. Gillian aperta o braço, toca a lâmina contra a garganta dele. Um filete de sangue escorre.

— Vamos sair, Evan, Greg e eu.

— Não, Gilly, você não pode fazer isso – diz Greg. — Solte ele.

— Cale a boca, Greg, faça o que estou dizendo.

Greg dá outro passo à frente.

— Não, Gilly, não vou fazer mais isso.

— Greg, não se mexa – eu digo. Os olhos de Nicky buscam os meus, em pânico.

Greg hesita, olha para mim e então para a irmã.

— Gillian, posso tirar você daqui, só deixe Nicky ir embora.

Atrás de mim alguém está batendo na porta. Os olhos de Gillian se voltam para lá, mas ela aperta o braço em torno de Nicky. Um escorregão daquela lâmina e Nicky Drew se juntará a Ty Rodman e Cochise.

— Fale pra irem embora, Evan – diz Gillian. — Você vai tirar nós dois daqui. Greg, venha comigo agora, ou vou cortar a garganta dele bem na sua frente.

— Ela vai fazer isso, Greg. É melhor obedecê-la.

Greg pára, olha para mim. Não sabe o que fazer. Olha para o seu saxofone e então para Gillian.

A batida na porta pára, mas alguém está gritando.

— Evan, vamos entrar.

Soa como Wendell Cook, mas eu sei que Andie, Coop e provavelmente Ted Rollins e metade do FBI estão ali fora.

— Esperem! – eu grito para a porta. — Solte Nicky, Gillian. É a única maneira de deixarem você sair.

Gillian olha para Greg.

— Você vem comigo. Ainda não é tarde demais pra você. Ouviu a multidão lá fora. Adoraram você. Vai levar um tempo, mas você vai se recuperar rápido.

— Não, Gilly, não há nada pra recuperar. Ouça – Greg pega o saxofone e começa a tocar. Notas longas e penosas saem do instrumento. Ele aponta a campana do saxofone para Gillian e se aproxima até que paira sobre o corpo trêmulo de Nicky.

Gillian olha para ele, mesmerizada pelo som, enquanto ele se esforça para fazer sair alguma coisa. O instrumento está tão próximo que quase encosta em Nicky. E então tudo acontece ao mesmo tempo.

Quando a porta é arrombada, Greg salta sobre Gillian e empurra o sax tenor sobre o seu rosto. Ela coloca a mão para cima a fim de se esquivar, o suficiente para Nicky se desvencilhar. Ele desliza sobre Greg no chão e rasteja para longe, sua mão segurando a garganta.

Alguém me empurra para o lado. Ao cair, vejo Greg segurar Gillian. A lâmina reluz. Gillian tropeça, cai sobre Greg e acerta a lâmina no seu pescoço. Um jato de sangue jorra sobre ela enquanto grita.

Greg cai no chão como se o ar fosse esvaziado do seu corpo, ou os pés cortados abaixo dele. Gillian olha por um segundo enquanto Ted Rollins e três agentes saltam sobre ela. Jogam-na no chão, de bruços, puxam seus braços para trás e a algemam em segundos. Rollins se ajoelha sobre ela, joelho nas costas, segurando-a pelos cabelos enquanto ela grita.

— Alguém ajude ele! Ajudem ele!

Fico de pé e vejo três agentes se ajoelharem junto de Greg. Um deles pega uma toalha e a aperta como uma compressa na garganta dele, mas ela fica rapidamente ensopada com um vermelho vivo. Outro agente aciona o rádio chamando paramédicos. Chegam em pouco tempo e assumem a situação, mas ele está perdendo muito sangue.

Rollins e os outros agentes erguem Gillian e a carregam passando por mim. Ela ainda grita e tenta dar uma olhada em Greg enquanto ele é carregado numa maca.

— Não fiz por querer, não fiz por querer – ela soluça.

Rollins olha para mim.

— Bom, conseguimos, Horne. Pegamos nossa maluca.

— Como foi que Greg entrou aqui?

— A segurança achou que ele estaria seguro no trailer.

Sento-me numa cadeira e olho para as poças do sangue de Greg Sims no chão. Nicky Drew rasteja debaixo do balcão e passa cambaleando por mim sem olhar, a mão ainda na garganta. Uma vez na vida ele não tem nada a dizer.

Então fico sozinho com Andie. Olho para ela, mal enxergando. Ela toca no meu ombro.

— Acabou, Evan.

MAS É CLARO QUE NÃO ACABOU. Quando finalmente saio, há uma multidão nos bastidores. Nicky, ainda abalado, uma bandagem na garganta, está falando para uma repórter da TV. Eu os evito e desço os degraus dos fundos do palco até a grama, onde Coop e Andie estão conversando.

A ambulância se afasta, suas luzes piscando.

— Como está ele?

Coop e Andie se viram para mim.

— Nada bem – diz Coop. — Ela atingiu uma artéria.

Sento-me nos degraus e acendo um cigarro, sinto-me esvaindo.

— O que estava acontecendo lá? – Coop pergunta. — Ouvimos o saxofone.

Aceno com a cabeça.

— Foi Greg. Ela finalmente surtou, falando que ele ainda podia tocar. Ele pegou o saxofone e começou a tocar, e então a atacou. Nicky escapou, ela caiu com a lâmina sobre Greg e...

— Então Nicky Drew deve sua vida a Greg – diz Coop.

— E a você – diz Andie. — Como soube que era ela?

— Não sei. Não registrei na ocasião, mas quando Greg subiu no palco, me lembro como ela pareceu chocada.

— Recebemos um telefonema – diz Andie. — A polícia encontrou a verdadeira garota dos cabos amarrada no carro, num estacionamento.

Damos a volta pela frente do palco e paramos. Sob as luzes da TV, Nicky se aproxima do microfone e pede silêncio. Não vai haver mais nenhum concerto, e a multidão não sabe o que aconteceu.

— Peço desculpas a todo mundo. Algo realmente grave aconteceu aqui esta noite e não vamos poder tocar a segunda parte do concerto.

A multidão vaia e grita enquanto Nicky levanta a mão pedindo silêncio de novo.

— Ei, eu sei, eu sei, vocês estão desapontados, mas quando ouvirem o noticiário desta noite vão entender o que houve. Vou lhes dizer o que vou fazer. Vou providenciar para que sejam reembolsados por minha conta, e o Moontrane estará de volta pra outro concerto assim que tivermos uma data. Ok, Las Vegas? Obrigado por terem vindo.

O público dá vivas enquanto Nicky acena e vai embora.

— Que cara – eu digo.

Nicky pula para fora do palco e se aproxima.

— Acho que você estava certo, Evan. Obrigado, cara, obrigado.

— É a Greg Sims que você tem de agradecer.

— Eu sei. Será que ele vai se safar? – Nicky olha para Coop e Andie.

— Ainda é cedo pra saber – diz Andie.

— Bom, a conta do hospital é minha, eu prometo.

Vira-se para mim.

— Evan. Na hora em que quiser tocar comigo é só dizer, ok?

— Claro, Nicky, boa sorte.

Caminhamos até o carro de Andie para o trajeto de volta ao hotel. Perdido em meus pensamentos, vejo as luzes do Strip passarem. Deveria telefonar para Ace e Cal, mas neste momento não quero falar com ninguém.

— O que acontece com Gillian agora?

Andie vira-se no assento.

— Vamos levá-la de volta a Los Angeles. Vai ser acusada dos quatro assassinatos, da tentativa contra o irmão e da agressão contra Nicky Drew. É bastante coisa.

— A não ser que consiga um bom advogado que alegue insanidade – diz Coop.

— Não quero nem ler a respeito. Só quero ir pra casa.

CODA

A VOZ NOS FONES DE OUVIDO DIZ: "'Haiku blues', take um." Jeff e Gene olham para mim à espera da contagem silenciosa, mas há dois começos em falso – Gene e eu entrando uma batida mais cedo – antes de gravarmos a última faixa do dia. Depois disso, somos como três patinadores velocistas inclinando nas curvas. Posso imaginar como foi com Bill Evans e seus trios. Não precisamos mais que duas tomadas em qualquer dos temas, e este não foi diferente.

Jeff acena com a cabeça e sorri enquanto eu tiro os fones de ouvido e fico de pé diante do piano. Através do vidro posso ver o engenheiro na sala de controle dizendo algo para Cal e Paul Westbrook. Ambos movem a cabeça em sinal de aprovação. O engenheiro inclina-se para frente e aperta o botão do interfone.

— Genial, Evan. Se você gostou, nós gostamos.

Não sei se é a atmosfera da seção, ou os olhares de expectativa de Jeff, Gene e Paul Westbrook quando cheguei. Talvez fosse a visão de Milton abanando o rabo, fazendo-me saber que Cal tinha vindo afinal. Mas suspeito que a euforia que estou sentindo não é apenas da música. Eu sobrevivi a Gillian e a vi sendo levada para a cadeia.

Enquanto ouvimos o playback dos outros temas, eu conto a Cal o que estou planejando fazer.

— É a melhor idéia que ouvi em muito tempo – diz ele. Olha para o monitor do estúdio. — Não estarei aqui amanhã. Você não precisa de mim, Evan. Está tocando o fino – coloca a guia na coleira de Milton e caminha para a saída. — Mande-me um cartão postal – diz por cima do ombro.

Passo sábado e domingo caminhando na praia, chegando cada vez mais perto de decidir o que quero fazer a seguir, ignorando as mensagens telefônicas, simplesmente organizando as idéias. Estou seguro de que os jornais deram amplo espaço sobre a captura de Gillian, mas não folheei nenhum deles nem liguei a TV.

Precisei pensar até o dia de hoje, quando seguia de carro para o estúdio, para finalmente chegar a uma decisão. Talvez estivesse esperando para ver como sairia a gravação.

EM DOIS DIAS EMPACOTO MEUS LIVROS, CDs e algumas outras coisas e levo as caixas para guardar na casa de Coop. Os móveis, resolvo doar. Deixo meu carro com Coop também.

Natalie e eu nos encontramos uma vez, e foi ligeiramente constrangedor. Ela leu todas as reportagens e sabe de tudo.

— Acho que o deixei na mão, não foi? – diz ela. Não é realmente uma pergunta. Ela sabe, mas talvez já seja tarde demais. Conversamos e ela concorda em parte com a minha decisão. No momento, as coisas não são mais as mesmas entre nós. Talvez nunca mais venham a ser, mas vou ter muito tempo para pensar nisso.

Dois dias antes da data prevista para a minha partida, tenho notícias de Andie Lawrence, a primeira vez desde Las Vegas.

— Chegou perto, mas Greg Sims vai se recuperar. Achei que gostaria de saber – diz ela.

— Obrigado, é uma boa notícia.

— Trouxemos Robert de avião de São Francisco e vamos ajudá-los a encontrar moradia quando Greg estiver completamente restabelecido.

— E? – eu sei que há mais, posso sentir.

— Gillian. Ela quer ver você – diz Andie.

Seguro o telefone com força.

— O que você quer dizer?

— Ouça, sei que é pedir muito, Evan, mas...

— De jeito nenhum.

— A faca combina com as marcas dos ferimentos, e ela vai dar um depoimento completo, mas insiste em vê-lo primeiro – há uma longa pausa e então: — Vai ajudar o nosso caso se tivermos a plena cooperação dela.

Penso por um momento. Talvez eu queira vê-la também.

— Terá de ser antes do sábado. É quando eu embarco.

— Aonde está indo?

— Umas pequenas férias.

— Tudo bem, vamos organizar o encontro.

COOP ME APANHA. No trajeto até a prisão, ele diz:

— Sabe que não é obrigado a fazer isso.

— É, eu sei, Coop. Quero ver isso terminado.

— Eu sei – diz ele. — Só achei que devia avisá-lo.

Andie está esperando lá dentro. Levam-me para a área dos visitantes. Quatro guardas escoltam Gillian quando é trazida no macacão da prisão. Sento-me diante dela e olho pelo vidro. Nós dois pegamos os interfones.

Ela olha uma vez por cima do ombro e então fala.

— Não vou dizer que me arrependo, Evan. Fiz o que fiz, mas não lamento, a não ser por Greg.

Depois de todos aqueles telefonemas, o rosto que acompanhava aquela voz agora olha para mim. Sua voz muda de novo, assume a qualidade que possuía naquelas chamadas. Era assim que devia ser sua expressão facial quando falava comigo.

— O que você quer, Gillian?

— Só queria vê-lo uma vez, sob condições diferentes, agradecer-lhe por ter encontrado Greg, ver que você entende.

— Nunca vou entender o que você fez, Gillian. Não creio que você entenda, também.

— Não, acho que não entende. Mas pense a respeito, Evan. Você é tão diferente de mim?

— Estou indo, Gillian – coloco o telefone no gancho, mas ela gesticula para que eu o apanhe de novo.

— O que é?

Ela começa a falar, e então pára.

— Nada – diz. Seu sorriso é sinistro quando larga o interfone. Acompanhada pelos guardas, levanta-se e sai da minha vida pela última vez.

COOP ME LEVA ATÉ O AEROPORTO de Los Angeles. Tiro as malas do carro e registro-as para o vôo de Nova York. Apertamos as mãos.

— Tem uma conexão direta pra Londres?

— Não, talvez passe uns dois dias em Nova York, só pra relaxar um pouco.

— Bom, não me deixe vê-lo por aqui tão cedo, hein?

— Não deixarei. Nos vemos, Coop.

Caminho até o portão da United e faço o check-in na recepção. Não há nenhum atraso, mas tenho tempo para matar. Encontro um carrinho de café num canto e espero na fila.

— Deixe-me pegar isso.

Viro-me e vejo Andie de pé ao meu lado. Pegamos o café, nos sentamos e aguardo a chamada do meu vôo.

Ela toma o café e olha direto para a frente.

— Sabe o quanto eu gostaria de estar nesse vôo com você?

— Sei. Mas provavelmente não daria certo, não é?

— Talvez não agora – diz ela. — Mas eu gostaria de pensar que poderia ter dado.

— Eu sei – vejo o desapontamento no seu rosto, ouço o arrependimento na sua voz pelo que poderia ter sido.

— Que vai fazer na Europa?

— Tocar um pouco de música, espero. Gostam do jazz por lá. Depois eu vou pensar.

Nós dois olhamos para o portão quando o vôo é anunciado.

— Bom, é a minha vez.

Ficamos de pé. Andie me abraça forte, me beija brevemente.

— Adeus, Evan.

— Tchau, Andie.

— Ah, espere – ela procura na bolsa e tira um envelope. — Pode ler no avião.

— O que é?

— Você vai ver.

Encontro o meu assento, coloco a bagagem de mão no compartimento superior e me instalo no banco da janela, ansioso para deixar Los Angeles. Pego o envelope e abro.

Querido Evan:
Você tem muito tempo para pensar. Espero que alguns dos seus pensamentos sejam sobre mim. Uma última coisa de Gillian. Ela me pediu que desse para você. Uma viagem tranqüila.

Amor,
Andie

Outro pedaço de papel, três versos nele:

Dizzy Atmosphere
Miles Smiles in a Silent Way
Bird Lives!*

Levanto a cabeça e olho para a comissária de bordo quando ela pára.

— Senhor, poderia afivelar o seu...

Ela é uma juba de cabelos louros, um sorriso aberto e olhos azuis que se encontram com os meus.

— Evan?

— Cindy?

* Literalmente: "Atmosfera estonteante / Miles sorri de maneira silenciosa / Viva Bird!". O primeiro verso do haicai é o título de uma composição de Dizzy Gillespie; o segundo funde os títulos de dois temas de Miles Davis. (N.T.)

Este livro foi composto em Minion,
e impresso por Cromosete Gráfica e Editora.